新潮文庫

剣の天地

上巻

池波正太郎著

剣の天地

上巻

面　影

赤城山《あかぎ》も、榛名山《はるな》も、そして妙義の奇怪な山峰も、よく晴れわたった初夏の紺青《こんじょう》の空に、くっきりと浮んでいた。

この三つの山を、

〔上野の国《かみつけ》（群馬県）の三山《さんざん》〕

と、よぶ。

その一、榛名山の東南の麓《ふもと》に築かれた箕輪《みのわ》城の西側の、

〔白川口《しらかわぐち》〕

の城門から、駿馬《しゅんめ》が二騎、走り出て来た。

白と、栗毛《くりげ》の駿馬である。

栗毛の馬には、筋骨のたくましい、狩装束《かりしょうぞく》の若者が打ちまたがっていた。

白馬を駆って行くのは、若い女性《にょしょう》であった。

黒髪を、むぞうさにたばね、むらさきの小袖《こそで》に黒の表袴《おもてばかま》という、まるで男のものに近い姿の乙女なのである。

「図書之介《ずしょのすけ》さま。早《はよ》う」

たくみに手綱をさばき、颯爽《さつそう》と先に立って馬を走らせつつ、乙女が若い武士へよびかけた。

りんりんと張った、さわやかな声音である。

この乙女は、箕輪の城主・長野業政《ながのなりまさ》の次女で、名を、

〔於富《おとみ》〕

という。

「於富どの。待たれい」

馬腹を蹴《け》って、車川沿いの道を於富に追いすがって行く若い武士は、小幡《おばた》図書之介景純《かげずみ》といい、この年、於富との婚約がととのったばかりだ。

図書之介は、この箕輪城からも近い、おなじ上州の国峰《くにみね》城主・小幡信貞《のぶさだ》の従弟《いとこ》にあたる。

そして……。

於富の姉の正子《せいこ》は、すでに、信貞夫人となっている。

図書之介は、わずかな供をつれて、昨日の午後に箕輪城へあらわれ、城内に泊った。

今日になって、於富が、

「野駆けにまいりましょう」

と、図書之介をさそい出したのだ。

「於富どの、何処《いずこ》へ行くのだ？」

「榛名の山裾《やますそ》は、どこまでも、ひろびろとつづいております」

「いかにも、みごとな……」

「榛名は、初夏《はつなつ》のころが、もっとも美しいのです」

声を張って、いいかわしつつ、いかにも若わかしい二人の婚約者が、たのしげに、川沿いの道から楢《なら》の林へ駆け込んで行くのを、

「あれだな、間ちがいはない」

車川の対岸の木立の中から騎乗であらわれた、野武士のような屈強の男が五人、殺気にみちた鋭い眼と眼を見かわし、うなずき合った。

野武士たちは、車川へ馬を乗り入れ、たちまちに川をわたりきった。五人のうちの二人が弓矢をたずさえていた。

いまは、日本の国中が戦乱の中にあるといってよい。

山野にひそみかくれ、戦場から逃げのびて来る落武者《おちむしゃ》を殺し、太刀《たち》や武具をうばい取ったり、民家を襲って強奪をはたらいたりする彼らのような野武士の出没は、めずらしくないことであった。

それにしても、このあたりは、〔上野の国の黄斑《こうはん》（虎《とら》）〕と、よばれているほどに、威勢をほこる長野業政の城郭の内といってよい場所だ。

そこへ、強盗同然の野武士たちが、初夏の陽光みなぎる真昼どきに、侵入して来たことになる。

おだやかではない。

野武士たちは、馬を楢の林の中へ乗り入れると、ひそやかに馬から下りた。

「ゆだんするなよ」

と、年長らしい野武士が他の四人にいい、

「そっと見て来い」

若い野武士へ、いいつけた。

若い野武士は、林の奥へ、むささびのように走りこんで行った。

楢の林をつきぬけたところに、小さな草原があった。

草原の向うは、鬱蒼《うっそう》たる森林である。

白と栗毛の馬が、楢の林がとぎれようとするところに、つなぎとめてあった。

若い野武士は、身を伏せて、草原を凝視した。

於富と、小幡図書之介が、草原に身を横たえていた。

「夏が来て、夏がすぎて……秋が深まるころ、それがしと於富どのは、夫婦《めおと》になる……」

かすれた声で、図書之介はささやき、両眼を閉ざしている於富のうなじの下へ、左腕をすべりこませてゆく。

図書之介も立派な体格をしているが、於富も、十八の乙女にしては肩幅もひろく、胸が張っていて、すばらしい肉体をもっている。

図書之介の熱い吐息が頰にふれるのを感じながら、於富は、閉じた眼の底に、別の男の面影を追いもとめていた。

その男の名を、

〔上泉伊勢守秀綱《かみいずみいせのかみひでつな》〕

という。

上泉伊勢守秀綱は、於富にとって、

「かけがえのない……」

人物である。

於富は、伊勢守によって〔武術〕を身につけた。

剣術のみではない。

馬術も、槍《やり》も、薙刀《なぎなた》も、である。

上泉伊勢守は、この箕輪の城の東方四里のところにある上泉城の主《あるじ》であった。

榛名山麓《さんろく》の箕輪城と、赤城山麓の上泉城との間には利根《とね》川が、うねり流れている。

その利根川を馬でわたって、於富は、この三年間、箕輪から上泉へ通い、武術の修行にはげんできた。

嫁ぐ前の姉の正子も、伊勢守の薫陶《くんとう》をうけた薙刀の名手である。

そして、いま、

(わたしも、お師匠さまと別れ、人の妻になろうとしている……)

於富であった。

小幡図書之介と結婚をすれば、当然、国峰の城へ移らねばならぬ。

もっとも、国峰城主・小幡信貞の妻になっている姉の正子とは、毎日のように会えることになる。

(間もなく、お師匠さまの、お顔も見ることができなくなる……)

それは、すでに覚悟をしていたことであるけれども、図書之介との婚儀が、日に日に近づくにつれ、於富の胸さわぎは昂《たか》まるばかりなのである。

だからといって、小幡図書之介が、

（きらいじゃ）

と、いうわけでもない。

於富は、

決断力もあり武勇にもすぐれている図書之介が自分の夫になることを、むしろ誇りにおもっているほどだ。

この結婚は、むろん、父の長野業政が取り決めたことである。

国峰の城主である小幡家と、この上にも尚《なお》、同盟の結束を強化せしめるための政略結婚であった。

一城の主が、戦国の動乱を泳ぎぬけ、切りぬけて行くためには、それぞれの子弟と娘たちをむすびつけることによって、双方が双方の勢力を、たのみにするのだ。

もっとも、長野業政と上泉伊勢守との間は、こうした婚姻関係によってむすばれたわけではないが、その同盟は緊密であった。

上泉伊勢守秀綱は、この年、天文十四年（西暦一五四五年）で三十八歳の男ざかりを迎えた。

於富より、ちょうど二十歳の年長である。

於富は、伊勢守のむすめといってよい年ごろなのだ。

上泉伊勢守は、八年前に病歿《びょうぼつ》した妻・小松《こまつ》との間に、常陸介秀胤《ひたちのすけひでたね》という男子をもうけた。

子は、常陸介ひとりであった。

常陸介は、今年、十六歳になる。

あるとき、於富が、

「伊勢守さまは、なにゆえ、常陸介さまへ剣術をおさずけになりませぬのか?」

と、問うたことがある。

そのとき、伊勢守は、

「あれは、五代《ごだい》の祖父に、なにごとも教えられたがよいのじゃ」

そう、こたえている。

五代の祖父というのは……。

伊勢守の亡妻の父・五代又左衛門《またざえもん》のことだ。

又左衛門は、伊勢守の重臣で、いま、大胡《おおご》の城をまもっている。

伊勢守の本城は、上泉からも近い大胡城である。いざ、敵が攻め寄せて来るとなれば、伊勢守も上泉の居館を出て、大胡の城へ入るわけだが、平生は、わずかな侍臣と共に、上泉の居館で暮すことを、伊勢守は好んでいた。

伊勢守の一子・常陸介は、大胡城にいる母方の祖父・五代又左衛門の手もとで暮している。

「於富。人が、ものごとを伝え残し、人が、これを受けつぐということは、両者の呼吸が一つにならねば、何事も実りはせぬ。わしもまた、わが剣の道を常陸介に教えつたえるつもりはない」

とも、伊勢守はいった。

つまり、我子の常陸介は、その素質から見て、きびしい武術の修行とは別の道をたどったほうがよい、と、伊勢守は考えているのであろうか……。

「ああ……」

草の上へ横たわり、両眼を閉じて、於富は吐息をもらした。

小幡図書之介は、その吐息が、自分のためにもらされたのだと思ったようだ。

なやましげな吐息であった。

「於富どの……」

図書之介は、於富の傍《かたわ》らへ寄りそって横たわり、しずかに顔を近づけてゆく。

熱した図書之介の唇《くち》が、於富のそれをおおった。

図書之介の唇のうごきに、於富の唇もこたえた。

だが、閉じられた両眼の暗い瞳孔《どうこう》の中に浮んでいるのは、父ほども年齢がちがう恩師・上泉伊勢守の六尺ゆたかな堂々たる体軀《たいく》だったのである。

図書之介の右手が、於富の胸もとへさしのべられ、乳房にふれた。

「於富どの……」

小幡図書之介は、堪えきれなくなったらしい。

於富の小袖の胸元を強いちからで押しひろげた。

うす汗にぬれた処女《おとめ》の乳房へ図書之介が顔を埋め、赤い木の実のような乳首を吸った。

「ああ……」

於富は、微《かす》かにうめき、双腕を図書之介のくびすじへ巻きこめていった。

それを、許容の仕ぐさだと感じたものか、

「於富どの。ゆるされい……」

ささやきつつ図書之介が、於富の表袴のひもへ手をかけ、解き放とうとした。

「なりませぬ」

それまでは、恍惚《こうこつ》と眼を閉じていた於富が、きびしく、

「いけませぬ」

「よ、よいではござらぬか。もはや、われらは夫婦《めおと》も同様じゃ」

図書之介の躰《からだ》が烈《はげ》しくうごいた。

「いや……」

女ともおもえぬ強いちからで、於富は図書之介を突きのけ、敏捷《びんしょう》にはね起き、

「は、はは……」

まるで、夏の陽を浴びて水遊びをしている童子のように笑った。

図書之介は、気勢を殺《そ》がれたらしい。

苦笑し、上眼《うわめ》づかいに於富を見て、

「わるかった……」

率直に、つぶやいた。

「急がずとも、よいことであったのに……」

「ほんに」

と、於富が、うなずいた。

「このようなところで、急に、あのようなことをなさるのですもの」

「すまぬ」

「もう、よいのです」

「ゆるして下さるか」

「はい」

「そうか。よかった……」

図書之介は、うれしげに、

「嫌われてしもうては、取り返しがつかぬ」

みなぎりわたる陽光に、木や草の香りが濃厚さを増して、むせかえるようであった。

於富が近寄って来て、しずかに腕をさしのべて、図書之介の胴へ巻きつけ、顔を男の胸へ埋めた。

汗ばんだ於富の躰の匂《にお》いは、草の香りよりも濃い。

「図書之介さま、城へもどりましょう」

「心得た」

抱き合いつつ、二人は、草を食《は》んでいる馬の傍《そば》へ歩んで行ったが、

「於富どの……」

図書之介が急に立ちどまり、するどい視線を森の中へ投げた。

森の中から、五人の男があらわれ、草原へ踏み入って来た。

先程、図書之介と於富が騎乗で走り去るのを見とどけていた野武士たちである。

「何者だ？」

図書之介が太刀の柄《つか》へ手をかけて、誰何《すいか》した。

野武士たちは、こたえぬ。

「わしは、国峰城の小幡図書之介だ」

野武士たちが、す早く動き、図書之介と於富を包囲するかたちになった。

「わしと知ってのことだな。何の用事じゃ？」

こたえるかわりに、五人の野武士たちが、いっせいに太刀を引き抜いた。

「女郎《めろう》に用はない」

と、顎《あご》に鬚《ひげ》が密生している巨漢がいった。

「用はないが、おとなしくしておれ」

於富は黙って立ち、口辺に、微かな笑みをうかべている。

鬚の巨漢が、それを見て、

「…………？」

不審そうな顔つきになった。

彼らは、於富が女ながらも、上泉伊勢守の教えをうけた武芸の達者とは、いささかも思っていないらしい。

それはまた、図書之介にとっても同様であった。

於富が上泉伊勢守のもとへ通い、武芸をおさめていることを耳にしていたが、その技倆《ぎりよう》については図書之介も、よくは知らぬ。

戦国の武家の女が〔武芸〕を身につけることは当然のことである。

それも、女のことだ。

(高が知れている)

と、図書之介がおもっていたのも、むりはない。

「於富どの。退《さが》っておられい」

いいざま、図書之介が太刀を抜きはらった。

「女郎は逃げてもよいぞ」

不敵に、鬚の巨漢が、

「あっという間に、冥土《めいど》へ送ってやろうわい!!」

喚《おめ》いたかとおもうと、いきなり、図書之介へ太刀を打ちこんで来た。

凄《すさ》まじい刃風《じんぷう》であった。

図書之介は大きく飛び退《すさ》った。

すると、それを待ちかまえていたかのように、早くも背後にまわっていた野武士の一人が、

「うおっ!!」

図書之介の胴を薙《な》ぎはらった。

「う……」

身を反らせ、辛うじてかわした図書之介の狩装束の腰に吊《つ》ってある太刀の鞘《さや》の紐《ひも》と下袴《したばかま》の上部を敵の切先がするどく切断した。

太刀の鞘が飛び、図書之介は、よろめいていた。

鬚の野武士が、

(このとき……)

と、ばかり、咆哮《ほうこう》を発し、足がもつれた小幡図書之介の真向《まつこう》へ太刀《たち》を叩《たた》きつけた。

いや、叩きつけたと見えた、そのとき、鬚男の咆哮が絶叫に変った。

むしろ、勝ちほこった咆哮と、驚愕《きようがく》・衝撃の叫びが一つになって聞えたといったほうがよいだろう。

鬚男は、図書之介へ打ちこみかけた太刀を振り落し、仰向けに倒れた。

鬚男の右眼に、細身の短刀が突き立っていた。

「あっ……」

野武士どもがざわめき、乱れ立った。

彼らは、いったい何で、このような事態が起ったものか……一瞬、とまどったようである。

短刀は、於富が投げつけたものだ。

今日の於富は短刀一振をたばさんでいるのみであった。

野武士たちは、あまりにも於富をあなどりすぎていた。

女持ちの細い短刀が、これほどに凄まじい威力を発揮して、彼らの首領を打ち倒そうなどとは、

「夢にもおもわぬ……」

ことであったろう。

図書之介は、飛び退って体勢をととのえ、太刀を構えたが、これも、

(信じられぬ……)

という顔つきで、於富を見やった。

「むう……」

苦痛のうめきをあげ、鬚の野武士が必死に立ちあがろうとした。

と、このように書きのべてゆくと、野武士の襲撃の開始からこのときまで、数分の時間を経ているようにおもえるだろうが、事実は一分に満たぬ。

野武士たちの動揺も、数秒のものであったろう。

彼らは瞬時、気をのまれて、倒れた首領を見まもったが、

「うぬ!!」

「よくも!!」

いっせいに、図書之介と於富へ切りかかろうとした。

だが、それよりも早く、於富の躰がうごいた。

図書之介の背後から切りつけた若い野武士へ飛びついた於富の手に、太刀が奪い取られてい、

「あっ……」

どこをどうされたものか、その野武士は、のめりこむように地面へ倒れ伏していたのである。

於富は奪い取った太刀で、右手から襲いかかろうとしている野武士の胸もとを、下

からすくいあげるように切りはらった。

血が、しぶいた。

野武士は胸からあごにかけて切り割られ、悲鳴をあげた。

図書之介が、切って出たのは、このときである。

一人、二人と、野武士たちが切り殪《たお》された。

首領の鬚男は、辛うじて於富の短刀を引きぬいたけれども、おびただしい流血と傷の激痛に打ちひしがれ、

「う、う……」

必死に、森の中へ飛びこみ、逃げた。

手負いの野武士と、最後に残った一人も首領の後を追って逃走する。

「待てい!!」

つづいて森の中へ駆け入ろうとする図書之介へ、

「おやめなされませ」

と、於富がいった。

「いや、捨ててはおけぬ。小幡図書之介と知ってのことらしい」

「はい」

「これは容易ならぬことだ。物盗《ものと》りの野武士ともおもわれぬ」

「私も、さように……」

「捕えて口を割らせねば……」

いい捨てて、図書之介は森の中へ走り込んだ。

（なるほど。そういわれれば……）

と、於富も、おもい直した。

たしかに、

（物盗りではない）

のである。

物を奪おうとするよりも、彼らは先《ま》ず、

（わたしたちの、いのちを奪おうとした……）ではないか。

いや、於富は除《の》けておいて、小幡図書之介を暗殺しようとしたのである。

それは、彼らが何者かにたのまれ、しかるべき報酬をもらい、図書之介のいのちを、ねらっていたことになる。

彼らは、図書之介が昨日、箕輪の城へたずねて来たのを、後からつけていたにちがいない。

於富は、やはり、

(私は女……図書之介さまにひきかえ、なんと思慮のたりぬこと……)

そう、おもった。

そして、於富は、

(私のいのちを奪うつもりではなかったのは、図書之介さまのみに関《かか》わることにちがいない。国峰の城の小幡一族の中にでも、図書之介さまを、恨みにおもうているような者が……もしや、いるのではあるまいか?)

と、考えたのである。

しばらくして、図書之介が森陰からもどって来た。

「いかがでした?」

「いや、もう見えなんだ」

「手負いなのに、逃げ足の早いこと」

「まるで、獣《けもの》のようなやつどもだ」

「図書之介さま。おとどめして、ごめんなされ」

「仕方もないこと……」

いいさして、小幡図書之介が、

「いや、それよりも……」

先刻のおどろきが、新たに、よみがえってきたものらしく、瞠目《どうもく》して、

「於富どのが、あれほどに、お強いとは……上泉伊勢守殿の教えとは、かほどのものだったのか……」

「はずかしく、おもいます」

於富は図書之介に寄りそい、眼を閉じた。

汗にぬれつくした図書之介の、若わかしい男の躰の匂いを、於富は胸いっぱいに吸いこんだとき、

(ああ、お師匠さまのお躰からは、このような匂いはせぬ)

と、おもった。

上泉伊勢守の匂いは、

(もそっと、香《こう》ばしい……)

のである。

若い男の脂《あぶら》や汗がまじり合った強烈なものではないし、そもそも伊勢守は、めったに汗ばむことがない。

真夏の日中でも、汗ひとつ浮いては来ぬ。

いつであったか、於富が、

「伊勢守さまは、何故、この暑さに汗ばまぬのでございますか？」

問うたことがある。

伊勢守は微笑し、

「わしにも、わからぬ。いつしか、このような躰になったまでじゃ。なれど、もしもわしが、剣の道へすすみ、格別の修行をせなんだとしたら、いまもって、汗もかき、鼻水もたらしておることであろうよ」

そう、こたえたのみであった。

「こ、このような嫁御をもろうたら、いまに、それがしも首の骨を折られてしまいそうな……」

と、図書之介が於富の肩を抱きよせつつ、

「おそろしい女房どのよ」

ささやき、於富の耳朶《みみたぶ》へくちびるを押しあてた。

「ああ……図書之介さま……」

「於富どの。さ、城へもどろう」

「はい……」

二人が馬へ乗って、草原から去ったとき、人の気配もなかった暗い森陰から、ぬっと一人の男があらわれた。

三十前後の、旅の武士であった。

すばらしい体軀《たいく》の持主だ。ただ大きいというのではなく、それは、金剛神《こんごうじん》の彫像を見るような見事さなのである。

「あの女が、上泉伊勢守の門人とか……」

武士のつぶやきには、何か不気味なものがただよっていた。

夏の蝶《ちょう》

群馬県・前橋市と桐生《きりゅう》市をむすぶ上毛《じょうもう》電鉄が、前橋駅を発して、東へ約十五分も走ると〔上泉駅〕がある。

上泉駅で下車し、駅前の道を北へ行き、桃木川をわたると、すぐ左手に、上泉伊勢守の居館の址《あと》を見ることができる。

この物語がはじめられた天文十四年は、現代より約四百三十年もむかしのことになる。

そのころ、この地に、上泉伊勢守が住み暮していたのであった。

居館といっても、戦国の世の武将の家であるから、むろん〔城構え〕である。

現在、残されているのは〔本丸〕と〔二の丸〕の址で、この二つの曲輪《くるわ》は間に堀をはさみ、南北につづいて築かれていたようだ。

〔本丸〕が南北七十メートル、東西が六十メートルほどで、北側の一部に櫓台《やぐらだい》の址も見える。

伊勢守が住んでいたころの城域は、東西六百メートル、南北四百メートルにもおよんでいたろう。

上泉城は、近くの大胡《おおご》城の支城であった。

ここで、上泉伊勢守の出自《しゅつじ》について、のべておきたい。

伊勢守の先祖は、むかしむかし、平将門《たいらのまさかど》が関東に大乱を起したとき、これを平定した藤原秀郷《ひでさと》だそうな。

その藤原秀郷のながれをくむ大胡太郎重俊《しげとし》という武将が、赤城《あかぎ》山の南のふもとの大胡の庄に城を構え、足利《あしかが》氏に属した。

後年になって……。

大胡太郎重俊の末流であった大胡勝俊が、大胡城の西南二里のところの桂萱郷《かりがや》・上泉の地に砦《とりで》をきずき、ここで住み暮すようになった。

そして、ここの地名をとり姓を〔上泉〕とした。

これが、上泉氏の起りということになっている。

上泉伊勢守秀綱の父・憲綱《のりつな》のころ、本家の大胡氏は武蔵《むさし》の国へ引き移ってしまい、上泉憲綱が、

〔大胡の城主〕

として、大胡の庄を支配することになったのである。

したがって、憲綱の子の上泉伊勢守が、亡《な》き父の跡をつぎ、大胡城主となったのはいうまでもない。

だから、いざ、敵が攻め寄せて来たとなれば、伊勢守は上泉の居館を引きはらい、大胡の本城へ入ることになる。

上泉伊勢守が生れたころの日本は、かの〔応仁《おうにん》の乱〕以来の戦乱が全国に波紋をひろげ、この戦乱が、どのようにして終りを告げるのか、だれの目にも、まだ、あきらかではなかったのである。

ところで、於富と小幡図書之介が、野武士たちに襲われて間もなく、梅雨に入った。

この間、於富は二度ほど、上泉へ恩師・伊勢守をたずねている。

図書之介は、

「於富どの。このことは、われら二人の胸にしまっておけばよい。他の人びとに無用な心配をかけることもあるまい」

と、いい、於富は、

「無用な、と申されますのか。それは解《げ》せませぬ。あの男たちが物奪《ものと》りではなく、図書之介さまの一命のみをねろうていたことは、あきらかではありませぬか。それならば、彼らをあやつっているものを突きとめねばなりますまい」

「いや、それにはおよぶまい。もしやすると、物奪りであったやも知れぬではないか。そうではない、と、いいきることもできまい」

「はあ……それは……」

「そこが、むずかしいところじゃ。於富どのも御存知のごとく、それがしは国峰の城主・小幡信貞の従弟《いとこ》でござる。いわば信貞殿の家臣じゃ。その身が、いまここで、怪しき者に襲われたなどと申し立てては、いろいろと国峰の城内にうわさも立ち、信貞殿も困られよう」

「なるほど……」

そう言われて見ると、於富にも、

「返すことばがなかった……」

のである。

そういえば、於富と図書之介の結婚についても、その発表は、

「夏がすぎてから……」

と、いうことになっていた。

戦国の世の、大名や武将たちの駆け引きは、なかなかにむずかしい。

すでに、長野業政《なりまさ》は、長女の正子を小幡信貞に嫁入らせている。

その上に、今度はまた、次女の於富が、信貞の一族である図書之介の妻になるということは、両家の結束が、いよいよ堅固になるわけだが……。

そうなると、これを邪魔しようとする他家がないものでもないのだ。

於富は、恩師・上泉伊勢守にも、まだ、自分の結婚のことを告げてはいない。

図書之介との婚約は、長野・小幡の両当主と、双方の重臣数名のみが知っているだけである。

於富は、図書之介に念を入れられたので、野武士たちに襲われたことも、まだ、伊勢守へ語っていない。父の長野業政にもだまっている。

梅雨の間、於富は父の城にいて、嫁入りの仕度にいそがしかった。

そして、梅雨が明け、真夏の青空が榛名《はるな》山の頭上にひろがった或日《あるひ》の朝、久しぶりで恩師のもとへ出向いて行った。

於富は、白の夏小袖《こそで》に、うすむらさきの表袴《おもてばかま》をつけ、愛馬に打ち乗っていた。

供の家来は三名にすぎぬ。

この日。

（お師匠さまへ、お別れに……）

於富は、そのつもりでいる。

この秋に、小幡図書之介との婚儀のことが公表されるはずであった。

はじめは、

（それからのちに、お師匠さまへ、お別れを……）

そうおもっていた於富なのだが、突如、今朝になって、

「上泉へまいる」

と、いい出したのである。

なぜだか、それは於富自身にも、はっきりとはわからなかったろう。

そして、

(なぜ、急に……いえ、図書之介さまとの婚儀のことが、お師匠さまのお耳へ入る前に、私が上泉をおとずれたのか……)

そのことが、わが胸になっとくできたのは、恩師・上泉伊勢守のもとを辞去し、夕暮れになって箕輪《みのわ》の城へもどってからのことであった。

これからのちの於富は、あれほどに好きだった武芸からはなれ、小幡図書之介という一人の武将の妻になるのである。

まだ少女のころ、古風な〔かずきうちかけ〕を身につけ、家来たちにまもられ、はじめて上泉伊勢守のもとへ、剣と薙刀《なぎなた》の修行にあらわれた於富は、むっくりと肥えて色も黒く、どこともなしに、

「あぶらくさい……」

少女であったが、このごろでは、

「見ちがえるほどに、おなりなさいました」

「お肌が、ぬめやかに、お美しゅうなられて……」

「あの大きくて、ぬれぬれと光った双眸《おめ》は、この世のものとおもわれませぬ」

などと、箕輪城の侍女たちが、うわさをするほどであった。

於富が、このように美しく成長したのは、

「上州きっての美女」

と、うたわれた亡き母に似たからであろう。

それにひきかえ、いまは国峰城主・小幡信貞の妻となっている姉の正子は、父・長野業政ゆずりの厳《いか》つい容貌《ようぼう》だし、しかも躰《からだ》つきもむっくりとして小さい。

しかし、正子も、長野業政が上泉伊勢守へ、

「ぜひとも、たのみ入る」

と、修行にさし向け、その教導をうけて、

「薙刀を取っては、私も姉上にかなわぬ」

於富が嘆息をもらすほどの、薙刀の名手となった。

於富の姉・正子については、つぎのようなはなしが残っている。

正子を妻にした小幡尾張守信貞は、初夜の臥床《ふしど》を共にした翌朝になって、老臣・入《い》江《え》内膳《ないぜん》をひそかによび、

「あのような醜女《しこめ》を見たこともないわ。その上、どこもかしこも小さく細く、なんとのう玩具《てあそび》をあつこうているようで、味気もないわ」

顔をしかめ、吐き捨てるようにいったそうな。

してみると、小幡信貞と正子の結婚のときは、婚礼のその日まで、たがいに顔を見

なかったらしい。

そのころの一城の主というものの結婚というものは、そうしたことが多かったものと見える。

それにくらべると、たとえ同盟の間柄とはいえ、一族の小幡図書之介が、気軽に何度も箕輪城を訪問し、そのたびに於富と会い、語り、馬を駆って野遊びに出かけたりしていることは、当時、めずらしいことだったのであろう。

もっともこれは、図書之介が表向きは小幡信貞の家臣という気楽な身分だし、また彼の、物にこだわらぬ気性にもよることだ。

そして、正子・於富姉妹の父・長野業政も、

「図書殿の気性を、わしは好ましいとおもうている」

といい、図書之介の訪問をよろこんで迎えたことにもよる。

ところで……。

はじめは正子を嫌った小幡信貞も、男子をもうけてからは、

「見ちがえるばかりに……」

正子を愛し、いまは、夫婦仲もよい。

細くて小さく見えた正子だが、上泉伊勢守によって仕こまれた薙刀の術が、その小

さな肉体のすみずみにまでしみこんでいる。

その肉体の底に秘めたちからが男子を生んだのちに、かたちとなってあらわれ、胸にも腰にも腕にもみっしりと肉置《ししお》きがみちてきたし、醜女といわれた容貌にも、おのずから城主の妻としての気品と落ちつきがそなわり、

「秋に、国峰へ嫁いでまいられ、久しぶりに姉上と対面なさるわけだが、於富どのは、きっと、見ちがえてしまわれよう」

小幡図書之介が於富に、そういったものだ。

その日も、近い。

騎乗の従者三名をしたがえ、颯爽《さっそう》と行く馬上の於富を、箕輪の城下町の外れに立って見送った旅の武士がいる。

この武士は、あのとき、野武士たちを相手に手練《てだれ》のほどを見せた於富を、木陰から目撃していた巨漢であった。

於富が、上泉城へ到着したのは巳《み》の刻（午前十時）ごろであったろう。

桃木川へかかる橋は、城の〔大手口〕であって、この橋をわたると間もなく、城の大手門が右手に見えてくる。

このあたりは、上泉伊勢守の家臣の邸《やしき》が軒をつらねていたものだが、いまは、その

三分の二ほどが大胡へ移ってい、取りこわされたものも多い。

伊勢守の侍臣たちの邸のみが、残されていた。

桃木川の南岸には、以前ほどの繁昌《はんじょう》はなくとも、いちおう城下町の体裁がととのい、商人も住みついている。

上泉伊勢守の居館は、城内・二の丸にあった。

城門を入って行く於富主従を見送る上泉城の番士たちの眼は、まぶしげであった。

「美しゅうなられたな、箕輪の姫は……」

「うむ。三年前に、このお城へ見えたときは、何やら牝《めす》のむく犬のようだったが……」

「これ、口の悪いことを……」

「ふ、ふふ……」

などと、番士たちが、ささやきかわしていた。

本丸へ入った於富は、乗馬と従者たちを、そこへ残し、ひとりで二の丸へおもむいた。

城内にいる家来たちも、強いて於富の案内に立つことはせぬ。

於富は、この城の主《あるじ》・伊勢守秀綱の、

「愛弟子《まなでし》」

なのである。

本丸と二の丸の間に深い濠《ほり》があり、川の水が引きこまれていた。

木の橋が、かけられてい、橋の向うに〔二の丸〕の番所がもうけられている。

於富が橋へ来かかったとき、二の丸の木立の道を、番所のところへあらわれた若い武士があった。

これが、伊勢守の長男・常陸介秀胤《ひたちのすけひでたね》である。

常陸介は、当年十六歳。

父・伊勢守ゆずりの堂々たる体格だが、その顔には、少年のおもかげが濃く残されていた。

数年前のことになるが……。

箕輪城主・長野業政が、

「もしも、常陸介殿が、わがむすめよりも年上であったなら、於富を嫁にもろうていただくのじゃが……」

と、上泉伊勢守へもらしたことがある。

本気だったのか、それとも冗談であったのか……。

戦国のそのころ、年上の妻はめずらしくない。年齢の差など、問題でなかったはずだ。

そのとき伊勢守は、

「さよう……」

わずかに微笑をうかべたのみで、業政のはなしには乗らなかった。

この様子を見ていた長野・上泉両家の家臣たちの中には、

「あのとき、箕輪の殿は、もっと、そのはなしをつづけたかったのじゃ」

「さよう。富姫を上泉の若殿の嫁御寮にしたかった。なれど年上のこともあって、わざと遠慮をなされ、遠まわしに、はなしをもって行こうとなされたにちがいない」

「それを上泉の殿は、何気もなく逸《そ》らしてしまわれた」

「箕輪の殿は、さぞ、がっかりとなされたろう」

などと、いう者もいた。

また、それは単に、長野業政が傘下《さんか》の同盟者である上泉伊勢守へ対しての、

「単なる外交辞令……」

だと、見る者もいる。

いずれにせよ、このことによって両家の同盟に傷がついたわけではない。

勢力が強大だというわけではないが、結束が堅く、しかも剣法の達人を主と仰ぐ上泉家の戦闘力を、長野業政が、ひそかに、

「たのみにしている……」

ことは、事実であった。

「これは、箕輪の姫」

濠にかかった橋を歩みわたり、近寄って来た常陸介が、柔和な笑いをうかべ、

「御苦労に存ずる」

と、軽く頭を下げた。

於富が武術の稽古《けいこ》にあらわれたものと見たのである。

「常陸介さまにも、毎朝……」

於富も、ていねいにいった。

これは、常陸介が毎朝かならず、大胡の城から上泉の居館にいる父のもとへ、あいさつにあらわれることを知っていたからである。

二人とも、たとえ冗談にせよ、両家の父の間に縁談のことが話題となったことを、耳にしてはいる。

だが、常陸介も於富も、そのことに無関心であった。

むりもないことだ。

当時の二人は、常陸介が十二、三歳。於富が十四、五歳の少年少女だったし、まだ、たがいに顔を見たこともなかった。

「この梅雨の間、お目にかかりませなんだが……まあ、常陸介さまは、また、ずんと背丈《たこ》が高うなられましたな」

と、於富が見上げるような眼《まな》ざしになった。

「さようでしょうか。自分では、ようわかりませぬが……」

常陸介が、おっとりとこたえる。

（それにしても……）

いつも於富は、常陸介を見るたびにおもう。

これほどに立派な体軀《たいく》の所有主である常陸介が、

（なにゆえ、父君について剣の道を奥深く、きわめようとはなされぬのか……？）

であった。

だからといって、常陸介も武将の家をつがねばならぬ男子である。

太刀《たち》・槍《やり》・馬術など、武将の子として身につけねばならぬことだけは、いまも、鍛練におこたりはない。

ただ、それを父の伊勢守が、

「手をとって教えてはいない」

のである。

伊勢守は、

「常陸介は、あれでじゅうぶんじゃ」

と、於富にもいい、常陸介のすべてを大胡城にいる亡《な》き妻の父・五代又左衛門《またざえもん》へゆだねているのであった。

(剣の道をきわめる……)

ということは、むろん、ひととおりの修行ですむことではない。於富にしても、それは、伊勢守秀綱という師を通じて、

「かいま見た……」

に、すぎない。

当時はまだ、剣の道……剣術というものが理論的に体系づけられていたわけでない。

「剣術をまなぶ」

という言葉さえ、まだ普遍のものではなかった。

「では、箕輪の姫。これにて……」

上泉常陸介は、あいさつをして於富と橋上にすれちがい、本丸の方へ去った。

二の丸の居館に、上泉伊勢守は於富の来るのを待っていた。

於富が城門を入ると同時に、家来が別の通路から居館へ駆けつけ、

「箕輪の姫の来訪」

を、告げるのが、いつもの例であった。

伊勢守は〔奥の主殿〕とよばれる一間にいた。

ここで、嫡子《ちゃくし》・常陸介のあいさつを受けたのであろう。

毎朝といっても雨・風の日はむろんのこと、厳冬の激しい風雪の朝にも、常陸介はかならず、上泉へあらわれる。

これは、五代の祖父から、きびしく躾《しつ》けられたことで、それが、いまの常陸介にとっては、

「当然のこと」

に、なってしまっているのだ。

伊勢守秀綱の侍臣・疋田《ひきた》文五郎《ぶんごろう》は、上泉父子について、こう語り残している。

「これと申して、ことさらにいうべきこともござらぬが、殿と若殿との間には、筆や口にはつくせぬ情のこまやかさが、通い合《お》うているように見うけられます」

その疋田文五郎が於富を案内し、勾欄《こうらん》をめぐらした縁づたいに、奥の主殿へあらわれた。

「殿。箕輪の姫が、おこしなされまいた」

こう告げて、文五郎は引き下って行った。

武将の居館といっても、天文年間の当時、後年のような書院造りや数寄屋《すきや》ふうの建築は、まだ、ひろめられてはいない。

ことに、地方豪族の一人である上泉伊勢守のような武将の城や邸宅は、古風で質実剛健なものであり、この〔奥の主殿〕とよばれる伊勢守秀綱の居住区は、大きなわら屋根の下に約五十坪ほどの板敷きの間が四角に切り分けられ、七つの部屋を構成している。

侍臣たちの詰めている部屋や、納戸《なんど》・蔵・大台所などは別の棟になっていた。

伊勢守の居間は六坪の板敷きで、その中央に四畳ほどの畳が敷かれており、そこに机・火取《ひとり》・脇息《きようそく》などが置かれ、屏風《びようぶ》が立てまわされていた。

於富は、その居間の次の控えの間へ、縁から入って行った。

「よう、まいられた」

屏風の向うから伊勢守の声が、ことばが、いつもと同じようにきこえた。

去年の梅雨期に、於富は、ほとんど武術の稽古を休まず、雨がはげしいときは、上泉城へ泊りこみで熱中していたものだ。

しかし、今年は、梅雨空が上州の地をおおっている間、於富が上泉城へあらわれたのは、わずか二度にすぎなかった。

しかし伊勢守は、このことについて、いささかもふれず、

「こちらへ」

と、いった。

ひざまずいて一礼した於富が、居間へ入った。しずかに、屏風の裾《すそ》をまわり、於富は伊勢守の正面へ来て、両手をつかえ、

「お師匠さま。お久しゅうございます」

あいさつをした。

うなずいた伊勢守が、軽く上体を折って礼を返す。

ただこれだけのことでも、剣の道の神奥《しんおう》をきわめたといわれる上泉伊勢守秀綱の挙措進退には、いささかも隙《すき》のない美しさがにおい立つらしく、於富の亡き母が、夫・長野業政へ、

「まことに、舞の名人を見るおもいさえ、いたしまする」

と、もらしたことがあるそうな。むろん、自分の六尺ゆたかな体軀のうごきを、そうした眼で見る人びとがいることなど、伊勢守にとっては関心のないことであった。

また、於富は、侍女のおまきへ、ふかい吐息と共に、おぼえず、こういった。

「わが、お師匠さまのお顔を見ていると、真白な山雪にきよめられた赤城の杉木立をおもい出します」

こうした上泉伊勢守へ対する於富の思慕は、武術をまなんだ恩師へのそれから、知らず知らず、一個の男性へのそれに変っていったのではあるまいか。

「さて……」

と、伊勢守が於富を、裏庭へいざなった。

雨天の折は、居間の奥の十坪ほどの板の間で稽古がおこなわれる。

晴天の日は、裏庭においてであった。

於富は、奥の間に入り、刃引きもしていない愛用の薙刀《なぎなた》を取って庭へ出た。

伊勢守は、袖《そで》の短い夏の小袖に袴《はかま》をつけ、素足となり、これは太刀を取って於富の後から奥庭へ出て行った。

二人の稽古は、およそ一刻《いっとき》（二時間）もつづけられたろうか……。

稽古といっても、後年のごとく木造りの刀や薙刀で、やたらに打ち合うのではない。

このごろは、ときによると、太刀を構えた伊勢守と薙刀を構えた於富が、そのままの姿で半刻もにらみ合っているときもある。

「かたじけのうござりました」

於富は薙刀を納めてから、居間へもどっている伊勢守の前へ来て、礼をのべた。

「お師匠さま。今夜は城内に泊めていただきまする」

「おお」

これも、例外のことではない。

稽古に来て、その日のうちに於富が箕輪へ帰ることのほうが、めずらしいのだ。

「では、ゆるりとせよ」

と、伊勢守。

これから軽い食事をとり、於富は、奥の主殿の外れの、自分にあてがわれた一間へ行き、昼のねむりに入る。

これも常例のことだ。

男の肉体を鍛えるのとはちがい、女子の躰《からだ》へ武術を植えつけるためには、

「よほどに考えてせねばならぬ」

これが、上泉伊勢守の持論なのである。

「心と躰は二にして一。一にして二つに分れている。ゆえに、女子の心と躰を粗暴にあつこうてはならぬ」

と、いうのだ。

武人の家に生れた女は、それ相応の武術を身につけ、肉体を鍛えなくてはならぬが、その限度をわきまえるべきだ、と、伊勢守は考えている。

さて……。

於富は、奥の部屋へ行き、午睡に入った。

上泉伊勢守は、居間の机の書物に向った。

真夏の午後である。

奥庭は、目がくらむほどに陽光があふれてい、蟬《せみ》が鳴きこめていた。

だが、ひろくて奥深い居館の内は、冷んやりとしていて、凝《じつ》と、机に向っている伊勢守の端正な横顔にはうす汗すら浮いていなかった。

侍臣が、一度、白湯《さゆ》を運んであらわれたきりで、居館の内外には人の気配とてもないように感じられる。

どれほどの時がすぎていったろう。

この、時のながれがすこしずつ、さすがの伊勢守もおもいおよばぬ〔異変〕に近づきつつあった。

この日のことを、伊勢守は生涯忘れなかった。

それでいて、記憶がおぼろげなのである。

この日の……稽古を終えた於富が午睡のために引き下って行ってからのちのことを、正確におもい出せないのである。

（まさかに……）

あのような異変が、わが身に起ろうとは……。

そしてまた、於富も、伊勢守同様に、

（何故、私が、あのようなことをしたものか……それは自分にもわからぬ）

のである。

しかし、異変が起るべき理由は、

（ないとはいえぬ……）

のであった。

ともあれ、於富は、うとうととまどろみ、伊勢守は書見をしていたのである。

このときの二人は、来るべきものについて、いささかの予感も抱いていない。

そのうちに……

伊勢守が立ちあがった。

書見に倦《う》んだのではなく、西林寺の和尚《おしょう》をたずねる約束がしてあったのを、おもい出したのだ。

西林寺は、上泉家の菩提寺《ぼだいじ》であって、この上泉城の三の丸外の濠《ほり》をわたったところにある。

つまり、上泉城の曲輪《くるわ》の内に、菩提寺があるのだ。

住職は虎山一峰《こざんいっぽう》といい、九十をこえて尚《なお》、矍鑠《かくしゃく》としている。

三十八歳の上泉伊勢守とは五十以上も年齢がひらいていて、伊勢守が少年のころ、よく二の丸から三の丸への橋をわたり、西林寺へおもむき、一峰和尚から、文事・古学について教えをうけたものだ。

その和尚が、まだ生きていて、むかしと同じように、伊勢守の来訪をたのしみにしている。

伊勢守は、居間から広縁へ出た。

広縁をわたり、廊下を右へ曲った上泉伊勢守の眼前を、庭から入りこんで来た紋白《もんしろ》蝶《ちょう》が、はらはらとたゆたっていた。

そして、その白い蝶は、廊下をたどって行く伊勢守の眼の前を舞い泳ぎつつ、左へ逸《そ》れた。

突当りに、於富の部屋がある。

板扉が、すこし開いていた。

これは、於富が午睡からさめたことをしめしている。

ねむっているのなら、いかに夏の日中といえども板扉を閉ざしておくはずであった。

ために伊勢守は、別だん、ためらうこともなく、むしろ、にこやかに、

「富姫……」

と、よびかけ、

「白蝶が……」

いいさして、於富の部屋の前へ立ち、中をのぞいた。

於富は目ざめていなかった。

いや、すこし前に目ざめて、暑いので板扉をすこし開き、

(もう、ねむらぬ)

つもりでいた。

ところが、そよそよとながれこんで来る風のここちよさに、いつの間にか、また身を横たえてしまったのである。

いちいち侍女もつきそっては来ぬ、気やすい上泉の居館にとどまって暮すことを於富は気に入っていた。

上泉城には、侍女がほとんどいない。女といえば大台所に四人と、縫物をする者が二人ほどで、あとはすべて男たちによって取りしきられている。

「私は上泉のお師匠さまのもとへ行くと、男になる。男としてあつこうて下さる。それがうれしい」

と、いつか於富は、箕輪城の侍女に語ったこともあった。

於富は胸から下へ、白の生絹《すずし》に青い千鳥文様をちりばめた古風な被衣《かずき》をかけていた。

この被衣は、伊勢守の亡き妻・小松の遺品で、伊勢守は、

「つこうたがよい」

と、於富へ、あたえたものだ。

このほかに、部屋の調度なども、

「亡き人の品でよければ……」

こういって伊勢守は、於富の姉の正子にもあたえた。

それを長野の姉妹は、

「お師匠さまの奥方さまの御形見」

として、たいせつにし、正子も国峰城へ嫁ぐとき、その品々をすべて持ち運んだそうな。

「よう、ねむっておる……」

つぶやいて伊勢守は、板扉の外から、於富をながめた。

実は、このとき、於富は目ざめていたのだ。板扉を開けて、また、いつしかまどろむうち、

「富姫……白蝶が……」

と、廊下でいった上泉伊勢守の声に、はっと目ざめ、半身を起したのである。

あれほどに武術の修行をした於富が、もし、伊勢守の声に目ざめなかったとしたら、

これは、

(いぶかしいこと……)

になる。

別だん、大きな声でよびかけたわけではないけれど、伊勢守自身も、開いた板扉の前まで来て、部屋の中の於富が眼を閉じ、横たわっている姿を見たとき、

(や……?)

おそらく、不審の念を抱いたにちがいない。

(富姫ともあろうものが、何ゆえ、戸をひらいたまま、ねむっているのであろうか?)

そして、

(ねむっていても、わしの声に、何ゆえ気づかなんだのか?)

であった。

武術の師であるだけに、伊勢守が、そう感じたのは当然であったろう。於富は先《ま》ず、師の声に目ざめた。そして、はらはらと部屋の中へ舞いこんで来た白い蝶の姿を見た。

ついで、廊下を近寄って来る伊勢守の、しずかな足音をきいた。

そのとき、われ知らず、於富は身を横たえ、被衣を引き寄せ、両眼をつぶっていた。

どうして、そのようなまねをしたのか……。於富にも、それは、わからなかったろう。

(なるほど。あのときの、私は……)

と、自分自身になっとくが行ったのは、もっと後になってからだ。

伊勢守は廊下に立ち、凝と、於富を見た。

庇《ひさし》のふかい小間だけに、部屋の中は、ほの暗かった。

向うの小窓に、外の陽光が活《かつ》と明るい。

いったんは、於富の腰のあたりをたゆたっていた白蝶が、その陽光をもとめ、小窓から外へぬけ出して行った。

化粧の匂《にお》いもない於富の、いかにも健康そうな寝顔を、伊勢守は、

(愛らしい……)

と、見た。

十八歳の乙女の凝脂が、その顔に照っている。

伊勢守が、身を返して部屋の前からはなれようとした。

異変は、そのときに起った。

その瞬間に……。

於富の両眼が、はっとひらき、伊勢守を見たのである。

「目ざめたか……」と、伊勢守がいった。

於富のこたえはなかった。

夏の烈日よりも強く、はげしいものに於富の眼は燃えていた。

ふたりの……師と愛弟子《まなでし》の視線が空間にむすび合い、凝結した。

すこしずつ、すこしずつ、於富が身を起すにつれて、なんと、伊勢守の躰が廊下から部屋の中へ吸い込まれるように入ってゆく。

なぜ、こうなってしまったのか……。伊勢守はひきこまれてしまったと、いうよりはかはない。
於富の眸子《ぼうし》から発する何ものかに、伊勢守はひきこまれてしまったと、いうよりほかはない。

ということは、その於富の声にもことばにもならぬ眼の輝きにこたえるだけのものが、伊勢守の胸の底にも内在していたことになるのではないか……。

それは、つまり、この三年間の師弟としてのまじわりのうちに育《はぐく》まれていたものと、いってよい。

部屋の中へ入った伊勢守は、うしろ手に板扉をしめた。

於富のえりもとが、わずかにくつろげられ、そこから、白いのどもとがねっとりとした光沢をたたえ、あえいでいた。

いつの間にか、伊勢守秀綱の巨体が於富の眼前へ近寄り、於富の双腕が伊勢守へさしのばされたのである。

それから半刻ほどのちに、上泉伊勢守は、

「馬をひけ」

と、疋田文五郎に命じ、

「御供を……」

仕度をしかける文五郎に、

「よいわ」

愛馬へまたがり、大手門から城外へ駆け出して行った。

日ごろ側近《そば》くつかえる文五郎が見ても、このときの伊勢守には平常といささかも変った様子がなかったそうな。

声もおだやかなものであったし、挙動も落ちついていた。

また、こうして急に、遠乗りをおもいたち、伊勢守が城外へ出て行くことも、めずらしくないのである。

夕暮れ近くなり、疋田文五郎が於富の部屋の外へ来て、ひざまずいたとき、於富は机の前にすわってい、これも文五郎の眼には、何ら怪しむべきところがなかった。

「殿は先ほど、野駆けにお出になられまいたが、大胡の城へお立ち寄りなされた御様子にて、ただいま大胡より使者がまいり、今夜は大胡にお泊りなさるるそうでござります」

「お師匠さまが、大胡へ……」

「はい」

「それはさぞ、常陸介さまがおよろこびなされよう」

「私は、明朝早く、箕輪へもどります。お師匠さまへよろしゅう申しあげてくれますよう」

「いかさま」

「心得てござります」

文五郎が去ったのち、於富は、奥庭へ出た。

淡く夕闇《ゆうやみ》がただよってきはじめている。

だが、夏の夕空は、あくまでも明るい。

その夕空を仰ぐ於富の顔は、於富だけが知っているよろこびにあふれていた。

翌朝。

於富は、供の家来三名と共に上泉城を出て箕輪へ帰って行った。

これを見送った上泉の家来たちは、

「おお。箕輪の姫は、いかにもはればれとしたお顔じゃ」

「ごきげんがよいらしい」

などと、いい合ったものだ。

伊勢守は、この日も大胡へ泊っている。

上泉へ帰って来たのは、つぎの日の早朝であった。

「昨日の朝、箕輪の姫は御きげんよく、お帰りになりました」

疋田文五郎が、そう告げると、

「きげんよく、帰ったと、申すか……」

「はっ」

「さようか……」

そのとき、居間の机の前に坐《ざ》し、ぼんやりと庭の彼方《かなた》をながめている伊勢守の横顔を見たとき、文五郎は、

(今朝の、殿は……?)

何か、腑《ふ》に落ちかねるものを感じた。

いつもの伊勢守とは、ちがうものを感じた。

だが、何も知らぬ文五郎としては、そのおもいを深く追求する必要もなかったのである。

「朝餉《あさげ》は、大胡にてすませてまいったぞ」

と、いい、伊勢守は水浴のために浴堂へ向った。

伊勢守のみならず、当時の人びとは、日に二食が生活の為来《しきたり》であった。

於富が稽古《けいこ》するときは、朝を食さず、稽古の後に食事をとる。

これは、

（そのほうが、私の躰《からだ》にはよい）

と、於富が伊勢守にねがい、そうしてもらったのである。

（わしとしたことが……）

浴堂へ入って裸体となったとき、伊勢守は、はじめてそうおもった。

それは、後悔というべきものではなかった。

八年前に妻を亡《な》くしてより、伊勢守は、女体に一度もふれなかったわけではない。

大胡の城には、いちおう〔側室〕と名づけてよい女もいた。

これは、大胡の侍女であったものであるが、伊勢守は、上泉にいるときは、ほとんど側《そば》に女を近づけぬ。

しかし、於富は侍女ではないのだ。

上野《かみつけ》の国の黄斑《こうはん》などとよばれている箕輪城主・長野業政のむすめなのである。

そして、上泉伊勢守は、長野業政と同盟し、その傘下《さんか》に入っている。

さらに、長野業政は、関東管領《かんれい》の上杉憲政《のりまさ》にくみしているのだ。

関東管領というのは、足利将軍と幕府の命をうけ、

「関東一帯の政治を管理する……」

重い役職であって、これに任じている上杉憲政の居城は、同じ上野の国の平井にある。

だから、上泉伊勢守は、長野業政と共に、

「関東管領のために……」

はたらき、ひいては足利将軍と幕府のために、

「関東を守っている」

ことにもなるのである。

これで世の中がおさまって行くのなら、わけもないことなのだが、いまは、日本の諸国が戦乱に巻きこまれて、

「将軍も幕府も、あったものではない」

と、いってよい。

足利将軍は、十二代目の足利義晴《よしはる》だが、もはや、将軍自体の武力や勢力というものは、ほとんど失われている。

ために、足利幕府という日本の政権も、

「名のみのもの」

であって、その幕府内の勢力を争う細川や三好《みよし》などの争乱が絶え間もなく、将軍・

足利義晴は、日本の首都である京都に腰を落ちつけていられず、諸方を逃げまわっている始末なのだ。

将軍や幕府が、こうしたありさまなのだから、関東管領の上杉家にしても、その威風をもって、

「関東をおさめている……」

わけではないのだ。

上杉家自体が二派に分れて何年も争いつづけている。

これに乗じ、関東を「わがものに……」と野望に燃える戦国大名や豪族たちが諸方に入り乱れて戦う。

当面の、もっとも恐るべき敵は、相模《さがみ》(神奈川県)小田原城の北条氏康《ほうじょううじやす》であった。

北条家の祖・北条早雲《そううん》が関東を席捲《せっけん》して、小田原へ本城をかまえてから五十年ほどになるが、北条氏康は、

「関東管領を追いはらって、名実ともに、わが手へ関東をつかみ取るのじゃ」

と、いい、そのすさまじい侵略ぶりには、

「どうにか、ならぬものか……」

関東管領・上杉憲政は、悲鳴をあげている。

いまの上杉憲政は、箕輪城の長野業政を、

「もっとも、たのみにしている」

のである。

長野業政ほどの男は、もう他にいない。

ちからおとろえた関東管領の味方などを、してはくれない。

いうならば、京都における足利将軍の縮図が、そのまま、関東管領に当てはまるといってよいのだ。

このごろの上杉憲政は、何事につけても、

「箕輪へはかれ」

といい、業政の意見を尊重している。

いまや、長野業政は関東管領の〔重臣〕であった。

それだけに、業政は気負い立ち、これまた、

(いずれは、関東をわが手の内に……)

と、考えている。

なればこそ、管領のためにはたらいているのである。

そのためには、なんとしても長野業政自身の勢力をたくわえなくてはならぬ。

業政が、むすめの正子を小幡家へ嫁がせたのも、

「小幡を、しっかりと、こちらへ引きつけておかねばならぬ」

からであった。

小幡家の居城・国峰は、管領の本拠・平井城の西方、わずか四里のところにある。これがもし、たとえば甲斐《かい》の武田《たけだ》家と同盟をむすんだりしたら、たちまち、武田軍を国峰へ引き入れ、平井城へ攻めかかるにちがいない。

長野業政が、むすめ聟《むこ》の小幡信貞をたいせつにあつかっている胸の内は、上泉伊勢守にも、よくわかっていた。

国峰城主・小幡信貞は、強兵をひきいる武将であって、関東管領の上杉憲政も、

「国峰が近くに在るので、こころ強い」

などと、長野業政にもらしたりしている。

しかし、まさかに業政が、次女の於富までも、小幡一族へ嫁がせることにきめたとは、上泉伊勢守も考えおよばなかった。

(於富が、ようも、あのような……)

われから、手をさしのべたのではなかった。これは何度おもい返して見ても、はっきりしている。

於富の双眸《そうぼう》は、たしかに、伊勢守をさそい、伊勢守の愛撫《あいぶ》を、

(もとめていた……)

のである。

伊勢守の腕の下で、ふるえながらも、懸命にすがりついてきた於富であった。

(わからぬ。何故、あのようなことになったものか……?)

於富は、あきらかに処女であった。

そのことはさておき、戦国のそのころは、女の処女性などというものを、男はあまり問題にしていなかったようだ。ことに武家においては、場合によって何度も、夫を替えたり、夫を戦場でうしなって再婚したり、或《あ》る大名の息女などは五度も夫をうしない、六度も結婚をしたりしている。

むろん、これは政略結婚によるもので、長野と小幡両家のごとく、それぞれの家をまもり、領国をまもるために、女たちが結婚させられる。

これを、現代の人びとは、

「そのころの女は、男の犠牲になっていた」

と、見る。

なるほど、そうした見方もできよう。

だが、むしろ当時の女たちは、

「男といっしょになって……」

家をまもり、領国をまもるという意識が、強烈であったことも事実であった。

戦争に負ければ、一族が、みな、ほろびてしまう。

たとえ、小さな山国であっても、それは厳然たる一つの国なのであった。

そうした大小の国々が、日本には、いくつもひしめき合い、それぞれの領主が戦い合っている。

だから、男ばかりか女のこころも、当然、強く激しくなってくる。

大名・武将の家の女たちばかりでなく、庶民の女たちのこころも、火のように燃えていた時代なのだ。

つぎのようなはなしがある。

むろん、戦国時代のことだ。

自分の夫を殺した敵方の武士が、

「憎うて憎うて、たまらぬ！」

と、いい、妻が夫の敵《かたき》を討つため、領国を出て旅にのぼった。

これは、亡くなった夫への愛情が、いかに強烈であったかをものがたっている。

そして、ついに、敵の武士を見つけた。

見つけて、切りかかった。

そのときに、女は、敵の武士の男らしい、いさぎよい態度に魅了されてしまい、もう、切りつけることができなくなった。

そして、夫の敵の武士と夫婦になってしまった。

これをきいて怒ったのは、女の亡夫の親類たちである。

「憎い女め!」

というので、親類五人ほどが、夫婦の家へ押しかけた。

このとき夫婦は、ともどもに刀をぬきはらって闘い、女は左腕を断ち切られたが、二度目の夫と共に脱出し、逃げのびて、以後は幸福に暮したという。

このことを、或る大名がきいて、

「まことに、みごとなる女だ」

と、夫の敵と夫婦になった女をほめたというのである。

於富や上泉伊勢守が生きていた時代は、先ず、このような時代であったのだ。

ところで……。

於富は、この年の夏がすぎるまでに、三度ほど、上泉の城へあらわれている。

そのたびに、泊って行ったことは事実だ。

だが、そのたびに、伊勢守の愛撫をうけたものかどうか、それは、あきらかでない。

しかし、於富が最後に、上泉へあらわれた日の夜は、於富のほうから伊勢守の寝所へ忍んで来たのであった。

伊勢守は、もう、抗しきれなかった。

新鮮な桃の果肉のような於富の肉体は、芳香をはなち、その匂《にお》いの濃さを増しつつ、ふるえ、わななき、ひたむきに伊勢守の躰へすがりついてきたのである。

この夜。

上泉伊勢守は、これまで考えつづけ、ようやくに決意したことを口にのぼせた。

すなわち、

「自分の妻になってくれ」

と、於富へささやいたのだ。

そのとき、於富が、ゆるやかにかぶりを振るのを、伊勢守ははっきりと見てとった。

「何と……?」

於富は、拒否しているのである。

それなら、

（何故、わしに身をゆるしたのか……？）

であった。

「箕輪の姫……」

「お師匠さま。わ、わたくしは！」

「何としたぞ」

「は……」

於富は、重くたれこめた闇の中に、しばらくは凝然と仰向いたまま沈黙していたが、

「お師匠さま。このうえは、もはや何も、おおせられませぬよう、ねがいあげまする」

うごかしがたい決意がこもった口調で、そういった。

伊勢守は、於富の胸のうちをはかりかねて沈黙した。

「ごめん下さいませ」

かすかに、声がきこえたときには、於富の躰が寝所の外へ出かかっていたのである。

よびとめる間もなかった。

いや、よびとめる理由もなかったといえよう。

於富は、伊勢守がした結婚の申し入れを、承知しなかったのだから……。

翌朝。

上泉伊勢守が目ざめたとき、於富は供の家来を従え、箕輪へ帰ってしまっていた。

伊勢守は終日、茫然《ぼうぜん》とすごした。

可愛《かわい》い、わがむすめのような女弟子だとばかりおもっていた於富と、あのようにむすばれたとき、それだけに伊勢守はとまどった。

(二十も年下のむすめと、わしが夫婦《めおと》になる……)

当時としては、ふさわしくないことである。

だが、二度、三度と、於富を抱くうち、伊勢守は決意した。

(わしが申し入れれば、長野業政殿も、ことわりはすまい)

男の責任をとる、というのではない。

伊勢守は、しだいに、於富を、

「わが妻に……」

のぞむこころになっていたのであった。

(何故……何故、於富は、あのような……?)

わからなかった。

それも、わずか三日ほどのことで、間もなく、箕輪の長野業政は正式の使者を上泉城へさし向け、於富の結婚のことを伊勢守へつたえてよこした。

於富と小幡図書之介との結婚のことを聞いたとき、上泉伊勢守の表情は、みじんも変らなかった。

おどろきはしたろうが、この戦乱の世にあっては、

「かくべつの、おどろきではない……」

ともいえる。

これほどのことにおどろいていたのでは、

「生きて行かれぬ……」

時代であったことは、これからの、この物語が証明するであろう。

世と人の矛盾が、数かぎりなく起り、おもいきっていうならば、

「矛盾だらけ……」

の、時代であったのだ。

そうした矛盾に、いちいち、こころをとらわれ、おもい悩み、考え沈んでいてしまったら、何ひとつ出来ない時代だったのである。

「さようか……」

と、伊勢守は、箕輪からの使者へ、うなずき、

「この婚儀について、自分は、これまでに一度も、耳にしたことがなかったが……」

「おそれ入りまする」

「急に、ととのえられたものか?」

「はい。われら家臣一同にとりましても、まことに、急のことにて……箕輪では、姫の御輿《こしい》入れの仕度に大わらわにござります」

「ふうむ……」

使者のことばには、嘘《うそ》がないようである。

「なるほど……」

伊勢守の顔に、やわらかい微笑が浮きあがって、

「では、富姫も国峰の城へ行き、姉上と共に暮すことになるわけじゃな」

「はい」

「それは、さぞ、こころ強いことであろう。めでたいことだ」

「かたじけのうござります」

「自分も、いずれ、箕輪の殿へ御祝いをのべに出向くつもりじゃ。よろしゅう、おつたえを」

「心得まいた」

使者が箕輪へ帰って行ったあと、伊勢守は、侍臣・疋田文五郎をよんだ。

「文五郎。きいたか」

「はっ。まことに、おめでたきことにて……」

「うむ。とりあえず、そのほうがわしの代りに、明日は箕輪へまいってくれ」

「かしこまりました。それにいたしましても、殿……」

「なんじゃ?」

「富姫は、御輿入れのことなど、いささかも申されてはおりませなんだが……」

それが、文五郎にも不審らしかった。

文五郎のことばに、伊勢守は、軽くうなずいたのみである。

翌日。

疋田文五郎は、祝賀の使者として箕輪へ向った。

文五郎は、今年、二十五歳になる。

加賀の国(石川県)の豪族で、疋田景範《かげのり》という人物があり、その夫人は、上泉伊勢守の姉であった。

文五郎は、その姉の子に生れたわけだから、伊勢守にとって実の甥《おい》にあたる。

少年のころに、伊勢守の手もとへ引き取られた疋田文五郎は、上泉家の家臣となり、伊勢守の側近くつかえ、後年には伊勢守によって新陰《しんかげ》流の神髄を会得《えとく》するにいたる。

夕暮れになって、疋田文五郎が上泉へもどって来た。

「箕輪の殿も、いたく、およろこびでござりました」

「さようか。で、富姫には会うたのか?」

「はい」

於富は、文五郎ひとりを、わが部屋へまねき、こういったそうである。

「お師匠さま……いえ、上泉の殿に、文五郎どのより、おつたえ下され。ながい間、あつき御教えをたまわり、かたじけのうござりました。於富は、この三年の月日を、しっかりと、この胸にきざみつけ、国峰へまいります、と……」

そのときの於富は、たとえようもなく晴れ晴れとした顔つきで、むしろ、凜々《りり》しく眉《まゆ》をあげ、

「もはや於富は、何ひとつ、こころ残りなく、国峰へ嫁ぎまする、と、上泉の殿へしかと申しつたえて下され」

と、いったそうな。

「さようか……」

伊勢守は、この於富の別れのことばをきいたとき、すべてが、わかったようなおも

いがした。

於富が、自分を愛し、自分にすべてをささげてからでなくては、国峰へ嫁ぐこころが定まらなかったことを、はっきりと知った。

国峰へ嫁ぐことを、父・長野業政からいいわたされたとき、於富は伊勢守へ抱いていた慕情を何らかのかたちであらわさなくてはならぬと、おもいきわめたにちがいない。

それはまた、十八歳の乙女にすぎぬ於富が、

「父のため、長野家のため、領国のために……」

男に負けぬ意欲をもって、はたらこうと決意をしたからに、ほかならぬのである。

文五郎が去ったあと、伊勢守は、於富を国峰へ嫁がせた長野業政の胸の内にひそむものをおもってみた。

長野業政が、長女・正子につづいて、次女の於富までも、国峰の小幡家へ嫁がせたということは、とりも直さず上泉伊勢守よりも小幡信貞を、重く見ていることになる。

五年前に……。

長女の正子を小幡信貞へ嫁がせたとき、長野業政は、老臣のひとりに、

「正子は、伊勢守秀綱殿へやってもよいと、おもうていたのじゃが……」

と、もらしたそうな。

それより三年前に妻をうしなっていた上泉伊勢守は、当時、三十三歳。

正子は二十歳であった。

年齢の相違も、これならば、

「おかしいことはなかった……」

のである。

また、長野業政から、

「正子をもらって下され」

と、いわれれば、伊勢守も、これを拒絶することはできなかったろうとおもわれる。

上州の小さな一勢力にすぎぬ上泉家にとって、箕輪城の長野業政は、かけがえのない庇護《ひご》者でもある。

もしも長野業政を敵にまわすことになったら、大胡や上泉の城など、

「ひとたまりもない……」

のである。

これは、上泉伊勢守ひとりが、いかに兵法《ひょうほう》の達人であるといっても、どうにもならぬことだ。

一人では、城をまもりきれぬ。

一人では、たとえ小さくとも、わが領国をおさめることはできぬ。

一人では、

「戦さができぬ」

のである。

しかし、長野業政は熟考の末、正子を国峰城主・小幡信貞へ嫁がせたのであった。

これはやはり、小幡と上泉を秤《はかり》にかけて、長野業政は、

「小幡の重み……」

を、知ったからにちがいない。

いま、どうしても、上泉とのむすびつきを、この上にも固めておきたいと、業政がのぞむなら、たとえ二十歳の年齢の差があっても、

「今度は、於富を伊勢守殿へ嫁がせよう」

そう考えたとしても、別に、ふしぎはないことなのだ。

だが尚《なお》も、業政は小幡家との婚姻を深めようとして、於富と小幡図書之介との婚儀をととのえたのである。

上泉伊勢守は、

(わしが、長野業政であったなら、やはり、おなじことをしたろう)

と、おもった。

伊勢守は、自分が、その旗の下に従っている長野業政を、いつも興味ぶかい目で、ながめている。

四十をこえた業政は、刃金のように硬く、するどい体躯《たいく》の持ちぬしで、背丈も低く、瘦《や》せて見えはするが、その活力はすばらしいものがあった。

酒も強いし、

(あの小さな躰《からだ》の、どこに入ってしまうのか……)

と、おもうほどに、よく食べ、飲む。

細くて小さく見える躰だが、裸になると筋骨が意外にたくましく、戦場で受けた傷《きず》痕《あと》が、大仰にいうなら、

「数え切れぬ……」

ほどに、その腕や胸にきざまれているのだ。

この躰の上に、これも大仰にいえば、

「小さな躰の半分はあろうとおもわれる……」

ほどの、大きな顔が乗っているのである。

その大きな顔に、小さくて細い両眼がある。

ふとくて長い鼻がある。

大きくて厚い唇がある。

魁偉《かいい》きわまる顔貌《がんぼう》であった。

業政の胸の底には、単に、

「関東管領《かんれい》・上杉憲政をたすけて、はたらく」

ということ以外の、何ものかがひそんでいることを、伊勢守は看破していた。

このところ、長野業政は、自分の勢力の伸張をはかることに、いそがしい。

もしやすると、業政は、

(いつかは、この手に関東を……)

つかみとろうという野望を抱いているのかも知れない。

さて……。

半月後、上泉伊勢守は、於富の婚儀を祝うための品々をたずさえ、みずから箕輪城へおもむき、長野業政に祝儀《しゅうぎ》のあいさつをした。

このとき、於富は伊勢守の前へあらわれなかった。

「めずらしいことじゃ。姫は風邪をひいて、やすんでおる。悪《あ》しからずおもわれよ、伊勢守殿」

と、業政がわびた。

夏は、終ろうとしていた。

いや、秋が来ていた。

上野の国には、

「春と秋が無い」

と、いわれている。

蒸し暑い夏が終ると、急に、烈風が吹きつのる日々となり、一気に、冬へ突入するのだ。

こうした或日《あるひ》。於富が、突如、上泉の城へあらわれた。

伊勢守の居間へ通された於富は、この前に箕輪城で、疋田文五郎へ、

「お師匠さまへ、申しあげて下され」

と、のべた言葉と、ほとんど同じような、別れのあいさつをした。

しかし、

「もはや、こころ残りはござりませぬ」

の一語は、口にしなかったのである。

風もない初秋の午後で、空は曇っていた。

「末長《なご》う、図書之介殿と添いとげられよ」

という伊勢守を、正面から見つめた於富が、身じろぎもせず、むしろ敢然として、

「はい。おことば、決して忘れませぬ」

と、いいはなった。

うなずいた上泉伊勢守が、

「文五郎を、よべ」

と、小姓に命じた。

すぐに、疋田文五郎が、居間の外の回廊へあらわれ、

「お召しでござりますか？」

「入れ」

「はっ」

小姓が、角盥《つのだらい》に水を張って運んで来た。

伊勢守は手に持った一枚の檀紙《だんし》を細長く四つにたたみ、これを角盥の水へとっぷりとひたした。

文五郎は平静に、これを見まもっているが、於富と小姓は、

(殿は、何をなされようとしておられるのか……?)

不審げに、伊勢守の手もとを見つめていた。

しばらくの間、伊勢守は無言で檀紙を水につけたまま、うごかない。

ややあって、

「これへ……」

伊勢守が立ちあがり、於富を目顔でさしまねいた。

「は……?」

「ここへ、まいられい」

「はい」

伊勢守は、水気をしぼりとって、細長く折りたたんだままの檀紙を、於富のひたいへぴたりと当てて、その両端を、於富の手で押えさせた。

(お師匠さまは、何をなされるのか……?)

於富には、まだ、わからなかった。

疋田文五郎が、伊勢守の愛刀をささげ持ち、するすると近寄って来た。

「うむ」

太刀《たち》をつかみ、伊勢守がうしろへ下り、

「箕輪の姫よ。よう、ごらんあれ」

と、いった。

(なにを、見よ、と、おおせられるのか……?)

目をみはっている於富の前で、上泉伊勢守が、ゆっくりと太刀をぬきはなった。

太刀の鞘《さや》は、文五郎が受け取った。

伊勢守は、於富と約三間をへだてて向き合い、太刀をひっさげたまま、しずかに呼吸をととのえているらしい。

於富の両眼は、活《かつ》と見ひらかれ、両手は微動もせず、自分のひたいへ押しつけられた檀紙の両端を押えている。

伊勢守は、すぐに没入した。

つまり、

「無念無想」

の境地へ入ったのだ。

と、見る間に……。

伊勢守が、しずしずと足を運び、於富の眼前へせまった。

息をのんで見つめていた小姓の眼には、つぎの瞬間、伊勢守秀綱が両手に太刀をふりかぶり、これを於富へ打ち込んだ動作が、ひどくゆるやかなものに見えた。

居間の空気は、ほとんど、ゆれうごかなかった。

太刀を引き、うしろへ下った上泉伊勢守が、文五郎から鞘を受けて刀身をおさめ、
ふたたび文五郎へわたした。

「姫よ。ぬれ紙を外しなされ」

その伊勢守の声に、於富は、まるで、

「夢からさめたような……」

面《おも》もちとなり、ぬれ紙の両端を押えていた手を顔からはなした。

ぬれ紙は、伊勢守の太刀先によって、ななめに二つに断ち切られていた。

そして、ぬれ紙を当てていた於富のひたいには、かすり傷ひとつ無かった。

「ようも、眼を見ひらかれておられたな」

と、伊勢守。

「は……」

「わが太刀先を、とくとごらんなされたか」

「はい」

「うむ、うむ」

　さも、まんぞくそうに伊勢守が二度、三度と打ちうなずいた。

「これが、最後に姫へつたえた、わが兵法とおもうてくれ」

「か、かたじけのうござります」

「なんの……この三年、女の身で、ようも、はげまれた」

「お師匠さま」

「何か……？」

「おねがいがござります」

「申して見られよ」

「はい。伊勢守さま。この、断ち切られた檀紙を、いただきましても、ようございましょうか……」

「何とされる？」

「私の身の守りに、いたしまする」

「かまわぬことじゃ」

「かたじけのうございます」

　上泉伊勢守は、於富が、二つに断ち切られたぬれ紙を押しいただき、これを懐中へおさめるのをながめていたが、

「姫よ」

「はい？」

「あれを……」

いいさした伊勢守の右手が、奥庭の上の空を指し、

「神を、忘れまいぞ」

と、いった。

そのとき、伊勢守の手は地面を指し示している。

すなわち、

「天と地、いわゆる自然の摂理を忘れるな」

ということを、伊勢守は「神を忘れるな」の一語にふくめているのである。

それは、

「人間という生きものが、この世に生れ出たことへの神秘を、忘れるな」

と、いうことでもあった。

「はっ……」

おもわず、於富は、ひれ伏していた。

これから、この師弟は、別れの盃《さかずき》をくみかわし、於富は夕暮れ前に上泉城を去った

のだが……。

その、去りぎわに、於富が自分にささやいた言葉をきいたときには、さすがの伊勢守秀綱も衝撃をうけたのである。

於富は、いったい、何を伊勢守に、ささやいたのであろうか。

別れのあいさつをかわし、外の廊下へ出た於富は、送って来た伊勢守へ、

「お師匠さま……」

よびかけつつ、寄りそって来た。

そのとき、於富の口のあたりには、一種異様なほほ笑みが、うかんでいた。

そして、於富が何事か、ささやいた。

伊勢守は、愕然《がくぜん》となった。

「ごめん下されませ」

立ちつくして、声もない伊勢守に一礼し、於富は二度と後をふり返らず、去った。

城門の外まで見送りに出るつもりでいた上泉伊勢守であったが、このときは茫然《ぼうぜん》と廊下に立ったまま、我を忘れたかのようであった。

この年の十月一日。

於富は、国峰の小幡図書之介のもとへ嫁いで行った。

於富は、上泉の城へあらわれ、最後の別れを告げたとき、伊勢守の耳へ、こうささやいたのである。

「上泉の殿。わたくしは、間もなく国峰へ嫁ぎまする。そして、来年の夏が来るころ、子を生みまする。それが男の子か、女の子か、わかりませぬが……そのお子は、殿のお子にございます」

すでに、於富は、

(身ごもっていた……)

と、いうのだ。

しかも、

(わしの子を……)

である。

われから愛する男の子どもを身ごもってのちに、別の男へ嫁いで行く。

女とは、

(そうした生きものなのか……)

さすがの伊勢守も、このときのことは、生涯忘れなかった。

だからといって於富は、これから夫になる小幡図書之介を、

「身ぶるいが出るほどに……」

きらいぬいているわけでもないのだ。

つまり、師としての尊敬と、一個の男としての伊勢守へささげる慕情が一つになり、於富は、

(どうあっても、伊勢守さまのお子を生み、これを国峰で育てたい)

と、念願したものだろうか……。

おそらく、そうだろう。

そうでなくては、あのようなまねをするはずがないではないか。

となると……。

わが子でもない子を、わが子として生む妻を迎える小幡図書之介こそ、まことに割の悪い目に合うことになる。

むろん、於富は図書之介の子を、これから何人も生むことであろう。

そうした子たちを、共に育てて、図書之介の妻となり、子たちの母となってゆくわけだ。

現代のわれわれから見ると、於富の仕様は奇異にも感じられようが、すでにのべたごとく、四百何十年も前の、戦国時代の女の強さと活力には、

「はかり知れぬ……」

ものが、あったにちがいない。

上泉伊勢守にしても、

（わしの子を、於富が身ごもっていた……）

ことには、おどろきもし、茫然と立ちつくしもしたが、しかし、こうした状態で於富が小幡図書之介のもとへ嫁いで行くことについては、別に衝撃をうけたわけではないらしい。

あわてふためくこともなく、伊勢守は、於富が国峰へ嫁いで行く日を迎えた。

於富の秘密のささやきは、伊勢守の胸の底へ、深く仕舞いこまれた。

その婚礼の当日。

箕輪城を出て、国峰の城へ向う於富と長野業政の行列の中には、上泉伊勢守の重臣・滝窪《たきくぼ》瀬兵衛《せへえ》が騎士十名をしたがえ、加わっていた。

瀬兵衛は、伊勢守の代理として、婚礼の席に列するためであった。

当日は、朝からよく晴れて、めずらしく風も絶え、とどこおりなく事がはこんだ。

滝窪瀬兵衛が、上泉へもどって来たのは、翌日の午後になってからであった。

瀬兵衛は、常時、大胡の本城にいる。

上泉へあらわれた瀬兵衛は、供の騎士たちの大半を大胡へ帰し、自分は伊勢守の居館に一泊した。

婚礼の儀が無事にすんだことを報告してから、滝窪瀬兵衛が、傍《そば》の古風な唐櫃《からびつ》を伊勢守の前へ差し出した。

薄手の、小さな唐櫃であった。

「殿、これを……」

「なんじゃ、それは……?」

「実は……」

瀬兵衛が語るには、一昨日の夕暮れに、箕輪城へ到着した夜、婚礼を明日にひかえた於富が、

「滝窪どのを、これへ……」

と、瀬兵衛ひとりを、わが部屋へまねいた。

「滝窪どの。これを、上泉の殿へ、とどけてくれますよう」

於富が、そういって、瀬兵衛の前へ置いたのが、

「この唐櫃でござる」

と、瀬兵衛がいった。

だから瀬兵衛は唐櫃をたずさえて、翌朝、国峰へ赴いたのである。

それは於富が、

「滝窪どのより、殿のお手へ、おわたし下さるように」

と、念を入れたからであった。

それでなければ、騎士二人ほどに唐櫃を持たせて、上泉へ帰したろう。

「さようか。よし、下って、ゆるりとやすんでくれい」

「はっ」

瀬兵衛が引き下って行った後も、しばらくは唐櫃を見つめたまま、伊勢守秀綱は、手が出なかった。

（この唐櫃の中に、いったい、何が入っているのか……？）

であった。

この夏から秋にかけて、上泉伊勢守が、見方によっては、於富に、

「ほんろうされつくしている……」

と、いってもよいのである。

それだけに伊勢守も、この唐櫃の中から、何が出て来るか、知れたものではない、
と、おもったのであろう。

ややあって、伊勢守の両手が伸び、唐櫃の蓋《ふた》をはらった。
唐櫃の中には、濃紫《こむらさき》の小袖《こそで》と、黒の袴《はかま》が白絹につつまれ、おさめられていた。
(これは、於富が丹精をこめて、ぬいあげたものにちがいない)
と、伊勢守は感じた。
そのほかには、何も入っていない。
(もしや、手紙でも……?)
伊勢守の眼が、一瞬であったけれども、唐櫃の中をせわしげに見まわしたのである。
さて、翌、天文十五年の初夏になって……。
国峰にいる於富は、
「玉のような……」
男の子を生んだ。
ときに、於富は十九歳。
上泉伊勢守は、三十九歳になっている。
於富出産の報は、伊勢守の耳へもとどいた。
箕輪城から上泉へあらわれた長野業政の使者は、
「千丸《せんまる》様と、御名がつけられまいたそうでござります」

と、伊勢守へ告げた。

「千丸、とな……」

「はい」

「では、小幡図書之介殿も、さぞ、よろこばれたことであろうな?」

そういった上泉伊勢守の声が、重く沈んでいるのに、使者は気づかなかった。

「それは、もう……」

使者の眼も、よろこびにかがやいていた。

産月《うみづき》は、むろん、すこし早かったのだが、国峰の人びとは、気にもとめなかった。

以前から、たびたび、小幡図書之介が箕輪を訪問していたし、早くから於富と通じ合っていたものと、考えていたのだろうか……。

それとも、

「月足らずの子……」

と、おもっていたのだろうか。

何よりも、小幡図書之介自身が、

「出かしたぞ、於富。よい子じゃ、よい子じゃ」

大よろこびなのだから、面倒が起るはずがないのである。

千丸の躰《からだ》が、比較的に小さかったことも、月足らずの子と見られる理由になったのかも知れぬ。

長野業政は、

「小さくとも丈夫な子じゃそうな。これで、箕輪の城も安泰じゃ」

と、亡妻との間にもうけた長男の吉業《よしなり》が病弱だけに、そのよろこびも、ひとしお大きく、烈《はげ》しかったそうな。

さらに、長野業政のよろこびが重なった。

於富が、千丸を生んでから間もなくのことだが、業政の側妾《そくしよう》・阿也《あや》の方が、これも男の子を生んだのである。

業政は、この子に、

「鶴丸《つるまる》」

という名をあたえた。

長男・吉業が病弱だけに、この、いかにも健康そうな男の子の誕生は、長野業政を狂喜させた。

事実、のちになって吉業は病死してしまう。

そして、鶴丸が業政の嫡子《ちやくし》となるのである。

そのことを、業政は予見していたかのように、阿也の方の傍にねむっている赤子の鶴丸へ、

「これ、よう聞け。父はな、お前のためにも、いまよりは、もっと大きな城と国を遺《のこ》してやるぞよ」

と、呼びかけたそうな。

それを耳にしたとき、上泉伊勢守は、疋田文五郎のみへ、こういった。

「箕輪の殿は、鶴丸どののために、これよりは、いろいろと無理を重ねることになろう。上野の国ひとつをまもりぬこうとするよりも、むしろ、戦さをのぞみ、戦さに勝つことによって、関東の国々を、わが手におさめようとなさるにちがいない。なれど、それが無理となる。箕輪の殿には、無理となる」

このところ、上州一帯には、束《つか》の間《ま》の平穏がもたらされている。

信州では、父・信虎《のぶとら》をしりぞけて、若き統領となった甲斐の武田晴信《はるのぶ》が、梟雄《きようゆう》・村上義清《よしきよ》を相手に苦戦をつづけていたし、京都では、この日本の首都をめぐり、三好・細川など幕府の権力者たちが争っている。

近江《おうみ》でも、中国でも、戦乱が熄《や》むことなくつづいていた。

梅雨期が終ると、上州の酷烈な夏がやって来た。

(あれから、一年がすぎた)

その日の朝、上泉伊勢守秀綱は、居間の広縁に立ち、奥庭の木や草へ燃えるような光りを投げかけている夏の陽射《ひざ》しをながめつつ、

(於富は、小幡図書之介と、仲よう暮しているそうな……)

昨日、箕輪から来た使者が何気なくもらした、そのうわさをおもいうかべていた。

それをきいた伊勢守の胸に、一抹《いちまつ》のさびしさがある。

奥庭の一隅から、白い蝶《ちょう》が、はらはらと舞い出て来た。

伊勢守は疋田文五郎をよび「赤城へこもるぞ」と、いった。

白い蝶は、いつの間にか、居間の広縁にたゆたっている。

挑戦

上泉伊勢守が「赤城《あかぎ》へこもる」と、いったのは、赤城山のことを指す。
赤城山には、伊勢守の、
〔兵法《ひょうほう》の修行場〕

がある。

赤城山は、上州の名山である。

このカルデラ式・死火山の中央火口は地蔵岳の北に落ちこみ、まんまんたる水をたたえてい、これを大沼《おの》とよぶ。

この火口のまわりを、地蔵岳をはじめ、鈴ヶ岳・長七郎山・荒山・鍋割《なべわり》山などの山峰が囲み、その最高峰は、大沼の東にそびえる黒檜《くろび》山だ。

こうした峰々の総称を〔赤城山〕とよぶのである。

赤城山の噴火については、建長三年（西暦一二五一年）に、

「上野《かみつけ》の国、赤木嶽焼」

と、〔東鑑《あずまかがみ》〕に記されている。

それ以来、噴火の例はなく、火口原湖の大沼は不気味なまでの濃紺の色を深め、しずまり返っている。

赤城山の裾《すそ》野は、南から南西にかけて大きくひろがってい、その先は関東平野に接していた。

上泉の居館から北東へ約二里で、大胡の本城へ到着し、大胡から、赤城の山肌を北へのぼりつめること約二里半にして、三夜沢《みよさわ》に達する。

上泉伊勢守の修行場は、三夜沢に近い山林の中に、もうけられてあった。

「わしの若いころには、鈴ヶ岳の洞穴《ほらあな》へこもって修行をしたこともあるが……そのうちに、三夜沢の木立の中が、妙に、こころにかのうた」

と、伊勢守が文五郎に語ったこともあった。

このあたりは、大胡《おおご》の城のほとりをながれる荒砥《あらと》川の源流にも近い。その渓谷を見下ろす崖《がけ》の上に、修行場があった。

そこに、山林を切りひらき、丸太造りの、がっしりとした小屋が一つ、建てられている。

四坪ほどの板の間が一つ、あるだけの、まことに簡素な小屋であって、伊勢守が此《こ》処《こ》にこもるときは、只《ただ》ひとりになる。

小屋にこもって、わずかに飢えをしのぐだけのものを口にするだけで、あとは、山中の霊気と一つになり、生活するのだ。

三日も四日も、坐《ざ》したまま、瞑想《めいそう》にふけることもあるし、太刀《たち》を抜きはらって終日、これを揮《ふる》い、飽くことを知らぬ日もある。

かとおもえば、山中に棲《す》む獣のごとく峰々を走りまわることもあった。

そして、

「事情が、ゆるすかぎりの……」

月日を、修行場の小屋で、

「こころゆくまで……」

すごすのであった。

その事情というのは、ほかでもない。

上泉伊勢守は、流浪《るろう》の一剣士ではないからだ。

その前日。

伊勢守は上泉の居館から大胡の城へ帰り、一泊した。

翌朝。まだ暗いうちに、伊勢守は大胡城を発し、赤城の修行場へ向った。

このときの伊勢守は、徒歩である。

ただし、食糧その他を積んだ馬を、疋田《ひきた》文五郎がひいている。

文五郎は、三夜沢の小屋へ荷物をおろすと、その日のうちに、馬をひいて山を下るのが例であった。

大胡城は、小高い丘の上に築かれている。

居館は、二の丸にあって、伊勢守が、ここに嫡男《ちゃくなん》・常陸介《ひたちのすけ》と一夜を語り明かしたのち、三の丸・南曲輪《くるわ》の城郭をぬけ、大手門へさしかかると、そこに、伊勢守の亡《な》き妻の父であり、家老でもある五代又左衛門《またざえもん》が、威儀を正して、待ちうけていた。

家来二十名が、松明《たいまつ》の列をつくっていた。

「わざわざ、見送らずともよいに……」

と、伊勢守が又左衛門にいった。

家臣ではあるが、亡き妻の父であり、常陸介の養育をまかせてあるほどの人物ゆえ、又左衛門に対する伊勢守の態度は、まことに、ていねいなものだ。

「なんの……」

と、一言。五代又左衛門は、深ぶかと白髪頭をたれた。

六十を越えた又左衛門であるが、見るからに矍鑠《かくしゃく》としている。

「又左衛門。留守をたのむ」

「はい」

すでにのべたごとく、上泉伊勢守は一介の剣士ではない。

数百の家来の主《あるじ》であり、領地と城をもつ武将なのだ。

剣士としての伊勢守は、後年に、

〔剣聖〕

と、よばれるほどの人物になったが、同時に、領地をおさめ、家来たちを抱え、

「これらすべてを、まもりぬくために……」

戦乱の時代を生きねばならぬ宿命を背負って、この世に生れて来たのであった。

「又左。昨夜は久しぶりで、親子が語り明かした」

うれしげに、伊勢守がいった。

五代又左衛門も、うれしげにうなずき返し、常陸介へ、にっこりと笑いかける。

これを見ている家来たちの顔も、微笑にゆるんでいた。

伊勢守は、家来たちにうなずきをあたえつつ、

「まいろうか……」

疋田文五郎にいい、城門を出て行った。

ほとんど筒袖《つつそで》のような夏の小袖に、細い袴《はかま》をつけ、腰には短刀をさしこんだのみの伊勢守は、素足に草鞋《わらじ》をはき、身も軽がると、荒砥川に沿った道を北へすすむ。

荷物をのせた馬をひいた文五郎が、これにつき従って行く。

空は桔梗色《ききょういろ》に白みはじめていた。

大胡の城下は、町が南へ向ってひらけてい、今日は〔市《いち》〕が立つので、朝も暗いうちから、人びとが町へあつまって来るのが見えた。

このころの城下町は、後年のように、種々の商人が店舗を構えているわけではない。

町に住みついているのは、職人が多く、食糧や衣類などは〔市〕が立つ日に、人びとが諸方からあつまり、物と物を交換したりする商売の仕方も、まだ、すたれてはいなかった。

伊勢守と文五郎は、すぐに人里からはなれた。

道は、しだいに、ゆるい傾斜をもちはじめてくる。

大胡からは、意外におもえるほど遠くにのぞまれた赤城の山峰が、すこしずつ、二人の前へ近づいて来た。

そのとき……。

荒砥川の対岸の木立の中から、人影が一つ、二つ……三つ、あらわれた。

三人とも、旅の牢人《ろうにん》と思えた。

三人とも、堂々たる体軀《たいく》のもちぬしである。

腰に帯した大刀は、がっしりとした造りで、しかも長い。

ことに、最後にあらわれた武士の体格は、すばらしかった。

上泉伊勢守も、格別にすぐれた体格をしているが、背丈は伊勢守と同じに見えても、この武士の躰《からだ》には、さらに厚味と量感がみなぎっていた。

三人とも、笠《かさ》をかぶったまま、朝靄《あさもや》の中を遠ざかって行く伊勢守主従の後姿を、いつまでも見送っている。

ややあって、すばらしい体格の武士が笠をとった。

去年の初夏の、あの日。野武士たちと闘った於富と図書之介を、榛名《はるな》山麓《さんろく》森陰から、ひそかに目撃して、

「あの女が、上泉伊勢守の門人とか……」

と、おもわずつぶやいた、あのときの旅の武士であった。

「孫作、甚四郎……」

と、旅の武士が、他の二人へ、

「伊勢守が、どこへまいるのか、たしかめてまいれ」

「はっ」

二人も、笠をぬいだ。

二人とも、若い。

「かまえて、手を出すな。居場所をつきとめてから、もどってまいれ。わしは、大胡にいる」

「心得まいた」

孫作・甚四郎と呼ばれた二人は、荒砥川のながれを徒歩で押しわたり、伊勢守主従

が去った川沿いの道を走り出した。

旅の武士は、これを凝《じつ》と見送っている。

牢人のようにも見えるが、身につけているものは、まことにぜいたくな衣類であった。

山吹茶の地色に黒い蝸牛《かたつむり》の模様を散らした染織の小袖を、見る人が見たら、これが中国渡来の生糸をつかったものと知るにちがいない。

鷲《わし》のくちばしのように、尖《とが》って曲った鼻が猛《たけ》だけしく、そのくせ両眼は、まるで、ねむっているかのように細かった。

朝の光りが、いよいよ明るみ、小鳥のさえずりが、あたりにわき起った。

旅の武士は、ひとり大きくうなずき、また笠をかぶると、木立の中へ消えて行った。

それから一刻《とき》（二時間）ほどのちに、伊勢守主従は、三夜沢の修行場へ到着していた。

一昨年の夏に、伊勢守が、この小屋へこもってから二年ぶりのことであった。

「だいぶんに、荒れ果ててまいったな」

と、伊勢守が、それでも、なつかしそうにいった。

「手入れをいたさねば……」

「なに、文五郎。雨露さえ、しのげればよい」

「なれど……」

「わしは、此処へ物見遊山《ものみゆさん》に来ているのではない」

「はあ……」

「荷を運んでくれい」

「心得まいた」

疋田文五郎は、馬から荷をおろし、小屋の掃除にとりかかった。

伊勢守は、崖の上に立ち、眼下に泡《あわ》を嚙《か》んでながれる渓流を見下ろしていた。

先刻、伊勢守主従の後をつけて来た旅の牢人二人は、森陰から、この様子を見まもっている。

「孫作……」

「うむ?」

「ここは、どうやら、上泉伊勢守の修行場らしいな」

「いかさま」

うなずき合ったところを見ると、この二人も、ひとかどの剣士と見てよい。

夏の陽光が、崖の上の草原へふりそそいでいる。

いつの間にか……。

上泉伊勢守は、草原にすわり、両眼を閉じていた。

疋田文五郎は、小屋の掃除に熱中している。

「どうだ?」

と、森陰から、伊勢守と文五郎の姿を見まもりつつ、旅の牢人のうち、孫作とよばれたほうが、

「ひとつ、やって見ようではないか、甚四郎」

「何をだ?」

「上泉伊勢守を、斬《き》って見ようではないか」

「よせ、御師《おんし》が、手出しをせずにもどれといわれたぞ」

甚四郎の、この言葉から察すると、二人を此処《ここ》へさし向けた旅の武士は、二人の剣法の師ということになる。

「かまわぬ」

と、孫作がいった。

「われらが勝てば、わざわざ、御師が立ち合われることもない。な、そうではないか、甚四郎」

「それは、そうだが……」

「おれは、ぜひとも、立ち合《お》うて見たい。伊勢守の名は、讃岐《さぬき》の国にまできこえている。どれほどの男か、おれが、ためしてくれる」

「なれど、孫作……」

「おれが勝てば、御師も、おれのしたことをゆるして下さるだろう。御師は、そういうお人だ」

「よせ……というても、いい出したら、おぬしは後へ引かぬ男だ」

「よく、わかっていてくれた」

「だが、おれは、ここで見ているぞ」

「甚四郎、そうしてくれ。もしも万一、おれが負けたら、そのことを御師へおつたえしてもらわねばならぬ」

「どうしても、やるのか……」

「やる！」

決然とした様子で、孫作が大刀をぬきはらい、森陰から出て行きつつ、左手で笠をむしり取り、投げ捨てた。

その気配に、小屋の外を掃き清めていた疋田文五郎が気づき、

「あっ……」

大刀をつかんで、伊勢守の側《そば》へ走り寄り、

「殿！」

と、叫んだ。

伊勢守は、瞑目《めいもく》したままである。

「殿。怪しき者が……」

「文五郎！」

「はい」

「お前が、相手をして見よ」

「はっ」

ぱっと、文五郎が伊勢守の前面へ躍り出た。

孫作が近づきつつ、

「讃岐の牢人・稲津孫作」

と、名乗った。

疋田文五郎は、名乗りをあげた稲津孫作に対し、無言であった。

文五郎は、すでに大刀を腰に帯していたが、まだ抜きはらっていない。

約五間の距離をへだてて、稲津は長剣をひっさげたまま立ち、

「上泉伊勢守殿と見うけ申す」

と、いった。

伊勢守は、こたえぬ。

文五郎が、

「なれば、何とするぞ？」

しずかに、反問をした。

その声に、いささかの乱れもない。

文五郎の呼吸が、早くも、ととのっていると見てよい。

「上泉伊勢守殿。伊勢守殿！」

稲津孫作は、激しく連呼した。

その度に、疋田文五郎が立ちはだかっている。

「伊勢守殿。尋常に立ち合われい！」

「何のために？」

と、またしても文五郎。

稲津は、いらいらと文五郎をにらみつけ、

わめいた。

「無礼者。去れ！」

はじめて、文五郎が、大声を発した。

「無礼ではないぞ。兵法者《ひょうほう》が立ち合いを申し入れておるのだ」

「先《ま》ずもって申し入れをなし、こなたの都合によって立ち合いの時と場所を定めるが、礼儀である」

「む……」

「去れ」

「いや、ぜひとも……」

「立ち合いなれば、木太刀《きだち》を持ってまいれ」

「いいや、真剣の立ち合いが所望だ！」

じりじりしながらも稲津は、あくまでも冷静な文五郎との応酬に引きこまれてしまっている。

そして、文五郎が、

「真剣の立ち合いにては、おのれのいのちがないぞ」

「そこを退《の》け！」

と、いったとき、稲津の怒りは頂点に達してしまった。

「うぬ。退かねば討つぞ！」

叫ぶ稲津へ、文五郎はこたえず、わずかに左足を引き、右手を刀の柄《つか》へかけた。

「む！」

いきなり、稲津孫作が大刀を振りかぶった。

文五郎は、まだ抜かない。

そのかわりに、文五郎の切長の両眼が針のごとく細められ、わずかに腰が下りてゆく。

稲津孫作が長剣を振りかぶったのは、一気に文五郎を討ちとり、そのうしろにすわっている上泉伊勢守へ挑戦する決意をしめしたものだ。

刀を振りかぶる……つまり上段に構えるということは、よほどに自信があり、しかも気力が充実していなくてはならぬ。

「さらされる……」

刀を振りかぶれば、胴体は敵の眼前に、
ことになるのだ。

それにかまわず、不退《ふたい》の気魄《きはく》をもって相手にせまり、圧倒しておいてから、振りかぶった刀を打ちこみ、只《ただ》ひと太刀に討つ。

稲津も、むろん、そのつもりで刀を振りかぶったのであろうし、それだけの自信もあったのだろう。

しかし、文五郎との応酬で、稲津は熱火のごとく燃えさかってはいても、しぜんに冷静さを欠き、相手の力量をはかる余裕をうしなっていた。

また文五郎も、自分の力量を、ほとんど稲津にしめさなかったのである。

もっとも、それは形の上においてのことで、こころある剣士が、このときまでの疋田文五郎の応対ぶりと、一見は何とも感じられぬ彼の躰の、わずかなうごきを見れば、

(これは、ゆだんがならぬ……)

相手と、見てとったにちがいない。

稲津も、それが見ぬけぬ剣士であったとはいえない。

だが、おもわず、彼は激しい怒りと湧《わ》きあがってくる粗暴な闘志とに、

「我を忘れて……」

しまったようだ。

「ええい！」

気合声を発して稲津孫作が、一歩、ふみこんだとき、それを待ちかまえていたかの

ように疋田文五郎の腰が低く沈んだ。

刀もぬかぬまま、いかにも、

「さあ、斬ってくれ」

と、いわんばかりの姿勢を見せたのだ。

さそいである。

さそいと知りつつも、ほとばしる闘志を稲津は押え切れなかったらしい。

「たあっ！」

猛然と、稲津孫作が文五郎の頭上めがけて長剣を打ちこむのと、文五郎の腰間《ようかん》から大刀が鞘走《さやばし》るのとが同時であった。

軒下をはなれた燕《つばめ》のように、疋田文五郎の躰が斜め前へ飛んだ。

両者の躰が飛びちがった。

そして飛びちがいざまに、両者は、ぱっと向き直っていた。

向き直ったとき、稲津孫作の手から長剣が地に落ちた。

疋田文五郎は、刀を下げたまま、これを見まもっている。

立ちつくしたまま、稲津は眼球が飛び出しそうになって、文五郎をにらみつけた。

稲津の胸の上部から喉《のど》もとにかけて、鮮血がふきあがり、見る見る衣服を赤く染めていった。

ぱっくりと、稲津が口を開けた。

そして両手を前へ突き出し、稲津孫作はうつ伏せに倒れた。即死である。

「埋めてやるがよい」

彼方《かなた》で、上泉伊勢守の声がした。

「はい」

文五郎が見やると、立ちあがった伊勢守が背を向け、小屋へ歩んで行きつつ、

「埋め終えたなら、まいれ」

「心得まいた」

刀をぬぐい、鞘へおさめ、文五郎は稲津孫作の死体を起し、両脇《りょうわき》へ手をかけ、引きずるようにして森陰へ近づいて行った。

森の中から、これを見ていた別の旅の牢人《ろうにん》は、

「う、う……」

わずかにうめき、いったんは刀の柄へ手をかけたが、あまりにも見事な文五郎の手練を目撃して、完全に闘志をうしなったものと見える。

彼は、文五郎が森の中へ入って来る前に、

「御師へ、知らせねばならぬ……」

いいわけのように、つぶやき、何処《どこ》かへ姿を消してしまった。

この二人は、牢人のように見えたが、

「御師」

と、彼らが呼んだ旅の武士の、兵法の弟子らしい。

稲津孫作の死体を土中に埋め、小屋へもどって来た疋田文五郎へ、上泉伊勢守が、

「わしが、この修行場へまいったことを知っていたというのは、よほど前々から、わしの身辺に気をくばっていたものと見える」

「はい」

「遠国《おんごく》よりまいった者らしい」

「殿……」

「なんじゃ？」

「私、今夜は此処に……」

「なんの、案ずるな」

「なれど……」

「なれど？」

「あの男だけではないようにおもえまする」

「それに気づいていたか、文五郎」

「はい」

しばらくして疋田文五郎は、三夜沢の修行場へ上泉伊勢守を残し、山を下った。

文五郎が大胡の城下近くまで戻って来たとき、空は、まだ明るかった。

夏の夕暮れである。

荒砥川の岸辺の道を歩みながらも、文五郎はゆだんをせぬ。

先刻、三夜沢の草原で打ち殪《たお》した稲津孫作のほかにも、森陰の中で、

(ちらりと、うごいた人影があった……)

のである。

兵法の師であり、主人でもある伊勢守を一人、修行場へ残して来たことについて文五郎は、いささかも心配をしていない。

(わが殿に立ち向って、勝てる者はない)

と、おもいきわめている文五郎であった。

彼方に大胡の城が見えて来た。

今朝、伊勢守主従が三夜沢へ向う姿を、川の対岸の木立の中から三人の旅の武士が

見まもっていた地点をすぎ、文五郎は、足を速めた。

「あれか……」

と、木立の中から、今朝の旅の武士が、先刻、三夜沢から引き返して来た甚四郎という男と共にあらわれた。

「あの男に、討たれたのか、孫作は……?」

「はい」

甚四郎も火のような眼で、遠ざかって行く疋田文五郎を見送っている。

「ふうむ……あの男に、孫作が斬られた……」

「は、はい」

すでに甚四郎から、両者が勝負を決したときのありさまを、旅の武士は、くわしく聞きとっていたにちがいない。

笠《かさ》の内に、旅の武士の細い両眼が針のように光っていた。

この旅の武士の名を、

〔十河《そごう》九郎兵衛《くろうびょうえ》高種《たかたね》〕

という。

そして、文五郎に討たれた稲津孫作も、いま側につき従っている土井甚四郎も、十河九郎兵衛の門人であった。

だが、いまのところ、彼らについて語るのは、この程度にとどめておきたい。

「御師」

「なんじゃ、甚四郎」

「おゆるし下され」

「何を？」

「いまより、あの男に追いつき、孫作の敵《かたき》を討ちたいと存じます。おめおめと引き返してまいったのは、孫作が、もし負けたなら、そのことを御師へ告げよ、と、申したからでござります」

そのことばに、嘘《うそ》はない。土井甚四郎は、いまにも、疋田文五郎を追わんとする姿勢を見せた。

「待て」

「いいや、行かせて下され」

「ならぬ」

「何故でござります？」

「お前ならば、あの男を討てぬこともあるまいが……」

と、十河九郎兵衛がつぶやいた。つまり土井甚四郎は、稲津孫作よりも、すぐれた手練のもちぬしなのであろう。

「かならず、討ち取ってまいります」

「それよりも……」

「御師。行かせて下され」

「それよりも甚四郎。お前、上泉伊勢守へ、立ち向って見る気はないのか」

「は……」

「伊勢守に勝ちをおさめれば、孫作の敵を討ったことになる。孫作は伊勢守へ立ち向わんとして、あの男に敗れた。なればこそ、伊勢守を……」

「は……わかり申した」

「それが、兵法の道というものじゃ」

「はい。さようでござりまいた」

「先ず、お前が立ち向え」

「はっ。では、いまより……?」

「いいや、あくまでも明るい日ざしの中で、立ち合うのじゃ。こころ置きなくいたして見よ」

「はい」

土井甚四郎は、勇み立った。

「もしも、お前が敗れたるときは、わしが骨を拾うてつかわす」

「かたじけのうござります」

二人の語り合うさまを見ていると、師弟というよりも、むしろ、

「主従のように……」

感じられるのである。

十河九郎兵衛の異相魁偉《かいい》な容貌《ようぼう》には、どこか、

「侵しがたい……」

品位が、ただよっているのだ。

しかるべき身分というものを、九郎兵衛は持っているにちがいない。

「わしも、こたびは、勝敗にこころをとらわれることなく、無我無心に上泉伊勢守と立ち合うつもりじゃ」

「はあ……」

「勝とうとおもうこころには、焦《あせ》りの念が生ずる」

「はい」

「いつも申しきかせてあることじゃ。負くるやも知れぬとおもうこころには、遅れを生ずる。ゆえに勝敗をはなれ、わが一剣に、これまでの修行のすべてを托《たく》し、伊勢守へ立ち向って見よ」

「心得てござります」

それから三日後の午後であった。

三夜沢の修行場では……。

上泉伊勢守が、この日も、崖《がけ》の縁に半眼をとじて趺坐《ふざ》している。

伊勢守は、崖を背にして、すわっていた。

背後の崖下には、両側の岩壁にせばめられた荒砥川が泡を嚙《か》み、すさまじい声をあげていた。

樹《き》も草も、緑に燃えたち、風は、その青葉の鮮烈な匂《にお》いを運んでくる。

たらした髪をむぞうさに結び、茶色の帷子《かたびら》と袴《はかま》を身にまとった伊勢守は、大胡や上泉の城から、何か異状を知らせる使者でもあらわれぬかぎり、おそらく、吹きつのる秋の山風が樹々の葉をふるい落し、これが雨のごとく崖下の渓流へ吸いこまれて行く日まで、この修行場をはなれぬであろう。

伊勢守自身の、これが修行なのだ。

剣技については、いまの伊勢守の相手をするほどの者が、上州はおろか、関東一帯にも、

(おそらく、いまい)

と、疋田文五郎は考えている。

伊勢守が、こうして赤城山中の修行場へ、ひとりこもっているのは、大自然の中に我身を置き、

「天と地のちからを、たとえ、いささかなりとも、わが身に吸い取ろうとしている」

のだそうな。

つまり、大自然の摂理といとなみとを、自分の肉体に感じとり、人間である自分が、その大自然の一部であり、大自然から生み出されたことを、

「理屈ではなしに……」

体得しようとしているのであった。

伊勢守の父・上泉憲綱《のりつな》は、少年のころの伊勢守に、こういったことがある。

「おぬしは、父の跡をつぎ、いずれは大胡の城主とならねばならぬ。それが、どのようなことか、よく存じていような。家来たちを抱え、わが領地をおさめ、領民をまもりつつ、この戦乱の世を生きねばならぬことのむずかしさ、苦しさに、お前はやがて、

その身を投げ込まねばならぬ。

剣をまなぶことは、わがこころをみがくことじゃ。剣の道は、武人にとって、神の姿を見ることを得るただ一つの道なのじゃ」

「神の姿とは、どのようなものでござりますか?」

と、そのとき、十二歳だった伊勢守が、父に問うた。

伊勢守の問いに対し、父・憲綱は右腕を高くあげ、青く晴れわたった空を指し、その手指をもって、つぎに地を指し示した。

つまり、

「大自然こそ、神の姿である」

と、無言のうちに、教えたのであろう。

上泉憲綱は、兵法《ひょうほう》にもすぐれ、学問の道にも通じていたが、みずから手をとって愛《まな》子《こ》・伊勢守を教えみちびくことをやめたのは、伊勢守が十五歳になった年の春であった。

「もはや、外へ出てもよかろう」

と、憲綱は我子にいった。

そして、伊勢守を、常陸《ひたち》・鹿島《かしま》へ送ったのである。

常陸の国（茨城県）鹿島には、世人が〔鹿島神流〕とよぶ兵法の一流があって、こ
れをつたえる人物を、
〔松本備前守尚勝《びぜんのかみひさかつ》〕
という。
松本備前守は、常陸・鹿島氏の一族であり、鹿島神宮の神官でもあった。
鹿島神宮は、住吉《すみよし》から水郷の守護神としてこの地に祀《まつ》られ、大和朝廷の武神として
も、尊崇されてきた。
主祭神は、
〔タケミカズチノミコト〕
である。
かの大化改新の後に、鹿島神宮の祭祀《さいし》をつかさどっていた中臣《なかとみ》氏が、朝廷において
勢力をのばし、藤原氏となって以来、鹿島神宮は、藤原氏の氏神となった。
のち、鎌倉《かまくら》時代から戦国時代にかけて、鹿島神宮は武人の……ことに関東の武士た
ちの、
〔武神〕
となり、あがめられてきたのである。

こうしたわけだから、鹿島の地に武道が発展したのも、当然のことであったろう。
松本備前守は、鹿島氏の重臣であり、世に、
〔鹿島の七流〕
と、よばれた七人の兵法達者の一人であった。
備前守は、
〔一の太刀《たち》〕
とよばれる兵法の極意をあみ出し、これを、のちに、愛弟子《まなでし》・塚原新右衛門へつたえ渡したといわれる。
塚原新右衛門、すなわち、後年の、
〔塚原卜伝《ぼくでん》〕
である。
伊勢守も若いころには、塚原新右衛門に教えをうけたものだ。
伊勢守の父・上泉憲綱は、松本備前守と親交が深かったといわれている。
憲綱もまた、備前守に剣をまなんだのであろうか……。
伊勢守は十五歳の春に、鹿島へおもむき、松本備前守の教えを受けることになったが、そのうちに、鹿島一族の間に紛争が起った。

鹿島家の家老の一人でもあった松本備前守は、この紛争で、旧主の鹿島義幹《よしもと》を相手に戦うことになり、鹿島城へ立てこもって、旧主の軍勢を迎え撃った。

ときに、大永四年（西暦一五二四年）というから、上泉伊勢守が十七歳の秋である。

松本備前守は、戦場において七十三の敵の首を得たといわれるほどの、豪勇無双の人物であった。

しかし、このときの戦いで、備前守は、

「五十七歳を一期《いちご》として……」

ついに討死をとげた。

息絶えんとして備前守は、共に鹿島城をまもって戦った塚原新右衛門に、

「大胡の若をたのむぞ」

と、いい渡した。

この一事を見ても、松本備前守が、上泉伊勢守を属望《しよくぼう》していたことが、よくわかる。

そのころの伊勢守は、一時、鹿島を去っていた。

というのは、関東一円の豪族たちの争乱が絶えず、諸国は、まさに、

「麻のごとくに乱れ……」

ている状態だったし、上泉父子も、あわただしく出陣をくり返していたのである。

伊勢守の〔初陣《ういじん》〕も、そのころであったと見てよい。

戦って城へもどる。

また、出撃をする。

そうして、また、束《つか》の間《ま》の平穏がおとずれると、

「父上。鹿島へ行ってまいります」

伊勢守秀綱は父のゆるしを得るや、すぐさま馬を駆って、鹿島へ駆けつけて行った。

上州の大胡城と常陸の鹿島は、さしわたしにして百五十キロメートルほどの距離だし、同じ関東である。

伊勢守が、もし急ぐつもりならば、朝、暗いうちに大胡を出発し、愛馬を疾駆させつづけ、その夜のうちに鹿島へ到着することも可能であったろう。

いわゆる、関東における、

「武道の聖地」

ともいうべき、鹿島と、伊勢守の環境とは、

「地理的に、めぐまれていた……」

と、いえるのである。

もし、伊勢守が、鹿島から数百里もはなれた遠国《おんごく》に生れ、暮していたなら、このよ

うな地理的環境にめぐまれることなく、したがって、後に、

〔剣聖〕

と、人びとから仰がれるほどの業績を残してはいなかったろう。

鹿島神宮に往古からつたわる武道の神髄は、中興剣法の源流となった。

そして、多くの名人が生れたのである。

日本の武道は、剣のみではない。

弓・箭《や》・矛《ほこ》などが、古い時代にはつかわれた。

そのうちに、武士というものが起り、いわゆる源氏と平家の争いがはじまると、戦争も絶えることがなくなって、馬や薙刀《なぎなた》をつかう技術も発達して来た。

しかし、そのころはまだ、ちからにまかせて闘い合い、一人一人が、おもうところへ自分自分の武術を深めて行ったわけで、それを他人に教えつたえる。

つまり弟子、門人をあつめて、これを教えるというほどのことは、なかったのだ。

それが、足利《あしかが》将軍が幕府を京都へ設け、天下の政治をおこなうようになった、いわゆる室町時代の末ごろから、ようやくに、武道の流儀というものが生れたのである。

流儀とは何か……。

つまり、その道を深くきわめつくした人間が、業《わざ》をふるう方法や、稽古《けいこ》の仕方など

を研究し、それぞれの特徴を得て、かたちをととのえ、

「これが、自分の流儀である……」

ことを、それぞれの体験によって確立する。

「なるほど。すばらしい武術だ」

というので、

「ぜひ、自分にも教えていただきたい」

と、人びとがあつまって来る。

これが〔弟子〕であり〔門人〕である。

こうして武道の世界……ことに剣法の世界に擡頭《たいとう》して来た流儀が、いくつかある。

ちなみにいうと、そのころ、剣術または剣法のことを、兵法ともよんだ。

こうして世に知られた流儀の中でも、鹿島神宮の卜部《うらべ》家につたえられた〔鹿島の秘太刀〕や、鎌倉の中条《ちゆうじよう》家につたわっていた剣法などが、

〔神道流《しんとう》〕や〔陰流《かげ》〕さらに〔念流〕とか〔中条流〕などに分れ、それぞれに名人が生れて来た。

そして、上泉伊勢守は、鹿島の秘剣のながれをくむ〔陰流〕から出て、みずから〔新陰流〕を創始することになるのだ。

上泉伊勢守の若いころ、鹿島には、すぐれた剣士が何人もいた。
その大半は、
〔鹿島の城士〕
であり、
〔鹿島神宮〕
の、神官であった。
塚原新右衛門高幹《たかもと》も、
「大胡の若よ。まいられい」
と、伊勢守をきびしく鍛えてくれた。
伊勢守が、鹿島城士たちを相手に、三日三夜の立切《たちぎり》試合を新右衛門から命ぜられたのも、このころであった。
その立切試合というのは……。
先《ま》ず半日。
つぎに一昼夜。
そして、一夜ねむった次の日から、入れかわり立ちかわり、つぎつぎに打ち込んで来る城士たちの木太刀を迎え撃ち、三昼夜を、それこそ、

「やすむ間もなく……」

闘って闘って、闘いぬかねばならぬのである。

立ったままで、一日に二度、ぬるい重湯《おもゆ》をすすりこむだけだ。

「腰を下ろしてはならぬ!!」

と、塚原新右衛門は命じた。

新右衛門は、日中、ぐっすりとねむっている。

そして夜に入り、城士たちが帰ってしまうと、伊勢守が息をつく間もなく、風のごとく目の前へあらわれた。

「さ、まいるぞ!」

と、これから、夜が明けるまで、伊勢守を打って打って打ちまくるのだ。

「あのときは、まことに、この身の骨の髄が飛び散るかとおもわれた……」

のちに上泉伊勢守は、疋田文五郎へ、そう語っている。

そして、文五郎も伊勢守から、このような立切試合を命じられ、見事に成しとげている。

そのときは、わざわざ、伊勢守が文五郎をともない、久しぶりに鹿島へあらわれたものだ。

さて……。

朝になると、塚原新右衛門は帰ってしまい、一夜をぐっすりとねむった十人ほどの鹿島城士が交替し、伊勢守へ打ってかかる。

伊勢守は三昼夜、ねむることができずに闘いつづける。

まことに、人間わざともおもわれぬ修行をさせられたわけなのだが、これに堪え切った者は、当時の鹿島城士の中でも十人といなかったろう。

立切試合の場所は、鹿島神宮・裏手の森林の一角を切りひらいた野天の修行場においてであった。

このときの立切試合について、上泉伊勢守は、於富へ、つぎのように語っている。

「三日三夜、一睡もせず、すわることもならず、ただ、重湯をすする短い間をのぞいて、入れ替り立ち替り、打ち込んで来る相手と闘ううちには、このまま死に殪《たお》れてしまうかとおもうほどの激しい痛みが襲いかかって……」

つぎに血尿血痰《けったん》を発し、口中が紫色にはれあがり、ついには重湯さえも、

「すすりこめなくなり、まさに、分別も絶え、生きているのか死んでいるのか、それすらもわからなくなる。そのときこそが、成るか成らぬかの境いであった」

この苦痛の境いを越え、三日目の夜が明けようとするときであったが、

「白くただよう朝の、淡い光りを見たとき、わしの五体は澄みわたった大気の中にとけこみ、口にも筆にもつくせぬ清らかな……得体の知れぬ大きな、こころ強いちからが、この躰《からだ》の奥底から、こんこんとしてわきあがってくるのをおぼえた」

と、伊勢守は述懐しているけれども、常人には本当のところ、そうした伊勢守の体験というものがどのようなものか、頭ではわかったような気がしても、わかり切れるものではない。

ひ弱な、われら現代人の、

「およびもつかぬほどのこと……」

を、むかしの人びとはやってのけたものらしい。

剣法の奥義《おうぎ》をきわめてからの伊勢守が、尚《なお》も赤城山中にこもって孤独な修行にいそしむのも、そのときの体験が、伊勢守自身にどれほど強烈なものをあたえ、このような大自然と自分との接触が、

(いまの自分にとって……)

欠くべからざるものだったからに、ちがいない。

於富は、立切試合のことをきいたとき、

「御師。わたくしにも、立切の修行をいたさせて下さりませ」

熱心に、せがんだものであった。

だが、伊勢守は、

「それはならぬ」

ゆるさなかった。

「何故でござります?」

「男と女の、躰のちがいじゃ」

「いいえ、わたくし、かならず成しとげて、ごらんに入れまする」

「ならぬ」

「御師……」

「女だからと、あなどって申しているのではない。女には立切の試合など、無用なのじゃ」

上泉伊勢守が若き日、このような修行の段階を経て来たというのは、すでに剣法へ禅の影響が加わっていて、そうした修行の工夫が生れていたことになる。

禅は、わが肉体を大自然に立ち向わしめ、自己を究明し、雑念をはらって、

「真理をもとめよう……」

とする。

禅宗という宗教は、六世紀のころ、インドの僧・菩提達磨《ぼだいだるま》が中国に伝えたといわれる。

禅宗が日本へ伝えられたのは、西暦一一九一年だそうな。

それは、源平の争乱がしずまり、源頼朝《よりとも》が〔鎌倉幕府〕をひらいたころだ。

こうして、いくつかの派にわかれた禅宗は、日本の土壌と日本人のこころにかない、ゆたかに発展し、中世以後の日本の思想と文化に、

「はかり知れぬ……」

影響をあたえたのである。

ところで……。

松本備前守をうしなった上泉伊勢守は、やがて、

〔第二の師〕

に、めぐり会うことになった。

すなわち、

〔愛洲《あいす》移《い》香斎久忠《こうさいひさただ》〕

が、その人である。

移香斎も、日本の剣法の先達の一人として、書き落すことができない。

愛洲移香斎は、九州の鵜戸《うど》（日向《ひゅうが》の国）の生れだとも、奥州《おうしゅう》の生れだともいわれているが、どうやら、伊勢《いせ》の国の飯南《いいなん》郡の出生らしい。

伊勢の愛洲氏は、熊野《くまの》海賊の一党だそうな。

そのためか移香斎は若きころ、日本諸国はもとより、遠く海をわたって明国《みん》（現・中国）にまで渡航した。

こうして三十六、七歳のころ、日向の国の鵜戸の岩屋にこもり、剣の一流をひらき、これを、

〔陰流〕

と、称した。

こうしたゆかりがあったためか、晩年の移香斎は、鵜戸明神社の神官となり、

〔日向守《ひゅうがのかみ》〕

と、称した。

この間の、くわしい履歴は、まったく不明である。

上泉伊勢守が、移香斎に出会ったのは、むろん、この第二の師が、日向の国へ引きこもる以前のことだ。

移香斎は、それまでに何度も、鹿島の地をおとずれていたのであろう。

愛洲移香斎という、放浪の老名人によって、亡《な》き松本備前守にはぐくまれた上泉伊勢守の〔剣〕は、開花したのであった。

その移香斎は、八年前に、日向の国で亡くなっている。ときに八十七歳。

「恩師……」

伊勢守は、赤城の修行場で只《ただ》ひとりの立切修行をおこなったり、崖《がけ》の上の草原にすわって瞑目《めいもく》するとき、

(わが、二人の恩師よ。いま、私は、お二人からさずけられましたる剣のちからを、さらに、きわめつくしてまいりたいと存じております る)


それは、伊勢守が創《つく》りあげようとしている剣法の体系の中に、二人の恩師の生命をふきこむことなのだ。

松本備前守も愛洲移香斎も、そして亡父・上泉憲綱も、単に、死滅して土中に埋もれた白骨ではなかった。

ひとりの人間の生命は、

(かならずや、つぎの代の人のいのちへ受けつがれて行く……)

ことを、伊勢守は信じてうたがわぬ。

ゆえに……。

(わしは、わしが、この躰と心に体得したもののすべてを、つぎの世につたえ残したい)

と、このごろ切に、考えはじめている。

兵法《ひょうほう》を修行することによって、人間は、人間がもっている最高最大のちからを発揮し得る。

その肉体のちから。

その精神のちから。

そして、この二つが、たがいに相よび、助け合って、さらに、大きなちからとなる。

このことは、何も兵法、武術のみに限定されるものではない。

そこにまで到達するとき、人間は、おのれの能力を、あらゆる環境において試すことができるにちがいない。

すべての人びとが、そこへ到達することは、もちろん、不可能だ。

けれども、伊勢守が体得した修行の方法をまなぶことによって、人びとは、自分が知らなかった自分自身の能力を知ることになる。

そのことが、一人一人の生涯に、どのような影響をおよぼすかは、伊勢守にも、

「はかり知れぬ……」

ことではあるが、伊勢守は、その体験から、

(これは人間にとって、決してむなしいことではない)

と、おもいきわめている。

いま、上泉伊勢守は、崖の上の草原にすわり、しずかに両腕をおろし、その掌《て》の指と指を腹のあたりで組み、両眼を閉じている。

そして、二人の恩師の面影を、ひたすらに追いもとめているらしい。

むせかえるような緑の匂《にお》いが風に乗ってただよいながれていた。

しかし、伊勢守の嗅覚《きゅうかく》は、これをおぼえぬ。

わずかに、夢のごとく、夏鶯《なつうぐいす》の声が耳へきこえてくるのみであった。

風に、雲がうごいている。

と……。

陽が陰った。

そのときである。

彼方《かなた》の森陰から二つの人影が、草原にあらわれた。

一人は、十河九郎兵衛であり、一人は土井甚四郎であった。

森陰を出た十河九郎兵衛は立ちどまり、彼方の崖の縁に趺坐《ふざ》している上泉伊勢守の

姿を、

「喰い入るように……」

見つめた。

伊勢守は、二人の出現にまったく気づかぬように見えた。

「御師……」

ささやいた土井甚四郎が、刀の下緒《さげお》を引きぬき、これを手繦《たすき》にまわしつつ、

「それがし、まいります」

「うむ」

十河九郎兵衛が、うなずき、

「勝とうとおもうな」

「は……」

「負けるとも、おもうなよ」

「はっ」

「行けい」

土井甚四郎が九郎兵衛に一礼し、音もなく大刀をぬきはらった。

約三十メートルの彼方で、上泉伊勢守が、こちらに横顔を向けて趺坐しているのだ。

甚四郎は、大刀を先ず下段にとって、ゆっくりと歩を運びはじめた。

伊勢守の姿勢は、いささかもくずれず、こちらを見ようともせぬ。

十メートルほど進んで、土井甚四郎の大刀は下段から脇構《わきがま》えに移り、そこで彼は、いったん停止した。

風の音がきこえる。

伊勢守も、十河九郎兵衛も、身じろぎもせぬ。

土井甚四郎と伊勢守とは、約二十メートルをはなれていた。

甚四郎は、刀を脇構えにしたまま、両眼を閉じた。

呼吸をととのえ、

「無心の境地へ……」

没入しようとしているのであろうか……。

じりじりと、土井甚四郎が進みはじめた。

進むにつれて、脇構えの刀が八双《はっそう》の構えに移る。

甚四郎と伊勢守との間が、十メートルになった。

このとき、甚四郎が、

「讃岐の土井甚四郎、見参！」

と、伊勢守へ声をかけた。
しかし……。
上泉伊勢守は、微動だにしなかった。
振り向きもせぬ。
甚四郎にとって、これは意外なことだったといってよい。
「う……」
わずかに、甚四郎がうめいた。
意外だったのと同時に、
(おのれ！)
激情が躰へ、つきあがってきた。
(おれの声が、きこえぬはずはない)
からである。
きこえていながら、上泉伊勢守は、
(おれを……)
無視したことになる。
いや、無視されたと、おもいこんだ瞬間に、甚四郎が懸命にととのえつつあった平静なこころが、一度に破れた。

土井甚四郎は、八双に構えた大刀を右上段に振りかぶり、一気に間合いをせばめ、猛然として伊勢守の側面から襲いかかった。

甚四郎の大刀が大気を切り裂き、一すじの光芒《こうぼう》となって伊勢守の五体をつらぬいたかに見えた。

その転瞬……。

趺坐したままの伊勢守秀綱の躰が、あおむけに倒れた。

「たあっ！」

気合声を発して襲いかかった土井甚四郎の躰が、

「あっ……」

と、おもう間に消えた。

どこを、どうされたものか……。

甚四郎はみずから倒れた伊勢守の躰の上を躍り越え、吸いこまれるように崖下の渓流へ落ちこんで行ったのである。

約五十メートルもある崖下へ落ちた土井甚四郎が即死したことは、いうをまたぬ。

森の外で、これを目撃していた十河九郎兵衛の鷲《わし》のくちばしのような猛《たけ》だけしい鼻が、ぴくりとうごいた。

そのとき……。

あおむけに倒れていた上泉伊勢守の上体が起きあがった。

伊勢守は、身に寸鉄も、おびていない。

九郎兵衛の右手が大刀の柄《つか》にかかった。

伊勢守が片ひざを立て、はじめて十河九郎兵衛を見た。

九郎兵衛が三尺の大刀を、ぎらりとぬきはなったとき、一羽の鷲が雲を割って舞い下り、草原の上をななめに飛び去った。

九郎兵衛が、すべるように草原の中央へ一気に出た。

大刀は、右手にひっさげたままである。

これを見ている上泉伊勢守の眸《ひとみ》は、あくまでも深い色をたたえ、しずまり返っていた。

九郎兵衛が停止し、

「讃岐の住人、十河九郎兵衛高種」

名乗りをあげた。

伊勢守は、こたえぬ。

両者は、約十五メートルをへだてていた。

金剛神の彫像を見るような九郎兵衛の堂々たる体軀《たいく》にくらべると、伊勢守ほどの立派な体格のもちぬしも、見劣りがするほどであった。

風にうごく雲が、陽の光りをさえぎり、峰々をわたる風が草原へ吹きつけて来た。

十河九郎兵衛は大刀をひっさげたまま、じりじりと左へまわった。

まわりつつ、すこしずつ間合いをせばめて行く。

伊勢守も、これに応じて体《たい》をひらいてゆく。

まだ、伊勢守は片ひざを立てたままの姿勢であったし、その両手は、先刻の趺坐していたとき組み合わされたままのかたちを、くずしてはいなかった。

左へまわった十河九郎兵衛の躰《からだ》が、今度は右へまわりはじめた。

右へまわるにつれて、両者の間合いはちぢめられてゆく。

約十メートル。

この間合いは、土井甚四郎が一気に肉薄して伊勢守へ切りつけたときの間合いと同じである。

「むう……」

わずかに、九郎兵衛がうなった。

うなって、彼の大刀の切先が徐々にあがり、正眼半身《せいがんはんみ》の構えとなった。

左手は腰に当てたままだ。

片ひざを立てていた上泉伊勢守が、すっくと立ちあがった。

同時に、

「ぬ！」

ぱっと飛び退《すさ》った十河九郎兵衛が右手の大刀の柄頭へ左手をそえ、下段に構え直した。

夏鶯が、しきりに鳴いている。

雲にさえぎられた太陽が姿をあらわし、燦々《さんさん》たる陽光が草原へ落ちてきた。

九郎兵衛が、一歩、二歩と進みはじめた。

上泉伊勢守は、微動だにせぬ。

素手であった。

短刀すら、身につけていない伊勢守なのである。

下段に構えたままで、十河九郎兵衛は、さらに、じりじりと間合いをせばめて来た。

すこし前に、草原の上を飛びすぎて行った一羽の鷺が、ふたたび、雲間から舞い下りて来たとき、九郎兵衛と伊勢守の間隔は約五メートルにちぢめられていた。

風を切って、鷲が二人の頭上すれすれに翔《と》びすぎた瞬間、
「やあっ！」
十河九郎兵衛が気合声を発し、剣を下段につけたまま、一気に伊勢守へ突進した。
突進しつつ、九郎兵衛の剣の切先が垂直に伸び、伊勢守の胸へ襲いかかった。
凄《すさ》まじい突きの一手である。
だが……。
九郎兵衛の刺撃と同時に、上泉伊勢守も突風のごとくうごいている。
二人は激突したかに見えたが……、
転瞬、ぱっと飛びはなれた。
約五メートルを飛びはなれ、伊勢守はそこへ屹立《きつりつ》したが、九郎兵衛はさらに後退し、
大剣を上段に振りかぶったものである。
崖の縁は、両者の片側になっている。
二人は、見合ったまま、うごかぬ。
と……。
伊勢守が身につけている帷子《かたびら》の左肩のあたりへ、見る見る、血がにじみ出して来た。
九郎兵衛は剣を振りかぶったまま、何故か左眼をかたく閉ざし、右眼を活《かっ》と見ひら

いている。

「むう……」

かすかに、九郎兵衛がうめき、上段の剣をふたたび下段に移し、すこしずつ右へまわりはじめた。

それに応じ、伊勢守の躰もひらいて行く。

肩の負傷は、伊勢守の姿勢を、いささかもくずしていない。

「う、うう……」

かすかに、うめきつつ、九郎兵衛は尚《なお》も右へまわる。

そして……。

九郎兵衛のうごきに応じて躰をまわして行く伊勢守は、またも、崖の縁を背にして立つことになった。

もっとも、はじめにすわっていた場所より、伊勢守の躰は草原の中へ入っている。

伊勢守の背後は、崖《がけ》の縁まで、約五メートルを残していた。

そのときであった。

十河九郎兵衛の、かたくかたく閉ざされている左眼から、血の粒が浮き出た。

そして、その血の粒はふくれあがり、一すじの尾を引いて九郎兵衛の面上へつたわり落ちたのである。

風が鳴り、雲が走り、陽光が陰った。

十河九郎兵衛が、さっと後退した。

下段に構えていた大剣が鞘《さや》へおさめられたとき、九郎兵衛は早くも、森陰へ隠れようとしていた。

そのとき、九郎兵衛が伊勢守に向って何か叫んだが、その声も言葉も風に飛び散り、よくはきこえぬ。

そのまま、九郎兵衛の躰が森の中へ消えて行った。

伊勢守は、それを見送ってのち、しずかに修行場の小屋へ入り、左肩先の傷の手当をした。

疋田文五郎が、三夜沢の修行場へ、食糧その他を運んであらわれたのは、それから十日後の朝であった。

伊勢守の傷口は、癒《い》えかけている。

だが、文五郎は、すぐに気づき、

「いかが、なされまいた?」

「刺客……と、申すよりも、わしに立合いをいどんでまいった者がいてな」

「では、先日の?」

「うむ。同類であろう」

文五郎は、

(信じられぬ……)

と、いいたげな顔つきになった。

(殿が、相手に傷を受けられるとは……)

どうしても、わからぬ。

伊勢守が微笑して、

「恐るべき相手であった」

と、つぶやき、

「下段からの、あの突き刀は、中条流のものであろう」

「中条流……」

「だが、それのみではない。文五郎、そちが討った相手のほかに、二人いて、そのうちの一人が、なかなかにすぐれた男であった。おそらくは、二人の師であろう。独自の発意《ほつい》による兵法《ひょうほう》であった」

「名は何と、ござります?」

「十河九郎兵衛と申した。世の中はひろい」

「は……？」

「ひろいということじゃ。われらの見知らぬ、すぐれた兵法者が、どこにひそみ、いずこに隠れ住んでおることか……」

「それで、十河めは？」

「逃げたわ」

あのとき……。

十河九郎兵衛が、必殺の大剣を突き入れたとき、同時に迎え撃った上泉伊勢守の左肩を、九郎兵衛の剣の切先が傷つけた。

そして、九郎兵衛の剣に肩の肉を切り裂かれつつ、飛びちがいざま、伊勢守は右手の二指をもって、敵の左眼を突き刺していたのである。

手の指で、敵の眼を突く。

なるほど、無刀の者が敵を倒すためには、

「もっとも効果的な……」

反撃であろう。

けれども、一口にそういっても、これは、

「至難中の至難……」

というべき業であった。

しかも、十河九郎兵衛の剛剣は、伊勢守自身が、

「世の中はひろい。あれほどの男がいるとは……」

と、感嘆したほどに、すばらしいものであったらしい。

それをおもうと、疋田文五郎のおどろきは、尚も強烈なものとなった。

(手の指で……ああ、手の指で、それほどのことができ得るのだろうか……いや、殿はなされた。殿なれば、なされよう)

しかし、その場面を、わが眼にたしかめてはいなかっただけに、文五郎は、いまさらながら伊勢守の手練《てだれ》をおもい見て、驚嘆せざるを得ない。

そうした文五郎を見て、伊勢守は、

「指も剣《つるぎ》も、同じことじゃ」

と、いった。

自分の手の指は、小太刀《こだち》をつかんでいるのと同様のはたらきをする、と伊勢守はいっている。

つまり、大剣を持っても持たなくとも、

「同じである」

と、いうわけだ。

「おそらく、わしが十河九郎兵衛同様の大剣を手にしていたとて、同じような結果となったことであろう」

疋田文五郎は、面を伏せ、声もなかった。

（修行というものは、ここまで進み、きわめることができるものなのか……）

おどろきと感動で、躰がふるえてくるのである。

「十河九郎兵衛と申す兵法者は、このまま引き下って、二度とあらわれぬ、とおもうか？」

伊勢守が問うたとき、文五郎は、

「いえ……いずれは、また、殿の御前へあらわれましょうかと存じまする」

と、こたえた。

伊勢守は、

「わしも、そうおもう」

大きく、うなずいた。

流　年

二年、三年と年月がながれすぎて行った。

日本諸国の戦乱は、激烈の度を加えつつある。

これまでのように、地方の大名や武将たちが、

「あきることもなく……」

小戦闘をくり返していて、果てしがないというのではなく、そうした小勢力が、しだいに大勢力の中へふくみこまれて行き、今度は、大勢力と大勢力が戦い合うというかたちに変りつつある。

これは、もう、

「このようなことをつづけていても、仕方がない。ちからおとろえた足利将軍や幕府に代る天下人《てんがびと》があらわれぬかぎり、世の乱れはおさまらぬ」

と、いうことが、だれの目にもあきらかになった。

だが、

「天下をおさめるほどの大英雄」

の出現までには、尚《なお》も十余年を待たねばならない。

この間にあって……。

上州の箕輪《みのわ》と大胡《おおご》をむすぶ一線は、安泰であった。

また、箕輪と国峰をむすぶ線も、ゆるがなかった。

国峰城では、小幡信貞・正子夫婦が四人の男子をもうけて、仲むつまじく暮しているし、また国峰城の曲輪《くるわ》内の屋敷に住む小幡図書之介と於富の夫妻の間には、千丸のほかに、

〔清乃〕

という女子が生れたそうな。

これは、まぎれもなく図書之介の種をやどして於富が生んだ子、というわけになるが、

(それにしても、あの千丸が、まことに、わしの子なのだろうか……?)

いまになっても、上泉伊勢守は、そのことがわからぬ。

於富は、最後に上泉の居館へあらわれ、伊勢守に別れを告げたとき、

「来年の夏に生れまする子は、殿のお子にございます」

と、ささやいて去った。

(うなずけぬことはない……)

のだが、

(うなずきかねるおもいもする……)

のである。

伊勢守としては、当然であったろう。

まさに伊勢守は於富の肉体へ愛撫《あいぶ》をあたえた。

だから、

(身に、おぼえなし)

とはおもわぬ。

ただ、そうしたことをはっきりと、当の伊勢守の耳へ告げ、しかも、むしろ凛々《りり》しい感じで国峰の小幡図書之介へ嫁いで行った於富の、女のこころが、わからぬのであった。

兵法においては、余人のおよばぬ境地までのぼりつめることを得た上泉伊勢守も、あのときの於富の言動については、

(まったく、ふしぎな……於富とは、あのような女であったのか?)

と、不可解なのである。

だからといって、於富のことを忘れたわけではない。

これまでに伊勢守が知った女たちの、たおやかで細い躰《からだ》の、ねり絹のようにうすくて、なめらかな白い肌や、男の愛撫に嗚咽《おえつ》する声を必死にこらえている様子などにくらべると、

(あのときの、箕輪の姫は……)

むしろ、われから双腕をさしのべて伊勢守を抱き、ひたむきに躰をすり寄せてきたではないか……。

むろん、於富にとって伊勢守は、

(はじめての男……)

であった。

そのことは、うたがう余地もない。

それでいて、あのときにしめした激しさは、なんとしても、

(伊勢守さまの、お子を生みたい……)

と、いう、火のように熱した願望があったからだが、そこのところが、伊勢守にはわからぬ。

眼を閉じて、於富のことをおもうとき、伊勢守の胸の底が、わずかに波立ってくる。

武術に鍛えられた、たくましい肉置《ししお》きの胸や腰。

肌は、なめらかではあったけれど、それは到底、ねり絹のなめらかさではない。いうならば、なめし皮のように強靭《きょうじん》なものをひそめた肌の感触であって、その於富の肌身を、わが両腕に抱きしめたときの弾力を、いまもって伊勢守は忘れ得ぬ。

あのときの於富の裸身には、生命力がみなぎっていた。

夜の闇《やみ》の底で、かすかに喘《あえ》いでいる白い細い女の躰ではなかった。

昼下りの、夏の陽光がみちあふれていたあのとき、白い蝶《ちょう》にさそいこまれ、於富が午睡している一間へ入り、ついに於富を抱きしめたとき、小袖《こそで》のえりもとが大きくひらかれ、そこに、双の乳房がうす汗に光って息づいていたものだ。

そのときの鮮烈な印象は、いまもって伊勢守の脳裡《のうり》を去らぬ。

白昼の光りの中で、女の肌身を見た、などということは、さすがの伊勢守も、あのときがはじめてのことだったのである。

国峰へ嫁いでからの於富は、一度も、伊勢守へ便りをよこさなかった。

便りはなかったが、箕輪城へおもむけば、

「たちどころに……」

国峰における於富のうわさが耳へ入る。

小幡図書之介と於富の夫婦仲は、大へんによろしく、あまりの仲むつまじさに、うそかまことか知らぬが、

「侍女たちが側《そば》にいて、顔を赤らめるほど……」

なのだという。

(あの小むすめに、わしとしたことが……)

と、このごろの上泉伊勢守は、於富のことをおもうとき、苦笑が浮きあがってくるようになった。

その苦笑は、ようやく、たのしげなものになりつつあった。

それだけに、於富へ対する伊勢守のおもいに余裕が生れたといってもよいだろう。

また、一年、二年と歳月がながれすぎて行った。

この間に……。

上泉伊勢守は二度ほど、三夜沢の修行場へおもむいている。

それは、天文二十年の秋に、伊勢守が半月ほど、三夜沢にこもったときのことであった。

例のごとく、崖《がけ》上の草原にすわり、伊勢守は瞑目《めいもく》していた。

吹きつのる山風が落葉を吹き飛ばし、巻きあげ、これが、まるで雨のように崖下の渓流へ吸いこまれてゆく。

伊勢守の躰へも、音をたてて落葉が吹きつけ打ち当った。

と……。

森陰から、にじみ出るように草原へあらわれた人影が、佇立《ちょりつ》したまま、彼方《かなた》の伊勢守を凝視したのである。

風采《ふうさい》の立派な、まれに見る堂々とした巨体の、旅の武士であった。

旅の武士の左眼は、黒い鞣革《なめしがわ》の眼帯におおわれている。

あの、十河九郎兵衛《そごうくろうびょうえ》であった。

上泉伊勢守は、九郎兵衛があらわれたことに、まったく気づかぬように見えた。

身じろぎもしない。

両眼は閉じたままであった。

このときの両者は、約三十メートルほどをへだてて、向い合っていたのだ。

その間隔のままで、二人は、いつまでもうごかなかった。

十河九郎兵衛は、一歩も、ふみ出さぬ。

伊勢守も、うごかぬ。

およそ一刻《いっとき》(二時間)あまりも、二人は、そのままの姿勢をくずさずに向い合っていた。

そのうちに……。

九郎兵衛の左手が、そろりとうごき、長剣の鍔《つば》ぎわへかかった。

そのまま、かなり長い間、九郎兵衛は立ちつくしていた。

つぎに、九郎兵衛の左足が、わずかにうしろへ引かれた。

九郎兵衛の右手が、うごきはじめたのは、このときであった。

その右手が、しずかにしずかに刀の柄《つか》へかかったとき、夕闇は草原に濃くただよっている。

するすると、九郎兵衛が約十メートルほど伊勢守へせまった。

伊勢守は、微動だにせぬ。

そこでまた、十河九郎兵衛の足がとまった。

またも、二人は向き合ったまま、うごかなくなった。

夕闇が夜の闇にかわり、常人の眼には、双方の姿が見えなくなった。

その闇の中で、十河九郎兵衛の、ふといためいきがもれた。

絶望の、ためいきであった。

ついに、九郎兵衛は腰の長剣をぬきはらうことなく、よろめくように、森の中へ消えて行ったのである。このとき、上泉伊勢守は、四十四歳。

於富が国峰へ嫁入ってから、六年の歳月がすぎ去っていた。

数日後。伊勢守は山を下り、大胡の本城へもどった。

迎えに、三夜沢までのぼって来た疋田文五郎へ、

「久しぶりに、あらわれたぞよ」

と、伊勢守がいった。

「たれが、あらわれまいたのでござります?」

「十河九郎兵衛が、な」

「あ……」

「さよう、二刻も、ここにいたろうかな」

「殿に、九郎兵衛は……」

「何もせぬ」

「まことでござりますか?」

「にらみ合うてのち、そのまま、帰って行った」

「さよう、で、ござりましたか……」

「十河九郎兵衛は、前よりも格別に、修行をつみ、その手練のほども、よううかがわれた」

それでいて、九郎兵衛は、ついに一太刀《たち》もつけず、伊勢守の前から引き退いて行ったというのか……。

(信じられぬ)

と、文五郎はおもった。

「文五郎よ」

「はい……?」

「この三夜沢の修行場へ来て、こころゆくまで、はげみきたえることも、しばらくはできそうにもない」

山道を下りつつ、何とおもったのか、上泉伊勢守が、そういった。

「と、おおせられまするのは?」

「近きうちに、戦さが、はじまるようにおもえてならぬ」

この伊勢守の予言は適中した。

すでにのべたごとく、戦国時代は、小勢力から大勢力の戦争に移行しつつあった。

これまで上州の地は、箕輪城主・長野業政《なりまさ》の威望と実力によって、その大半を押えておくことを得た。

甲斐《かい》の武田晴信《はるのぶ》（信玄）は、信州の攻略に全力をかたむけていたし、越後《えちご》の長尾氏は、先代の長尾為景《ためかげ》の子、晴景と景虎の兄弟が争い、ついに弟の景虎が兄を圧倒し、長尾家の主《あるじ》となって、越後・春日山《かすがやま》の本城へ入ったばかりである。

長野業政は、甲斐の武田晴信のうごきに、以前から、かなり神経をつかっていた。

晴信は十年ほど前に、父・武田信虎《のぶとら》を追放し、武田家の実権を我手につかみとったほどの人物であって、それからは、ほとんど連戦連勝のかたちで勢力を伸張しつつある。

この武田晴信が、上州の隣国ともいうべき信州を侵しはじめると、長野業政も、

「見のがしてはおけぬ」

ことになった。

そこで、間者を甲斐の国へ潜入せしめ、武田晴信の治政や戦争の仕方などを探らせて見ると、

「これは、ゆだんがならぬ……」

と、おもわざるを得なかった。

父を追い出して、領国をつかみ取ったほどの猛烈、決然たる大将であるばかりでは

なく、

〔戦国大名〕

として、領国をおさめてゆくちからも、あなどりがたい。

たとえ小さな国であっても、これを敵方から奪い取ってしまうと、たんねんに民情をととのえ、領民が安心をして生産にはげむようにする。そして、しかるべき家臣をさしむけ、その土地の城を堅くまもらせる。

それから、つぎの敵と戦う。

一つ一つの戦闘を、武田晴信は決して、

「むだにしていないようじゃ」

と、長野業政が、上泉伊勢守に語った。

「いかさま……」

伊勢守も、同感であった。

もちろん、武田晴信を見たこともない上泉伊勢守であったが、

「恐るべき人物……」

と、見た。

武田晴信は、まだ三十そこその大将である。

「戦うこと……」
と、
「領国をまもり、これを治めること」
とを、一体にしておしすすめる力量が、とても、その年齢のものとは考えられぬほどであった。

とにかく、これまでは、小勢力が入り乱れて戦い合っていたのだから、一つの国を取ったと思えば、すぐに取り返されるし、戦争をすれば生産が絶え、自分の国が疲弊するというわけで、この二つのバランスをくずさずに戦争をつづけ、しかも勝ちぬいて行くということは、大変なことであった。

武田晴信は、それをやってのけている。

しかも、敵の国を侵すときの謀略の巧妙さは、
「たとえようもない……」
ほどであるという。

先《ま》ず、敵方の内側から突きくずして行く。

敵の大将の親族や重臣などへ、ひそかに〔さそい〕をかけ、敵が知らぬ間に味方へ引き入れておき、いざ、敵方と戦うときには、これが武田方へ内応し、武田軍を引き

入れる。

このようなことは、別だんにめずらしくもないのだが、その〔さそい〕の方法が、まことに巧みであって、ほとんど失敗をしたことがないそうな。

また、戦争をはじめる前に、刺客をはなって、敵方の親族や重臣たちを、

「暗殺する」

ことなども、よく、おこなわれる。

だから、かつて小幡図書之介が於富と共に野駆けをしていたとき、突然、襲いかかった野武士たちにしても、どこのだれがさし向けたか、いまだにわからぬが、

「わしを討って、小幡家の内を、かき乱そうとするものがしたことであろう」

と、図書之介は於富にいったことがある。

いずれにせよ、どのような方法をもってするのか、見たわけではないが、武田晴信の謀略の凄《すさ》まじさは非常なものらしい。

長野業政は、

「晴信は信州をわがものにすれば、わが上州から関東をのぞむに相違ない」

と、いった。

上泉伊勢守も同じ意見である。

業政は、このところ、城の内外の防禦《ぼうぎょ》工事を絶え間なくおこなっているし、食糧の用意も、おこたらぬ。

そして、上泉伊勢守や小幡信貞をはじめ、麾下《きか》の諸将との連絡を緊密にし、いざとなったときにそなえている。

越後の長尾家については、数年前まで、長野業政も、

「取るに足らぬ……」

などと、いっていたものだ。

それが、このごろになると、しきりに間者を越後へはなち、長尾景虎《かげとら》の様子を探らせているようであった。

越後・春日山城主の長尾景虎は、まだ二十二歳の若さであった。

この景虎こそ、のちに武田晴信（信玄）と宿命的な対決をすることになる上杉謙信だ。

そして、この武田・上杉の対決と、あくこともなく、くり返される両家の戦争の渦の中に、長野業政も上泉伊勢守も、そして国峰城の小幡一族も、正子・於富の姉妹も巻きこまれて行くのである。

伊勢守にしても、天文二十年の時点では、さすがに、そこまでは、

「おもいおよばなかった……」

後年になって、疋田文五郎へ、しみじみと、そう述懐したものだ。

だが、三夜沢の修行場から大胡の城へもどる道々、文五郎に、

「近きうちに、戦さが、はじまろう」

といったのは、ここ十年ほど、小さな戦闘はあったが、一国一城の生死を問われるほどの戦争はなく、比較的、平穏な明け暮れを送り迎えてきた上泉家も、いよいよ、戦国動乱の最高潮期を迎え、何らかの形で、

「生死をかけた……」

戦争の中へ突入することになる、と、感じたからである。

伊勢守が同盟をむすんでいる箕輪城主・長野業政は、あくまでも、

「関東管領《かんれい》の上杉家をたすけ、上杉家をもりたてて、関東に平和をもたらそう」

と、考えている。

これはつまり、ちからのおとろえきった足利将軍と、その幕府を復活させ、天下の戦乱を取りしずめようとするラインにつながる。

同じラインによって戦う大名や武将も、諸国に、かなり多い。

上泉伊勢守も長野業政に従っているのだから、このラインに沿い、戦って生きぬか

ねばならぬ。

武田と長尾両家の擡頭《たいとう》はさておき、関東管領と長野業政ラインにとって、現在、もっとも、

「恐るべき敵」

であるのは、関東制圧を目ざす小田原城主・北条氏康《うじやす》なのだ。

北条軍は、絶えず、関東管領の上杉憲政をおびやかしている。

北条氏康にしても、上杉憲政のうしろに長野業政がひかえていることは充分に、承知をしていた。

ゆえに……。

「上杉を攻めつぶすためには、先ず、箕輪の長野業政を討たねばならぬ!」

ようやく、そこへ決意をかためたようである。

北条氏康は、この天文二十年で三十七歳になる。

氏康は関東の北条家・三代の当主であって、祖父・北条早雲も、父の氏綱も、戦将として猛烈果敢な活躍をしめしたが、氏康もまた、祖父や父が血と汗によってきずきあげた関東での地盤を、いまは、ほとんど、

「ゆるぎないもの……」

にした、と、いってよい。

北条早雲は、足利幕府の重臣・伊勢《いせ》氏の一族などとつたえられているが、はっきりしたことはわかっていない。

備中《びっちゅう》の国の土豪から出た男ともいわれているし、ひどいのになると、

「あれは、もと、氏素姓も知れぬ山賊だったのだ」

などと、いうものもある。

早雲は、はじめ伊勢新九郎と名乗り、いつのころからか、駿河《するが》の国（静岡県）へあらわれ、この国の守護代（足利幕府の命をうけて、諸国をまもる守護職の代官）今川義忠《よしただ》のもとへ身を寄せた。

一説によると早雲は、自分の妹を今川義忠の側妾《そくしょう》にさせ、その手引きによって今川家へ入りこんだ、ともいう。

そして……。

今川義忠が陣中に死ぬや、その子・氏親《うじちか》をたすけ、俄然《がぜん》、北条早雲が活動を開始しはじめたのである。

すなわち、今川家の内紛を始末し、期を見て、興国寺の城主となった。

それから、伊豆《いず》の国の堀越公方《ほりこしくぼう》家の一族が争いはじめたのを知ると、その隙《すき》に乗じ、

堀越公方の足利政知《まさとも》父子を攻め、ついに伊豆の韮山《にらやま》城を手中におさめてしまった。

〔堀越公方〕というのは、足利幕府が、関東を支配するためにもうけた一つの機関であり、八代・足利将軍・義政《よしまさ》の弟である政知は、兄将軍の、

「関東を取りしずめよ」

との命をうけ、関東へやって来たが、諸方の戦乱・騒乱を鎮圧することができず、目的地の鎌倉へも入れぬまま、伊豆の堀越にとどまっていたので〔堀越公方〕とか〔堀越御所〕とか、よばれていたのだ。

北条早雲は、堀越公方を討滅し、伊豆の国を支配すると共に、計略をもって、今度は相州・小田原城主の大森藤頼を、

「暗殺した……」

と、いわれる。

とにかく、このようにして、

「氏素姓も知れぬ男……」

である北条早雲が、はじめは、我手につかみしめた槍《やり》一筋で一国を奪い、一城を攻め落すという時代がやって来たのである。

日本の、

〔武家政治〕

というものは、源氏の総帥《そうすい》・源頼朝によって、

「確立した」

ことになっている。

その前には、平家の全盛時代があり、かの平清盛が朝廷の執政として独裁政治をおこなったが、それも二十年に満たぬ。

源頼朝は、鎌倉に、

〔幕府〕

をひらき、はじめて日本の政権を担当することになった。

そして鎌倉幕府は、源家ほろびて後、北条氏の執政というかたちによって存続して来た。

それが、南北朝の戦乱となり、関東の武将として武士たちの信頼をあつめていた足利尊氏《たかうじ》が、朝廷の政府を打ち倒し、

〔足利幕府〕

をひらき、その初代将軍となったのである。

このとき尊氏は、幕府を、日本の首都である京へ置き、その政庁と将軍邸宅が室町

にあったところから、
〔室町幕府〕
と、称されることになった。
この幕府は、一種の英雄であった足利尊氏の巨《おお》きなちからと、その人望が、諸国の守護大名や武士団を押え、一つの連合政権のようなかたちで成り立っていた、ともいえなくはない。
だから、足利将軍も、尊氏ほどのすぐれた器量のもちぬしが後をついでゆかぬかぎり、どうしても諸大名のちからに圧迫されてしまうし、そうなると、大名どうしが武力をもって争いはじめ、これを制止することができなくなってくる。
無力な足利将軍を、
「退《の》けもの……」
にして、幕府を支配する大名たちの戦いが、天皇も将軍もいる首都でおこなわれ、首都が戦火に焼けただれ、灰燼《かいじん》となってしまった。
これが、
〔応仁《おうにん》の乱〕
であって、それからはもう、日本の諸国に戦火が絶えたことはない。

足利幕府が諸国を守れと命じた守護大名でも、武力にめぐまれなければ、たちまちに討たれ、ほろぼされ、将軍も幕府も、手をつかねて、これを見まもるよりほかに仕様もなかった。

このように、名も身分もなく、あっても、それまでは地方の小さな勢力として目にもとまらなかった武士や豪族が、にわかに擡頭《たいとう》し、

「旧勢力を追いのけ、打ち倒して……」

大きな領国を支配するようになる、すなわち大名となる。

これを、

〔戦国大名〕

と、よぶ。

北条早雲などは、その代表的な一例であったといえよう。

早雲は、関東制覇《せいは》の土台をきずき、これを、我子の氏綱へゆずりわたし、八十余の長寿をたもって病没した。

早雲の一生は、すさまじい謀略と戦闘の明け暮れであったといってよい。

さて、父・早雲の後をついだ北条氏綱は、

「亡《な》き父が生涯をかけた関東を、この、わが手につかみ取らずにはおかぬ!」

と、いった。

そこで氏綱は、関東を辛うじてささえていた旧勢力の関東管領・上杉家と戦いつづけ、これを、ついに武蔵《むさし》の国から追いはらってしまったのだ。

関東管領も堀越公方と同じように、足利将軍が、名門の上杉家へ、

「関東をまもり、これを治めよ」

と、命じたものである。

こうして、北条氏綱から、その子・氏康に代が移ったのだけれども、関東管領・上杉憲政《のりまさ》は、

「手も足も出ない……」

ほどに追いつめられ、辛くも、長野業政の応援によって、上州・平井の城に、本拠を置いているにすぎないのだ。

北条三代の当主・氏康も、祖父や父がきずいた関東の地盤を押しひろげ、五年ほど前に、足利晴久・上杉朝定《ともさだ》・上杉憲政の、足利幕府の旧勢力ともいうべき連合軍を、武州の川越の戦闘で打ち破った。そして、このときの大敗が、関東管領にとっては、

「二度と起ちあがれぬ……」

ほどの打撃となった。

そればかりか、

「どうも、ちかごろ、北条氏康は甲斐の武田晴信や、駿河の今川家とも手をむすぼうとし、ひそかに、工作をすすめているらしい」

などというわさも、きこえはじめている。

小田原の北条氏康が、

「甲斐の武田晴信」

と、

「駿河の今川義元《よしもと》」

と、同盟をむすぶということになれば、

「これは、大変なことになる」

と、長野業政はおもっている。

上泉伊勢守は、疋田文五郎に、

「うわさにすぎぬ、とは、いいきれない」

と、いった。

北条氏康は、祖父・早雲ゆずりの謀略にも長じている上に、すぐれた政治家でもあって、小田原城下の町民はもとより、領民たちも、氏康の民政を、こころからよろこ

こういう人物であるから、武田・今川の両家と手をつなぎ、その助力によって、

〔関東平定〕

の野望を達せんとすることは、すこしも、ふしぎではない。

駿河の国の守護であり、この点、いちおうは〔名門〕といってよい今川義元は、武田晴信とは義兄弟にあたる。

つまり、晴信の父・信虎のむすめを妻に迎えているからだ。

「いずれにせよ、北条も今川も武田も、それぞれ、おのれの野望を達せんがために、手をむすぼうとしているのであろうが……そうなると、長野の殿をはじめ、われら関東管領を助けまいらそうとするものは、これより、ずいぶんと苦しい戦さをつづけなくてはなるまい」

と、伊勢守は文五郎に、

「覚悟をしておくがよい」

笑いながら、そういったものである。

これは、ずっと後年になり、北条氏康が年老いて、我子の氏政《うじまさ》へ家をゆずりわたしてからのことだが……。

或夜《あるよ》のこと、家来たちも大勢いた宴会の席上で、すでに隠居の身となっていた北条氏康が、突然、箸《はし》を置き、

「ああ……北条の家も、これで終りか……」

と、ためいきをついたものだから、いまは小田原城主となっていた北条氏政がおどろき、

「父上。それは、どのようなわけなのでござる?」

と、問うや、氏康が苦にがしげに、

「わからぬか?」

「わかりませぬ」

「お前のことじゃ」

「では、私の代で、北条家がつぶれると、申されますか?」

「そのとおりである」

北条氏政も、自分の代になってから、

「家がつぶれる」

と、隠居した父・氏康に確言されたのだから、おどろきもしたろうし、不愉快にもなったろう。

「それは、何故でござる？」

憤然として氏政は、父に反問した。

「それを、ききたいか？」

「ぜひとも」

「よし。いうてきかせよう。いま、お前が飯を食べているのを見ていると、お前は、一椀《わん》の飯に汁を二度もかけている」

「それが、どうかいたしましたか？」

「それそれ、これだけ申しても、まだ、お前にはわからぬのか」

「はあ……？」

「はあではない。人は毎日、飯を食べる。ばか者でないかぎり、食事については何千回、何万回もの稽古《けいこ》をしているのじゃ。それなのに、お前は一椀の飯にかける汁の分量も、まだ、わからぬのか。一度かけて足らぬというので、また汁をかける。まことに、おろかなまねをするものじゃ」

父・氏康が、あきれ果てたようにいうのをきいて、北条氏政は、

（………？）

どうにも、なっとくができぬ顔つきであった。

「父上。それが、いけませぬか？」

「まだ、わからぬのか、わしの申すことが……」

「わかりませぬ」

氏康は舌打ちをして、我子であり、いまは小田原城主でもある北条氏政をつくづくとながめ、ふといためいきを吐《つ》いたが、仕方なさそうに、

「では、いうてきかそう。よくきけい。よいか、毎日の朝夕におこなうことを、はかり知ることができぬようでは、一皮へだてた他人の腹の中にひそみかくれている考えを知ることなど、とても出来ぬと申すのじゃ。他人のこころがわからなくては、よい家来もつきしたがってはくれぬ。まして、敵と戦って勝てるはずがない。なればこそ、北条の家も、お前の代で終ると申したのじゃ」

と、いましめた。

氏政も、いちおうは、

「父上の御教え、かたじけのうござる」

あたまを下げはしたが、ほんとうにわかったのか、どうか……。

後年。父・氏康が亡くなったのち、十五年ほどの間に、北条氏政の勢力は、たちまちにおとろえて行くことになる。

それでも氏政は、

「わが小田原城は天下の名城である」

などと、いい、

「どのような敵でも、この、わしの城を攻め落すことはできまい」

と、威張っていたものだ。

北条氏政は、のちに、豊臣秀吉《とよとみひでよし》に小田原を攻められ、ほろび去ってしまう。

父・氏康の予言が適中したわけであった。

いずれにせよ、この父と子の戦国大名としての資性には格段の差があったことがわかる。

北条氏康は、何も、飯に汁を二度かけたことをとがめたのではない。

かねてから、我子の将来を、

(あぶない……)

と、見ていたので、食事のことを例にひき、きびしく、いましめようとしたにちがいない。

そうして氏政の、神経のはたらきの鈍さを指摘したのである。

「一事が万事」

と、いうことなのであろう。

さて……。

これほどの人物であった北条氏康が、いよいよ、関東一円を名実ともに、

「わが手につかもう」

として起ちあがったとき、氏康は三十七歳の、いえば、

「男ざかり」

に、さしかかったときだ。

気力も体力も、充実しきっていたのである。

そして、天文二十年三月。

北条氏康は二万の軍団をひきいて小田原城を発した。

いよいよ、関東管領《かんれい》・上杉憲政の本城を、

「攻め落そう」

と、いうのである。

上杉憲政は、すぐさま、箕輪城の長野業政へ、

「援軍を送ってもらいたい」

使者を飛ばした。

だが、間に合いそうにもなかった。

平井城を出た使者が、箕輪城へ到着する前に、早くも神流川《かんな》の岸辺まで北条軍が押しつめて来たのだ。

このことは、何を意味するのか……。

一つは、北条氏康が小田原を出て、平井城のすぐ近くまで押し寄せて来るのが、あまりにも速かった。氏康は軍団をいくつにも分け、進軍の道すじも、それに応じて分け、たくみに上杉方の目をくらましつつ前進し、平井城へせまってから諸部隊を合流させた。

むろん、夜中の行軍を利用した。

一つは、それに対する上杉方の警戒ぶりが、上泉伊勢守にいわせると、

「あまりにも稚い《おさな》」

のだそうである。

上杉方としては、すでに間者（スパイ）を、小田原へ潜入させておくべきであった。

しかし、なんといっても、上杉憲政の関東における勢力範囲は、

「たかが知れたもの……」

なのだ。

スパイを出して北条方のうごきを探るといっても、平井から小田原までの関東一帯は、ほとんど北条氏康の手中にある。

スパイ活動も容易でない上に、その敵中へ入って行き、内情を探り出すほどの、すぐれた間者などは上杉方にいない。

まったく手をつかねていたわけではないのだろうが、効果はなかった。

しかも、である。

すでに北条氏康は、上杉憲政を支援する近隣の諸将へ手をのばし、

「われらに味方されよ。かならず、悪いようにはせぬ」

と、味方に引き入れてしまっていたし、また、平井城の上杉憲政の重臣たちの間でも、

「あくまでも戦うべし!」

と、主張するものや、

「この上は、むしろ、北条氏康へ降伏したほうがよい」

などと、いい出すものもいて、内紛が起ったりした。

これでは、とても、勝てるものではない。

平井城は、現・群馬県藤岡市の西方二里ほどのところにあった。

およそ百二十年間にわたり、関東西半の実権をにぎっていた管領・上杉家の牙城《がじょう》である。

むかしは、平井の本拠を中心にして威勢をほこっていた上杉家だが、いまは、この本城ひとつに押しこめられ、

「身うごきもならぬ……」

ほど、北条氏康に圧迫されている。

城郭も、なかなかに立派なものだし、鮎川《あゆかわ》の断崖《だんがい》にのぞむ本丸から城の東側にかけて、川の水を三段にせき止め、濠《ほり》に水をたたえ、敵の侵入をふせぐ備えもしてあった。

上杉家の全盛時代には、城下町も殷賑《いんしん》をきわめていたというが、いまは町もさびれてしまい、二万の北条軍を迎え、平井城にあつまった上杉軍は、四千にも足らなかった。

平井城の西方四里ほどのところに、小幡信貞の国峰城がある。

当然、ここへも、援兵を依頼したのだろうが、間に合わなかった。

小幡信貞としても、わが城あっての管領ラインなのであるから、北条軍が国峰へ対して陣を張ってしまえば、うかつに飛び出すわけにもまいらぬ。

三月十日の朝。

平井城攻防戦の火ぶたが切られた。

そのとき、上杉憲政にとっては、まさに奇蹟《きせき》が起ったのである。

「間に合うまい」

と、あきらめていた長野業政の援軍・二千余が到着したのだ。

業政は、みずから先頭に立ち、平井城を包囲した北条軍の中を猛烈果敢に突破し、城の西方から、みごと、城内へ入ることができた。

「ようも来てくれた。ようも、ようも……」

と、上杉憲政は、長野業政の手をつかみ、泪《なみだ》ぐんで礼をのべた。

それはそうだろう。

これほどまでに、ちからおとろえ、落ちぶれてしまった管領家に対し、長野業政は、どこまでも忠誠をつらぬこうとしている。

しかも、業政みずからが兵をひきい、救援に駆けつけてくれたとは……。

上杉憲政が感動したのも当然であった。

業政は、みずから箕輪を発するにあたって、

「伊勢守殿を、箕輪へ……」

と、命じた。

その使者を迎えた上泉伊勢守は、手勢五百をひきい、すぐさま、箕輪城へ駆けつけている。

これは、万一のことを考えた長野業政が、伊勢守に、わが本城へ来てもらったのである。

さて……。

長野業政が入城して間もなく、北条軍が攻めかけて来た。

上杉方は、業政の入城で、よみがえった。

将兵いずれも生気がみなぎり、闘志がわいてきて、猛然と敵の大軍を迎え撃った。

猛将・長野業政は、城内にたてこもるよりも、むしろ外へ出て、

「戦うべし！」

と、主張した。

そこで、上杉軍は半里ほども東方へ出て、神流川を押しわたって来る北条軍を迎え撃ち、果敢に戦ったのである。

北条氏康も、この上杉方の闘志には意外の感がしたろう。

戦記には、

「……はじめ、戦いは上杉方に有利であったが、午後になり逆転した。そして上杉軍

は兵をひいて平井城内へ退き、寄せ手がせまるのを待った。しかし北条方も損害が多く、北条氏康は後日を期して、追撃を中止し、すみやかに兵を引いて小田原へ帰った」

と、ある。

しかし、北条氏康は、このまま黙って引き下ったわけではない。

この年の秋……。

氏康は、またしても大軍を発し、平井城へ攻めかけて来たのである。

前回の失敗にこりた氏康は、前回にも増して隠密裡《おんみつり》に事をすすめた。

北条氏康は、さらに手をまわし、関東管領方の武将たちを、つぎつぎに味方へ引き入れてしまった。

それでなくとも、

「もはや、管領家に味方しても、むだじゃ」

と、上杉憲政のもとをはなれ、北条氏康に内応するものが多かったのだから、こうなっては憲政も、手をつかねているよりほかに道はないありさまなのだ。

しかも前回の戦いで、味方の武将は、完全に、上杉憲政を、

「見かぎってしまった……」

かたちになった。

だから、北条軍が攻め寄せるときいて、平井城へあつまった兵力は、なんと、わずかに五百そこそこだったのである。

このときも憲政は、箕輪の長野業政へ、

「救援をたのむ」

と、使者を走らせた。

長野業政は、その使者の口上をきき、しばらく考えていた。

業政も、

(あの平井城では、何かにつけて戦いにくい)

と、おもっている。

業政自身も、箕輪城を留守に、全兵力をあげて上杉憲政を救いに行くわけにはいかない。

前回は、業政のもとへ駆けあつまってくれた豪族も多かったが、これらの人びとにいわせると、

「われらは、ちからおとろえた管領家のために戦うのではない。業政公のために戦うのだ」

と、いうことになる。

ゆえに、長野業政が、わが本城にたてこもって戦うのなら、

「よろこんで駆けつけようが……わざわざ、平井城まで出て行き、負けると決った戦さをすることはない」

というのが、本心であった。

そのことは長野業政も、よく、わきまえている。

なるほど、平井城は、

(なかなかの堅城であるが、なれど、わしの城ではない)

そこへ駆けつけて行き、戦意をうしなった五百そこその上杉軍(もはや、軍ともいえまい)と共に戦ったところで、どうにもなるものではないのだ。

結局、長野業政は、

(こうなれば、むしろ、上杉憲政公を、この箕輪城へ、お迎えしたほうがよいのではないか……)

と、考えた。

そうなれば、

(いかに、北条の大軍が押し寄せて来ようとも……)

びくともせぬ、という自信が業政にある。

箕輪城の備えは、平井城と、くらべものにならぬ。

城構えからいっても、格段の差がある。

おそらく、上杉憲政が箕輪城へ逃げこんでしまえば、北条氏康も、ここまでは攻め寄せて来まい。

攻め寄せて来るにしても、相当の準備と覚悟をととのえなくてはならぬ。

平井城の場合は、いかに堅固な城であっても、

「その城をまもる兵力がない」

のだから、攻め落すのは、わけもないことなのである。

だが、箕輪城攻撃となれば、大胡の上泉伊勢守も駆けつけて来ようし、国峰城の小幡信貞らも北条軍の背後をおびやかすにちがいない。

現在、上州の武将や豪族たちは、管領・上杉憲政に対して、

「味方をする甲斐《かい》がない」

と、おもっているが、長野業政に対しては、

「どのようにも御味方しよう」

というわけだ。

〔人望〕が、ちがう。

〔実力〕の相違なのである。

（よし。憲政公を、わが城にお迎えしよう）

ついに、長野業政は決意をかためた。

そうなれば、平井城は敵の手に落ちることになるが、この場合、それもやむを得ないではないか。

たとえ、憲政が箕輪城へ移っても、

（関東管領家は、厳として在るのじゃ）

業政は、そうおもった。

このときのために、ここ数年の間、業政は戦力をたくわえてきている。

たとえ、いったんは平井城を北条方へわたしても、

（かならず、取り返して見せる）

つもりであった。

長野業政は、上杉憲政の使者に、自分の侍臣・山口又介をつけ、さらに五十騎の武者をそえ、

「急ぎ、箕輪へ、お移りなさるべし」

と、つたえさせた。

長野業政のすすめをうけたとき、上杉憲政は、まよいにまよった。

今度も、また、業政に、

「救援をたのむ」

と、いってやったが、上杉憲政自身も、

(たとえ、箕輪から援兵が来てくれても、勝利は、おぼつかぬ)

と、考えている。

この前のときのように、長野業政の奮戦によって、北条氏康が、たとえ一時でも兵を引いてくれれば、

(見《め》っけもの……)

と、いうわけなのだ。

だが、いったんは引きあげても、また、北条軍は攻め寄せて来るであろう。

そのたびに、関東管領《かんれい》・上杉家のちからが、おとろえてゆくばかりなのは、だれの目にもあきらかなのだ。

平井城で、上杉憲政をかこみ、重臣たちの会議がひらかれた。

いま、平井城にたてこもる将兵は、わずか五百にすぎない。

しかも、長野業政さえ、

「もはや仕方もないから、自分の城へ、お移りなさるがよいとおもう」

と、いってきているではないか。

そこで、つぎのような結論が出た。

「どうせ、管領家がお移りになるのなら、越後の長尾景虎をたよったほうが、よいのではないか」

このことである。

長尾景虎は、二十二歳の青年大名であるが、長尾家と上杉家とは、むかしから関係がふかい。

越後の国の守護職に任じていた上杉定実《さだざね》は、関東管領・上杉家の一族なのである。

その上杉定実を助けて、越後の国をおさめることにちからをつくして来たのが、すなわち、長尾景虎の父・為景なのだ。

そのころの越後の国は、諸方の武将や大名が、入りみだれて争い、守護職のいうことなど、

「きくものではなかった……」

のである。

だから、守護職・上杉定実を助け、国事に奔走していた長尾為景も、ずいぶん苦労をしたようだ。

為景が亡《な》くなったとき、長尾景虎は、わずかに七歳の幼年であった。

景虎は、のちに上杉謙信となったわけだが、その当時をかえりみて、

「父の葬式の折も、どこから、どのような敵が攻め寄せて来るか知れたものではなく、自分も鎧兜《よろいかぶと》に身を固めて、父の柩《ひつぎ》につきそったものじゃ。いまも、そのときの鎧の重さを、忘れてはおらぬ」

と、のべている。

長尾景虎は、戦乱の国と、父亡きのちの一族の争いの中に育ち、少年のころは、春日山《かすがやま》城下の林泉寺へあずけられたほどだ。

それが、十九歳のときに、父のあとをついだ兄・晴景《はるかげ》と戦い、勝利を得て、ついに、春日山城へ入ったのである。

兄の長尾晴景は、景虎より十八歳も年長であったが、躰《からだ》も弱い上に、とうてい、越後の国をおさめるだけの力量をそなえた人物ではなかった。

ゆえに景虎は、

「自分がやらねば、越後の国は、おさまらぬ！」

と、決意をし、兄と戦った。

この点、武田信玄が、

「父がいたのでは、いつまでたっても、甲斐の国は平穏にならぬばかりか、いまに、どこかの敵に攻めこまれ、国をうしなうことになる」

と、おもいきわめ、父・信虎を追いはらってしまったのと、よく似ている。

そして、この二人は、いずれも二十そこそこか、二十前の年齢で、これだけの決断を、

「自分自身に下している」

のである。

とにかく、長尾景虎が十七歳で起《た》ちあがり、猛然として近隣を切り従え、春日山城主となるまでの活躍ぶりは、上州にいる長野業政や上泉伊勢守の耳へもきこえていた。

そして長尾景虎は、いまや、名実ともに、

「越後の国主」

となった。

さて……。

すでにのべたごとく、長尾家と上杉家との関係は、むかしから深い。

そこで上杉憲政は、かねがね、関東経営の苦労を、長尾景虎へ知らせ、

「助力をねがいたい」

と、たのんでいた。

しかし景虎も、ようやくに越後を手中におさめたばかりだし、

「いますこし、お待ちいただきたい。近きうちに、かならず関東へ馳《は》せつけ、御味方をいたしましょう」

と、いってよこした。

そうしたわけで、いよいよ、平井城を捨てて、他へ身を移すとなれば、いかに〔猛《もう》虎《こ》〕とよばれた長野業政でも、それは上州の一武将にすぎない。

それにくらべて長尾景虎は、越後という大きな国の主《あるじ》なのである。

上杉憲政は、ついに、

「越後へまいろう」

と、決意をかためた。

かくて、上杉憲政は、わずか五十余名の家臣たちにまもられ、ひそかに平井城をぬけ出し、越後へ向った。

長尾景虎は、

「よくこそ……」

と、こころから憲政を歓迎した。

そして上杉憲政は、この後、しだいに、

「いっそ、関東管領を景虎殿へ、ゆずりわたしたほうがよいのではあるまいか。そして、上杉の姓をついでもらおう」

と、おもうようになる。

以前からも、関東管領に対する長尾景虎の態度を、

「まじめで、しかも、おもいやりがある」

と、上杉憲政は感じていた。

それが、いざ春日山へ来て見ると、考えていたよりも、さらに、

「この人物は、まことに立派な……」

と、おもわざるを得なくなってきた。

景虎は、

(関東管領家を手もとに引きとり、これを、うまく利用してやろう)

とか、

(むかしからの上杉家との関係があるので、仕方がないから、引き取ってやろう)

とか、そのように謀略的な計画とか、投げやりな考え方から、上杉憲政を引き取ったのではない。

長尾景虎には、

「自分が越後の国を手中におさめたのも、ちからおとろえた守護職・上杉家の代りにしたのである。自分が起たなくては、いつまでも国がおさまらぬゆえ、勇猛心をふるい起し、これまで戦いつづけて来たのだ」

という信念がある。

それと同様に、

「関東管領家にたのまれたからには、越後を平定し、さらに関東に平和をもたらすのが、この乱世に生きる自分の、なすべき一代の事業である」

肚《はら》の底から、おもっているのだ。

そのためには、これからも多くの敵と戦って行かねばならぬが、

「鬼神となっても……」

戦いぬこうと決意をしている。

こうした長尾景虎の人柄は、やがて上州へもつたわって来たし、箕輪城の長野業政も、

「わしのさそいをしりぞけられ、越後の長尾景虎をたよって行かれるとは……」

はじめは、上杉憲政に対して、おもしろくない感情を抱いていたが、それもやがて解けた。

長尾景虎が、箕輪城へ使者をよこし、自分の真情を業政につたえたからであった。

長野業政は、かねてから間者をはなって、越後の情勢をさぐらせていた。

それは、近ごろ、管領・上杉憲政が、しきりに長尾景虎へ接近しようとする気配が見えたからである。

長野業政としては、長尾景虎に対して、

「猛烈果敢な戦将」

というイメージしか、もっていなかった。

だから、景虎を恐れるというよりも、それに近づこうとしている管領家を、

(大丈夫なのだろうか……?)

と、心配していたのだ。

いずれにせよ、自分のさそいをしりぞけ、管領家が越後の長尾景虎をたより、平井城を脱出したというのは、業政にとって、

(それほどに、わしをたよりなくおもわるるのか……)

不快であったことは事実だ。

しかし、長尾景虎が、とどけてよこした書翰《しょかん》を読むにおよび、長野業政は、

（これは……）

意外に、おもった。

景虎の筆蹟《ひっせき》も文面も、これが二十をこえたばかりの若者とはおもえぬほどに、みごとなものであった。

景虎は、業政へ、およそ、つぎのようにいってよこした。

「……あなたが、これまでに、関東管領家に、つくしてまいられた忠誠には、かねてから、ほとほと感服をしていました。このたび、管領家を越後にお迎えし、あらためて、上杉憲政公から、あなたのことを聞きおよび、さらに感動をしたわけであります。憲政公が、それがしをたよってまいられたのは、ひとえに、上杉家と長尾家の、むかしからの関わり合いがあったからのことで、あなたに対しては、いささかも他意のないことであります。

それはさておき、管領家の名をもって、一時も早く関東の地を治めなくてはならぬこと、これは、あなたもよく御承知のことと存ずる。

ちからさえ強ければ、だれが治めてもよい、というものではない。たとえ、ちから

がおとろえたといえども、いまの日本は、天皇の下に将軍と幕府があり、これが国々をおさめているわけなのだから、あくまでも、この建前を奉じて、天下の事をはからわねばならぬ、と、おもいます」

ここまで、景虎の手紙を読んで、長野業政は、

「うむ!」

大きく、うなずいたものである。

長野業政も、この点、長尾景虎と同意見であった。

ただもう、

「ちからにまかせて……」

国々を切り従えて行けばよい、というのではない。

天下の人びとが、

「なるほど」

と、おもうような大義名分のもとに、戦わねばならぬ。

それでなくては、

「天下が、われらの勝利を、みとめてはくれぬ」

業政は、そう考えている。

業政には業政なりに、
「関東管領家をたすけまいらせながら、自分の勢力も強め、押しひろげて行きたい」
との、野望はあった。
しかし、それはあくまでも、
〔関東管領〕
から、
〔足利幕府〕
に通じ、
〔天皇と朝廷〕
を、むすぶ一線において、自分の望みを達成したいのである。
ところで……。
長尾景虎の手紙は、まだ、つづいている。
「……自分も、管領家を、お世話いたすからには、ぜひとも、いずれは関東へおもむき、ふたたび、管領家を関東へおもどしいたしたい。平井城も北条方からうばい返すことはもちろん、あなたにも、ちからを貸していただき、共に、管領家のために、はたらくつもりであります。

ともあれ、自分は、あなたに代って管領家のお世話をしている。そちらも、そのつもりでいていただきたい。

いまのところは、そのほうが、あなたも、はたらきやすいのではありますまいか。北条方は、これからも休むことなく、上州の諸城を攻め落さんとするにちがいない。そのときこそは、どうか、こころおきなく戦っていただきたい。自分は一日も早く、関東へ打って出たいと存念しているが、いますこしの間、越後にとどまり、関東出兵のための備えをしておかねばなりませぬ。その間、あなたのおちからで、上州の地をまもっていていただきたい」

長野業政は、上泉伊勢守を箕輪城へまねき、

「いかが、おもわれるな?」

と、問うた。

「さよう……」

しばらく考え、何度も、長尾景虎の手紙を読み返したのちに、伊勢守は、

「これよりは越後と手をむすび、管領家の威信を回復させることが、よいと存ずる」

と、こたえた。

上泉伊勢守は、すでに、関東管領・上杉憲政に対し、

（いささかの期待《のぞみ》も、もてぬ）

と、考えている。

これは、自分の重臣たちの耳へもきかせぬことであったが、一度だけ、疋田文五郎に、

「管領家が、平井の城を捨てて越後へ走ったときの態《ざま》は、何事じゃ」

いかにも苦にがしげに、もらしたことがあった。

それは……。

上杉憲政には、十三歳になる竜若丸《たつわかまる》という長男がいて、父が逃げ出すときには、同じ平井城にいたのだ。

それを憲政は、つれて逃げなかった。

足手まといになると、考えたのであろうか……。

それにしても、憲政にとっては、たいせつな跡つぎの男子ではないか。

それを置いたまま、あわただしく逃げてしまった。

その後に、北条軍が攻めかけて来た。

平井城には四百ほどの上杉勢が残っていたが、どうにもならぬ。

かたちだけの防戦をしたのみで、城は、すぐに落ちてしまった。

そのとき竜若丸は、乳母につれられて脱出し、乳母の里へ隠れたが、上杉の家来の中に、このことを北条氏康へ密告した者があり、このため、竜若丸は捕えられ、氏康は、即刻、

「山王ヶ原へ引き出し、首をはねよ」

と、命じたのである。

「むざむざと、跡つぎの子を敵の手にゆだねるとは……何故、つれて逃げなんだか……」

上泉伊勢守は、そのことをおもうにつけ、腹立たしくてたまらなくなる。

伊勢守は剣法の達人だが同時に、なさけ深く、ゆたかな感情のもちぬしであることを、疋田文五郎は、よく知っていた。

この一事を見ても、わかるように、上杉憲政が平井城を脱出するのは、一刻を争うことであったらしい。

城の将兵の中には、

「もう、上杉家のために、はたらいてもむだじゃ」

というので、ひそかに城外の北条軍へ、城内の様子を知らせる者も出て来たらしい。

竜若丸をつれて脱出することによって、彼らに、それと気づかれ、北条方へ密告さ

れることを、上杉憲政は恐れたのであろうか……。

上泉伊勢守は、

「そのようなことは、いうに足らぬ。つまりは無策だったのじゃ」

と、いった。

いずれにせよ、上泉伊勢守は、上杉憲政を見かぎってしまった。信ずるに足らぬ人物と見きわめてしまった。

その関東管領《かんれい》家に代り、越後の長尾景虎が、

(箕輪の殿と、ちからを合わせ、関東を平定するというのなら、そのほうが、かえってよい)

と、おもい、長野業政にその意をつたえたのである。

果して、長尾景虎は、平井城が落ちた翌年の天文二十一年四月、突如として越後を発し、疾風のごとく上州へあらわれた。

口先だけではなく、景虎は、

「先《ま》ず、平井城をうばい返し、管領家の威信をしめすのだ」

と、考えたのであろう。

総兵力は八千余。

信州の鳥居峠《とうげ》から上州・松井田《まついだ》へ入った長尾景虎は、折からの五月雨《さみだれ》の暗夜に乗じて平井城へ攻めかかった。

このとき、平井城をまもっていたのは、北条氏康の叔父にあたる北条長綱であったが、長尾軍の急襲にたまりかね、城を捨てて、武州の松山へ逃れ、平井城は長尾景虎の手に落ちた。

北条氏康は二万の兵をひきいて、救援におもむこうとしたが、間に合わなかった。

早い。

実に迅速な攻撃ぶりであったし、そもそも越後から上州へ出て来るまでが、

「信じられぬ……」

ほどに早かった。

これは、長尾景虎の軍団が、麾下《きか》の将兵が、いかに戦闘になれてい、しかも脚力の強い、調和のとれた軍団であるかを物語っている。

おそらく景虎は、将兵を、

「わが手足のごとく……」

うごかしているにちがいなかった。

長尾景虎は、平井城に三千余の将兵を残し、長尾謙忠《かねただ》を城将とし、自分は越後へ引

きあげた。

そして、翌二十二年になると、またしても強兵をひきい、平井城へあらわれたのである。

このとき、長尾景虎は、わずか二十余騎を引きつれたのみで、気軽に、箕輪城へ立ち寄り、城門の前で、長野業政と会った。

「急ぐゆえ、此処《ここ》でお目にかかりたい」

というのだ。

ときに、長尾景虎は二十四歳。

長野業政は、異常ともいえる、この訪問におどろきながらも、景虎の颯爽《さっそう》たる英姿を目のあたりに見て、

（ああ……これほどの人物なら、むしろ憲政公は、管領職を長尾景虎にゆずられたほうが、よいのやも知れぬ）

と、感じたそうな。

当時にあって、こうした長尾景虎の訪問は、まさに異常である。

同じ関東管領方とはいえ、このときまで、まだ一度も景虎は長野業政と会ったことはないのだ。

しかも、管領家は、業政のすすめをしりぞけたかたちで、越後の景虎をたよった。

長野業政が、このことを不快におもうのは当然だろうし、ことによれば、

「よし。それほど、管領家がわしをたよりになさらぬというなら、いっそ、北条氏康と手をむすんでくれよう」

と、おもいかねない。

また、そうした時代だったのだ。

そこへ、わずか二十余騎を引きつれたのみで、あまりにも気軽く長尾景虎が訪問して来た。

軍勢がいなかったわけではない。

このとき、長尾景虎は一万余の軍団をひきいて上州へあらわれたのである。

その軍団を、平井城へさし向けておき、みずから二十余騎をつれ、箕輪城へやって来たのだ。

「とりあえず、業政殿のお顔を拝見いたさねばとおもうて……」

と、長尾景虎はいった。

これは、とりあえず、あいさつに出た、ということにもなる。

長尾景虎は、越後では、いちおう名門といってよい家柄の上に、いまは名実ともに、

越後の国主といってよい。

領国のスケールといい、軍団の組織といい、長野業政とくらべて、はるかに差がある。

その長尾景虎が、このように大胆な、このように気軽な訪問をして来ようとは、

（ふうむ……）

さすがの長野業政も、これには、すっかり、

「兜《かぶと》をぬいだ……」

かたちになってしまった。

「おそるべき人物じゃ」

と、業政は、上泉伊勢守にいった。

伊勢守も、こころを打たれた。

それは、長野業政のような単純な感動の仕方ではなかった。

「おそらく、長尾景虎公は、越後へ移られた関東管領家から、くわしく、箕輪の殿の人柄をききとっておられたにちがいない」

のちに、上泉伊勢守は、重臣たちへ、そういっている。

「なればこそ、いささかの危惧《きぐ》もおぼえずに、わずかな供まわりを従えたのみで、あ

らわれたのであろう」

それにしても、見栄《みえ》や体裁に、いささかもとらわれぬ長尾景虎へ、伊勢守は好感を抱いたようだ。

長尾景虎は、この年、平井城に本陣を置き、武州・村岡河原の千葉利胤《としたね》を打ち破り、その城をうばい、そこへも越後の城兵を入れ、備えをかためた。

以後、毎年のように長尾景虎は上州へ出陣し、一つ一つ、北条方の城を攻め落し、関東の裁定につとめた。

この間、六年にわたり、平井城が、その本拠となったのである。

六年後の永禄《えいろく》二年。

長尾景虎は平井城を打ちこわし、同じ上州の厩橋《うまやばし》城（現・前橋市）を本拠とするようになる。

この長尾景虎の活躍に対して、長野業政は、こころよく助力を惜しまなかった。

それは、上泉伊勢守にとっても同様であった。

「もしやすると……」

と、伊勢守は疋田文五郎に、こういった。

「景虎公の出馬によって、関東の地は、しずかになるやも知れぬ。それから先の天下のうごきは、わしにもわからぬが……ともあれ、関東のすべてを、関東管領家に代る長尾景虎公が治めたときには、われらのすすむ道も、おのずとひらけてまいろう。それは、とりも直さず、日の本の国々が、そうなることに近づくことになる。そうして、天下がしずまり、平穏の日々がおとずれたとき、わしはおもうさま、剣の道へ没入することができる」

伊勢守の両眼に、希望の光りがあった。

うれしげに、たのしげに、

「ああ……そのときが、待ち遠しい」

伊勢守はしみじみと、そういったのであった。

一説には……。

長尾景虎が関東へ出馬したのは、永禄三年のことだという。

また、関東管領・上杉憲政が越後へ逃げこんだのは、永禄元年であって、その間は諸方にひそみ隠れていたともいわれている。

だが、筆者は、この小説のために、これまで書きのべて来た史料によることにした。

どちらでも同じことだ。

歳月のちがいはあれ、景虎や憲政や伊勢守が、こうして生きて来たことに変りはない。

かくて、また、一年、二年と月日がながれて行った。

そして、天文二十四年。

北条氏康は、突如、一万八千の大軍をひきいて上州へあらわれ、すでに長尾景虎のものとなっていた厩橋城を一気に攻め落してしまったのである。

ときに、上泉伊勢守は四十八歳になっていた。

大胡《おおご》攻め

このとき、北条氏康が上州を急襲したのは、春も浅いころであって、例年のごとく越後《えちご》から出陣して来る長尾景虎《かげとら》が、

「まだ、上州へあらわれぬうちに……」

と、かねてから、じゅうぶんに作戦をねっていたものであった。

さて、ここで……。

長尾景虎についてだが、景虎は間もなく、関東管領《かんれい》・上杉憲政《のりまさ》から、

「自分に代って関東管領に任じ、上杉の姓をも、ついでいただきたい」

ついに、たのまれて、ここに景虎は、

〔上杉謙信〕

と、なる。

あたまをまるめ、入道《にゅうどう》となり、いっさいの女色を絶ち（これは以前からそうである）景虎は、

「天下の戦乱を、わが手によって平定する」

の、決意をかためたわけであった。

それで、この小説でも、すこし早いが、長尾景虎よりもわれわれになじみのふかい上杉謙信の名をもって、彼をよびたいとおもう。

はなしをもどそう。

怒濤《どとう》のように押し寄せ、たちまちのうちに厩橋《うまやばし》城を攻め落した北条氏康の大軍は、大胡の上泉伊勢守を、

「孤立せしめた」

のであった。

北条氏康は、上州における北条方の基地（城や砦《とりで》）へ、一年がかりで、すこしずつ

兵員を増やしておいたともいう。

そして、みずから小田原を発したときは、わずか二千ほどの部隊を引きつれたのみであったらしい。

だから、まさかに、これが厩橋城を目ざしていようとは、おもいおよばぬことだったのである。

「急げ！」

と、北条氏康は馬を駆って進み、進むにしたがい、諸方の基地へ、ひそかに増員しておいた部隊が、五百、千、二千、三千と氏康の本軍へ加わり、いつの間にか、一万八千の大軍にふくれあがった。

このため、文字どおり、

「あっという間に……」

厩橋城を攻め落されてしまった。

これには、箕輪《みのわ》の長野業政《なりまさ》も、

「しまった……」

おどろいたが、すでにおそい。厩橋城は、箕輪城と大胡城の中間にある。

したがって箕輪の長野業政と、大胡の上泉伊勢守の交流は、切断されたことになる。

上泉伊勢守は、上泉の居館から大胡の本城へ移り、

「備えをかためよ」

　と、命じた。

伊勢守の亡《な》き妻の父であり、上泉家の家老でもある五代又左衛門《またざえもん》が、

「兵糧《ひょうろう》のそなえは、じゅうぶんでござる」

　と、いった。

「さようか」

それならば、先《ま》ず三カ月は大胡城にたてこもって、敵をささえることができる。城兵は伊勢守を迎え、意気軒昂《けんこう》たるものがある。

そのうちに箕輪からも、また、越後の上杉謙信も救援に来てくれよう、と、五代又左衛門は確信しているようであった。

七十に近い又左衛門の老顔が闘志に燃えている。

伊勢守の長男・常陸介秀胤《ひたちのすけひでたね》も、父ゆずりのたくましい躰《からだ》を武装にかため、

「はじめて、父上と共に戦うことができまする」

　と、いいはなった。

常陸介も、二十六歳の青年武将に成長していた。

父・伊勢守から剣法をさずけられたわけでもなく、祖父の五代又左衛門の養育をうけて成長した常陸介だが、

(常陸介には、亡き父の血がながれている)

と、このごろの伊勢守はおもうようになっていた。

伊勢守の亡父で、大胡城主だった上泉憲綱《のりつな》の、

〔武将の血〕

が、孫の常陸介へ、つたわったというのだ。

それなら伊勢守自身が武将ではないのか、というと、そうではない。

もちろん、伊勢守は戦国の武将の一人であり、大胡の城主である。

それでいて、自分の血よりも亡父の血が、

(息子につたわった……)

と、見るのは、伊勢守ひとりの胸の底にたゆたっている思念であって、このことは、やがて、伊勢守自身、ついに戦国の武将として生涯を終えなかった一事によってわかる。

伊勢守は、平服のままで、大胡城の物見櫓《ものみやぐら》へのぼって見た。大胡から厩橋までは、三里ほどの近距離なのである。

その厩橋のあたりに、土けむりがあがっているのは、おそらく北条軍が、しきりに移動しつつあると見てよい。

これは、間もなく北条軍が箕輪か、または大胡へ攻めかけて来ることを物語っている。

北条氏康の目的は、箕輪城なのか。

それとも、大胡の城なのか……。

大胡の城に立てこもった上泉伊勢守の家来たちの多くは、

(これは、やはり、箕輪攻めの軍勢にちがいない)

口には出さぬが、そう感じていたらしい。

大胡の城兵は、約八百にすぎぬ。

その小さな城を落すために、一万八千の大軍が必要であるはずはない、というわけであった。

その夜。

大胡城・本丸の館《やかた》で、上泉伊勢守は、息・常陸介をはじめ、五代又左衛門ほかの重臣たちをあつめ、軍議をおこなった。

いまのところ、北条軍が攻めかけて来る様子はない。

だが、北条軍のおびただしい松明《たいまつ》・篝火《かがりび》が、厩橋城のあたりの夜空を焦《こ》がしていた。

このありさまを見て、いつもなら大胡へ駆けつけて来る筈の、上泉家に従う豪族・土豪たちも、

「これは、いかぬ」

「伊勢守様に助勢したいのはやまやまなれど、これでは、とても勝目はない」

「見す見す、犬死をすることはわかっているゆえ、な……」

などと、ためらっているらしい。

そうでなければ、すくなくとも二千の兵力になっていたはずである。

だから、いまの大胡城の兵力は、すべて上泉家のものだけであった。

それだけに、団結力はかたい。

一兵卒に至るまで、

「伊勢守様と共に死のう」

決意をかためている。

「なれど……」

と、五代又左衛門は、時が移るにしたがい、

「北条方は、どうも、箕輪攻めにかかるような気がしてなりませぬ」

と、いい出した。

はじめは、いまにも大胡へ攻撃を仕かけて来るものと、覚悟をきめていた又左衛門であったが、夜に入ると何やら気ぬけをしたかたちになったようだ。

他の家臣たちも、同意見であった。

伊勢守は、いちいち、うなずきながら、家臣たちの声に耳をかたむけていたが、

「で、常陸介は何とおもう?」

と、尋《き》いた。

「私も……」

「みなと同じ意見か?」

「はい。もしも、大胡を落したければ、昼のうちに攻めかけてまいるはずでございます」

上泉伊勢守は、戦国の〔大名〕というよりは、豪族としてのスケールの大きな〔武将〕と、いったほうがよい。

それにしては、大胡の本城の構築と地形が立派であった。

大胡城は、長さ七百メートルに近く、東西の幅が三百五十メートルで、紡錘形の平《ひら》丘城《おかじろ》だ。

北面は、外曲輪《そとくるわ》・中曲輪につづいて〔本丸〕となり、それから二の丸・三の丸・南曲輪・南外曲輪となっていて、これらの城郭は、いずれも堀切によって区別され、なかなか簡単に、

「攻め落せるものではない」

のである。

夜戦は、むしろ北条軍にとって、

「不利」

と見てよいのだ。

そして、日中に攻めるつもりなら、何も間を置くことはない。間を置けば置くほど、上泉城へ助勢の将兵があつまって来ぬものでもないからだ。

「なるほど」

上泉伊勢守は、うなずいて、

「常陸介や、みなの意見、しごくもっともとおもうが……わしの考えは、いささかちがう」

と、いった。

「どのように、ちがわれますな?」

と、五代又左衛門。

「箕輪の城内でも、おそらく、われら同様に、長野の殿をかこみ、軍議をひらいていようが……箕輪では、なおさらに、北条の大軍が押し寄せるものと決め、備えをかためているにちがいない」

「いかにも」

「おもうても見よ。箕輪の殿が、あの堅城で備えをかためたなら、いかに北条氏康とて、よういに攻め落せるものではあるまい」

それはそうだ。

伊勢守にいわれるまでもなく、一同それは、よく承知をしている。

「北条氏康は、箕輪の殿の強さを、よくよく、わきまえているはずじゃ。はるばる小田原から上野《かみつけ》まで攻めのぼって来て、多くの血をながし、長い長い月日をかけてまで、箕輪の殿の本城へ、本気で攻めかけるものか、どうか……わしは、そうはおもわぬ。いや、どうしても、そうはおもえぬのだ」

あくまでも落ちつきはらった伊勢守のことばをきいて、一同は、顔を見合せた。

伊勢守に、そういわれて見ると、

(なるほど、たしかに……)

と、おもわざるを得なかったからである。

それならば、北条氏康は何のために出兵し、厩橋の城を攻め取ったのであろうか……。

「そこじゃ」

と、上泉伊勢守は、

「氏康は、厩橋の城攻めこそ、こたびの目的なのだ」

つまり、北条軍の最前線基地として、厩橋城を確保するのが目的だ、と、伊勢守は見ていたのである。

いまだけ、今年だけの確保ではない。

一年、二年、三年……厩橋をわがものにして、箕輪の長野業政を、

「孤立させてしまおう」

というのが、その〔ねらい〕だと、伊勢守はいった。

長野業政のみではない。

越後から関東へ出て来る上杉謙信の大軍をも、厩橋城に〔くさび〕を打ちこんで食いとめようとしているのだ。

だが……。

そのためには、長野業政の旗の下にいる周辺の武将や豪族の城を、先ず、打ち破って、その城へ、北条方の武将を入れておかねばならぬ。

そうしなくては、せっかく奪い取った厩橋城が、かえって、

「孤立してしまう……」

ことになるのだ。

「なればこそ、かならず、北条軍は大胡へ攻めかけて来よう」

伊勢守が、そういいきったとき、一同は声もなかった。

おびえたのではない。

自分たちの思念の浅さを恥じたのであろう。

ややあって、五代又左衛門が、ひざをすすめて、

「よう、わかり申した」

「わかってくれたか、それでよし」

「われら、殿と共に、わが城を守りぬきまする」

「守れるとおもうか?」

「いや、そのうちに援軍が……」

「援軍が来てくれるまで、この城は保《も》たぬ」

「何とおおせられる？」

「一日で落ちる」

「まさかに……」

「こなたは八百。敵は、およそ二万。二十倍あまりの敵じゃ。いかに鬼神といえども、これでは太刀打《たちう》ちにならぬ」

「む……」

伊勢守の、いうとおりであった。

それにしても、自分たちの主《あるじ》が、こともなげに、

「城は落ちて、負ける」

と、いいはなったのだ。

なさけないはなしではないか。

大胡城は、上泉家の主従と領地の象徴なのである。

五代又左衛門にしても、他の重臣にしても、

「籠城《ろうじょう》ともなれば、諸方から馳《は》せつけて来てくれるにちがいない」

と、考えていたらしい。

そうすれば、およそ二千から三千の兵力になるだろうし、三カ月は保たぬにしても、

何とか、城をまもることができよう。

その間に、かならず、箕輪の長野業政が救援の手をさしのべてくれるに相違ない、とおもっていた。

それが、こころだのみにしていた近辺の武士たちが、ほとんど、あつまってはくれない。

これでは、なるほど、上泉伊勢守のいうように、簡単にいうなら一日で城は落ちてしまうことになろう。

とにかく、北条軍の上州への侵入は、疾風のように速かった。

どうにもならぬ。

「さすがの箕輪の殿も、こたびは、あわてておられような」

と、伊勢守は、微笑をうかべた。

「殿……」

五代又左衛門にとって、その伊勢守の微笑が不可解でならぬ。

(殿は、かほどまでに、覚悟をきめておわしたか……)

と、見るよりほかはない。

「一と月がほどは……」

この大胡の城と共に、いさぎよく戦って死のうと覚悟をきわめたところから生ずる余裕なのか……。

（よし、それならば、われらも、いさぎよく、殿と共に死のう！）

家臣たちは、あらためて決意をかためたようだ。

「北条勢は、かならず、明日の朝、攻めかけて来よう」

事もなげに、伊勢守がいう。

「備えは、いまのままにて、よろしゅうござるか？」

と、又左衛門。

現在の少ない兵力にしては、城の防備の手をひろげすぎているのではないかと、又左衛門は危惧《きぐ》したのである。

それは、他の重臣たちも同感であった。

どうせ、城が打ち破られるのなら、もっと守備を内側にちぢめ、将兵ともに戦い、ともに死ぬがよい。

「いかにも」

家臣たちの意見に、伊勢守が大きくうなずき、

「わしの指図が、たちどころにとどくようにするがよい。そして、みなの者に、一人

たりとも、わしの指図にそむいてはならぬ、と、よくよく申しつたえておくように」

と、いった。

「心得申した」

「常陸介は、わしの側《そば》をはなれるな」

「はい、父上」

大胡の城兵は、強い緊張のうちに、翌朝を迎えた。

城の曲輪のうち、すでに北面の外曲輪は放棄したかたちになってい、城兵たちは〔中曲輪〕に立てこもり、本丸を背に、最後の抵抗をこころみるつもりであった。

南面も、南外曲輪と南曲輪を捨て、〔三の丸〕から備えをかためている。

北条氏康がこの備えを見たら、きっと瞠目《どうもく》するにちがいない。

まだ、攻めかけられぬうちから、上泉勢は兵を引き、

「玉砕」

の、かたちをしめしているのだ。

ところが……。

空が白みはじめるや、目ざめた上泉伊勢守が、

「城内の馬という馬には、おもうさま飼葉《かいば》をあたえよ」

と、いった。

「………?」

命令をうけた家来が、いぶかしげな顔つきになった。

いま、ここに、城と共に討死しようという上泉勢が、なんで、馬のことを気にしなくてはならぬのか……?

「馬という馬を、解きはなて」

というのなら、まだ、わかる。

(もしや……殿は、最後に、みずから馬を駆って敵中へ飛びこんで行かれるおつもりではないのか?)

家来は、と、おもいもした。

しかし、まだ、伊勢守の意中が、よくわからぬ。

だが、主《あるじ》の命令である。

すぐに家来は、いわれたとおりにした。

うれしげに、いななきつつ、たっぷりと飼葉を食べている馬を見た者の中には、

「今日これが最後ゆえ、馬にも腹いっぱい食べさせているのであろう。いかにも、なさけぶかい殿のなされようだ」

そういった兵士もいたという。

さらに伊勢守は、夜が明ける前から用意させておいた暖い朝食を、それこそ、

「惜しみもなく……」

城兵にあたえた。

これはもう、籠城をあきらめて玉砕するのだから、

「最後に、腹いっぱい食べておけ」

と、いわれたのも同然だ。

「いよいよ、だ」

「共に死のう！」

兵たちは悲壮な決意をかためている。

だれ一人として、城を逃げ出す者はいなかった。

夜が明けると、三里の彼方の厩橋城を見張るため、城外に出ていた見張りの武士が、二騎、三騎と土けむりをあげて城内へ駆けもどって来た。

見張りの武士は、

「北条勢が厩橋城を発し、こなたへ進んでまいります」

「軍勢は、およそ一万、と、見うけられまいた」

と、告げた。

報告をうけた上泉伊勢守は、

「よし。外に出ている見張りの者を、すべて城内へもどせ」

命令を下した。

「来たぞ！」

「いよいよ、戦さがはじまる！」

城内の曲輪に、将兵が、あわただしく走りまわりはじめた。

それが、やがてぴたりとしずまり、異様な緊迫が城内にただよった。

将兵は、それぞれに武器をつかみしめ、敵が侵入して来たときに、土居《どい》の上から落す材木や石塊の仕掛けをあらためた。

伊勢守は、本丸の物見櫓《ものみやぐら》へあがった。

厩橋の方から、おびただしい土ぼこりが渦を巻いて空にたちのぼり、それが、こちらへ近づきつつある。

「城外の者を、すべて中に入れたか？」

と、伊勢守がきいた。

「はっ」

「よし。わしの指図を待ち、いったん指図があったからには、そむくべからず、と、いま一度、みなみなに申しつたえておけ」

「心得まいた」

家来が去るのを見送った伊勢守が、五代又左衛門へ、

「さて、そろそろ、はじめるといたそうかな」

と、いったものである。

又左衛門には、伊勢守のいうことがわからなかった。戦さがはじまるのはわかっているが、その敵は、まだ眼前にあらわれたわけではない。それなのに伊勢守が、

(何をはじめようとの、おおせなのか?)

であった。

「又左衛門。ようきいてもらいたい」

「は……」

「城内にいた女子供は、すでに昨夜、それぞれの身寄りのもとへ逃《の》がしておいたであろうな?」

「おおせのごとく、いたしてござる」

「さて、今度は……」

いいさして上泉伊勢守が、にっこりと五代又左衛門を見やり、
「われらが逃がれるのじゃ」
淡々として、そういった。
又左衛門も常陸介も、わが耳をうたぐった。
(殿は、狂人になられたか……?)
と、又左衛門はおもった。
「何と、おおせられる?」
「逃げるのじゃ。みなと共に城を出るのじゃ」
五代又左衛門は、唖然《あぜん》として伊勢守の顔を見まもった。
声も出ない。
伊勢守は笑っている。
笑いながら、又左衛門を見つめている両眼に、強い意力がこめられている。
このようなはなしを、又左衛門も常陸介も、
(耳にしたことがない)
のである。
一城の大将が敵を迎え、戦わずして、

「逃げよう」

と、いい出したのだ。

あの、平井城における上杉憲政《のりまさ》でさえ、戦った。

すくなくとも、

「戦わんとした……」

ではないか。

これが、敵に降伏するというのなら、まだ、はなしもわかる。

「殿……」

ようやくに五代又左衛門が口をひらいた。

痰《たん》が喉《のど》にからんだような声であった。

「では、戦わずして、逃げるとおおせなのでござるか？」

「戦えば、こちらの家来たちが死んだり、傷ついたりするではないか」

と、伊勢守がいうのだ。

あたり前のはなしではないか。

ここに至って常陸介も、妙な顔つきになった。

「あのとき、父上は、お気が狂うたとおもった」

のちに常陸介が、そういっている。

「それに、戦さの最中に、城を脱《ぬ》け出すのはむずかしい」

これも当然だ。

とにかく、上泉伊勢守は全軍一兵も残さず、敵が城の前へあらわれぬうち、無傷で逃げようといっている。

「しばらく、お待ちを……」

五代又左衛門が、あわてて櫓を下りて行った。

櫓の下に、これも上泉一族の重臣・大胡民部左衛門がいた。

血相を変えて下りて来た又左衛門を見て、民部左衛門が、

「いかがなされた?」

「いや、実は、殿が……」

と、又左衛門が全軍退去のことを語って、

「いかがいたそう?」

「何を、ばかなことを……」

大胡民部左衛門は四十歳。男ざかりの血気が、いまや北条軍の攻撃を迎えようとして全身に充満していた。

櫓へ駆けあがってきた民部左衛門を見て、上泉伊勢守が、

「民部。又左衛門よりきいたか？」

「いかにも」

「すぐに、手配をいたせ」

「何と、おおせられる！」

大胡民部左衛門も、愕然《がくぜん》となった。

「殿。われらが城を、お捨てなさると……？」

「いかにも」

「これは、殿のおことばともおもわれませぬ」

「まぎれもなく、わしが申しておることじゃ」

「なれど、連綿二百余年にわたり、この大胡の地をうごかぬわれら一族が、一戦もまじえず、敵に本城を開けわたすなどとは、いかに殿のおおせとあっても、それがし、承服でき申さぬ」

「いま、城へ立てこもってみても、ささえ切れぬは必定ではないか」

「それは、もとより覚悟の前でござる」

「民部。それは犬死じゃ」

「なれど、戦わずして逃げるなどとは、大胡の一族の誇りがゆるしませぬ」

「負くるを知って戦うことは、いささかも誇れるものではない。無益な血をながして、何とするぞ」

　あくまでも、上泉伊勢守は淡々として、

「死を覚悟で戦うことは、いつの場合にても当然。なれど、この戦さに負けることは、あまりにもおろかなことじゃ。人の足が蟻《あり》一匹をふみつぶすも同然。われらが、その蟻になったところではじまるまい」

「いや、それがしは承服でき申さぬ」

「なれば一人にて戦うがよい」

　すると、たまりかねた常陸介が、

「父上。あまりのおことばでございます。私は、民部殿の申さるること、もっともに存じます」

　と、いった。

　すると伊勢守は、あわれむかのように二人を見て、

「まだ、わからぬのか……」

　嘆息をもらした。

「殿！」

「父上！」

「よいか、おもうても見よ。この城を脱け出したと申しても、城は一時、北条方へあずけておくだけのことじゃ」

「な、何と申されます？」

「また、いずれ、この手にもどる。安心いたせ」

「そ、それは……」

「わしにまかせておけい。無益な血をながし、見す見す可愛《かわ》ゆい家来たちを死なせたくない、と、わしが申すのも、[illegible]、この大胡の城へもどれるとおもうているからじゃ。それならば何も、死ぬることはない、ちがうか？」

「そ、それは、城へもどれるとあれば……なれど、殿。何故、そのようなこと[illegible]、おわかりでござる？」

「くわしく語るひまはない。仕度を急げ」

と、伊勢守が叱咤《しった》した。

これまでとは……というより、それは、かつて見たこともない凄《すさ》[illegible]の声であった。

伊勢守が、別だんに大声を発したわけではない。

それでいて、

「雷天《らいてん》に打ち叩《たた》かれたようなおもいがした」

と、のちに、大胡民部左衛門が語っている。

「急げ。猶予《ゆうよ》はならぬぞ」

さらに、厳然として、上泉伊勢守がいった。

民部左衛門が、ころがるように櫓から下りて行った。

「常陸介」

「ち、父上……」

「よいか。この大胡の城はな、箕輪の殿にとっても大事の城じゃ。父が箕輪の長野業政公にちからを合わせているかぎり、この城は箕輪の出城《でじろ》として大切な役目を果してもいる。この城が北条方の手へわたったままになれば、それこそ、箕輪の城は孤立無援となってしまう。それは、お前にもわかっていよう」

「は、はい」

「そうなると、困るのは箕輪の殿のみではない」

「は……?」

「いま、関東管領《かんれい》家にかわり、上州の地を押えているのは、箕輪の殿ではないか」

そのとおりである。

となれば、長野業政のためにも、大胡の城は、ぜひとも、確保しておかなくてはならぬ。

つまり、越後の上杉謙信が、

「だまってはおらぬ」

と、いうことなのだ。

上杉軍の関東出兵の間隙《かんげき》をねらって、北条氏康が出撃し、厩橋城を落し、大胡をうばおうとしている。

この二つの城は、長野業政にとって、かけがえのない城であると同時に、上杉謙信が関東平定の事業を完遂するためにも、敵の手にわたしてはおけぬ城なのだ。

なればこそ、このことを知った上杉謙信は、たちまちに大軍をひきいて上州へあらわれ、二つの城を、

「うばい返してくれるにちがいなし」

と、上泉伊勢守は、信じている。

「わ、わかりました、父上」

はずかしげに、常陸介が、うなだれた。

「われらが決死の覚悟をきわめて戦う折は、まだまだ、後にある。それは天下平定のために死ぬるときだ。このように、ばかげた戦さに大切な人びとを失うてはならぬ」

伊勢守がそういったとき、城内に太鼓が鳴りはじめた。

攻め太鼓ではない、退《ひ》き太鼓であった。

この退き太鼓をきいたとき、八百の将兵は、

（まさか……？）

耳をうたぐった。

しかし、上泉伊勢守の厳命に、かならず、

「そむくべからず！」

の指令が、昨夜から、すみずみにまで行きわたっている。

「殿のお考えなさることだ。きっと、何やらの計略があるにちがいない」

「いかにも」

というので、いっせいに本丸から北面の〔中曲輪《くるわ》〕へ集結するや、

「城を立ち退くのじゃ、急げ」

と、伊勢守が、

「みなのもの。よう、きけい。この城へは遠からず立ち帰るゆえ、こころしずかに立ち退くがよい」

いいはなった。

凛々《りんりん》たる音声《おんじょう》であった。

まるで、城から逃げ出す大将の声ともおもわれない。

自信にみちみちていて、しかも、ほがらかなのである。

こうして、伊勢守はじめ、大胡城に立てこもっていた将兵は、それこそ、

「一兵も残らず……」

に、退去してしまった。

馬も、食糧も武器も、運べるかぎりは荷駄にして運び出した。

一説によると、こうした荷駄は、前夜のうちに城から運び出された、ともいわれている。

それとも知らずに、厩橋城を発した北条軍八千余は、土けむりをあげて、大胡へ殺到しつつあった。

これをひきいるのは、北条方の勇将・猪股《いのまた》能登守《とのかみ》である。

能登守は、長野業政や上泉伊勢守のように、もともと関東管領家に属していた武将

なのだが、

「管領家に味方したとて、益はない」

と、考え、北条方へ寝返ってしまった。

能登守の、この裏切りのために、長野業政も、管領・上杉憲政も、ずいぶんと苦い汁をのまされてきているのだ。

その猪股能登守が、

「それ、もみつぶせ。大胡の城などは、ひともみじゃ」

獰猛《どうもう》な顔に物凄《ものすご》い笑いをうかべ、長槍をかいこみ、陣頭に立って馬をすすめている。

大胡へ接近するにつれて、

「城の内も外も、しずまり返っております」

「物見の兵も出ておりませぬようにて……」

などと、つぎつぎに報告が入る。

能登守は、自分がひきいる大軍を見て、上泉勢がすくみあがっているのだとおもった。

大胡城の城門は、堅く閉ざされていた。

そして、櫓《やぐら》という櫓、石垣、曲輪の土居などには戦旗がたくさんに打ち立てられ、朝風にひるがえっている。

「ゆだんをするな」

と、猪股能登守がいった。

兵力の上からいえば、問題にならぬが、なんといっても、相手は上泉伊勢守である。

伊勢守の智謀《ちぼう》については、能登守も、よくわきまえているつもりであった。

だが、猪股能登守は、以前、関東管領家に仕えていたころ、同じ味方である上泉伊勢守を訪問し、大胡城に一夜を泊したこともあり、

「大胡の城の内外は、わしが、すべて、心得ておる」

と、放言していたものだ。

その自信を買われて、今度の大胡攻めを、北条氏康から任されたのであろう。

猪股能登守は、いったん、荒砥《あらと》川をわたり、川をへだてて大胡城の大手口をのぞむ小丘陵へ本陣を置き、

「それっ」

采配《さいはい》を、右に左に打ち振った。

かねて打ち合せたとおりに、

「城を囲め」

と、いったのである。

このとき、すでに、城の中には一兵もおらず、一頭の馬も残っていなかったのだが、
能登守はじめ北条軍の将兵は、

「ゆだんすな！」

「いつ、打って出るやも知れぬぞ」

「囲みを急げ！」

などと興奮し、早くも勝利に酔い、酔いながらも手強《てごわ》いときいている上泉勢を怖《おそ》れつつ、駆けまわった。

能登守は、本陣をもって、正面の大手口から押し寄せると見せ、城兵がこれに備えて正面へあつまるや、すぐさま、西曲輪と北面の外曲輪へまわしておいた強力な部隊を、一気に城内へ突入せしめる作戦を立てていた。

（これならば、ひとたまりもあるまい）

能登守は、そう考えている。

諸部隊が急速に移動を終えた。

「よし。川をわたれ」

能登守が本隊を正面から進ませはじめた。

大胡城は、依然、しずまり返っている。

不気味であった。

荒砥川をわたった本隊は、そこで陣形をととのえ、いっせいに鬨《とき》の声をあげた。

「えい、えい！」

「おう！」

「えい、えい！」

「おう！」

北条軍の将兵は、鬨の声をあげつつ、武者ぶるいをしながら大胡の城門へせまる。

北条軍は、まったく、ひとりで相撲をとっているわけなのだが、まだ、だれ一人として、城内が空《から》になっているとはおもわなかった。

「火矢をはなて！」

と、命令が下る。

矢の先に火をつけ、これを城門や櫓へ射込むのだ。

すさまじい弦音《つるおと》と共に、火矢が、いっせいに射込まれた。

これに対して、城内からは応戦の気配もない。

大手口の城門の扉や櫓が、けむりをあげて、燃えはじめた。

「それ、押し寄せろ！」

というので、北条軍の本隊が、

「うわあ……」

雄叫《おたけ》びをあげて、正面からせまって行く。

刀や槍が陽にきらめき、土ぼこりが、もうもうとあがる。

「うわあ……」

大手の城門まで押しつめても、上泉勢は打って出ては来ないし、矢の一すじも飛んで来ない。

(はて……？)

ここで、はじめて、猪股能登守も、

(これは、おかしい……)

と、気づいた。

「うわあ……」

北条軍は、猛然として石垣や土居をよじのぼり、城門の内側へ飛び下りた。

「や……？」

「一兵もおらぬ……」

飛び込んだ将兵たちが、まるで、

「狐《きつね》に、つままれたような……」

　顔つきになった。

「何、一兵もおらぬと……？」

　猪股能登守は馬を飛ばし、城門の中へ駆け入って来たが、

「なるほど……」

　目を白黒させたが、はっとなり、

「ゆだんすな！」

　と叫んだ。

　上泉勢は小兵力だけに、とても、すべての曲輪を守りきれぬとおもいきわめ、本丸を中心に集結しているにちがいない、と、おもったのである。

　そうだとすると、これは、どのような落し穴が待ち構えているやも知れぬ。

　なだれこんで来た北条軍の、叫び声が消えてしまった。

　兵たちは気味わるそうに、顔を見合せている。

　そこで猪股能登守は、西と北からの総攻撃を命じた。

　またしても、

「えい、えい！」

「おう！」

である。

「うわあ……」

であった。

北条軍が血相を変えてなだれ込んだ西曲輪、北の外曲輪にも、犬の子一匹いないではないか。

ここにいたって能登守は、もう、居ても立ってもいられなくなり、

「本丸へ押し寄せい！」

と、命令を下した。

「えい！」

「おう！」

「えい、えい！」

「おう！」

つぎつぎに曲輪を打ち破り、北条軍が本丸へ押しつめて行く。

打ち破るといっても、敵を打ち破るのではない。城門を打ち破るのだ。

どこにも、だれもいない。

戦旗が打ち立てられているだけだ。

戦旗は、風にはためいている。

そのはためきが不気味にきこえた。

ついに、本丸……。

だれもいない。もう、こうなっては、

「逃げた……」

と、おもうより、仕方がないではないか……。

猪股能登守は、むしろ青ざめて、虚脱してしまった。

張りつめていた闘志の、

「もって行きどころがない」

のである。

関東一帯で、

「謀将」

の名を、ほしいままにしている能登守であったが、このときほど、愕然《がくぜん》としたことはなかったろう。

なるほど、一滴の血もこぼさずに、敵の城を落した。

落しはしたが……兵もいない城へ向って、利巧者で通っている大将の能登守が、やたらに興奮し、勝利を目ざして突撃し、命令を下し、びっくりしたり茫然《ぼうぜん》となったりした、その姿を北条軍の将兵に、すっかり見られてしまった。

これはもう、

「恥をさらした……」

のも、同じことになる。

大胡城に立てならべられた上泉方の戦旗が、北条の大軍と能登守を、あざ笑っているかのようであった。

「おのれ、伊勢守め。よくも……」

しばらくして、我に返った猪股能登守の口からもれたのは、そのつぶやきであった。

この大胡攻めにあたり、猪股能登守は、北条氏康に、

「上泉伊勢守秀綱が首は、それがしが討ち取り申す」

と、いいはなち、伊勢守との一騎打ちに闘志を燃やしていたそうな。

策謀に長《た》けている能登守は、また、北条氏の麾下《きか》の中でも、

「音にきこえた……」

豪傑だったそうである。

それが、いまや……。

人の気配もなく開けはなたれた本丸の城門の前へ馬を乗りつけたまま、茫然として、声もなかった。

さて……。

上泉伊勢守は全軍をひきい、大胡の本城を脱出するや、

「急げ」

赤城《あかぎ》山の東麓《とうろく》へまわりつつ、全軍を三手に分けた。

そして、

「平井の城へあつまるように」

と、命を下した。

上泉勢は、三手に分かれながらも、たくみに連係をたもちながら、まだ北条軍が進出をしていない渡良瀬《わたらせ》川の西岸へ到着した。

ここで夜に入るを待ち、

「それ、急げ」

強行軍をもって伊勢崎《いせさき》の東方をぬけ、翌朝に、前後して全軍が平井城へ入ることを

得た。

もちろん、いまの平井城には、管領《かんれい》・上杉憲政はいない。

憲政が越後・春日山《かすがやま》の上杉謙信のもとへ逃げたのち、謙信は、すぐさま上州へ出兵し、平井城をうばい返した。

このことは、すでに、のべておいた。

上杉謙信は、奪回した平井城へ、重臣・北条安芸守《あきのかみ》を城代として入れ、備えをかためさせている。

「ようも、おもいきられましたな」

と、北条安芸守は、よろこんで伊勢守を迎え、

「なかなかに、できることではありませぬ」

「いや、いや……」

「大胡の城は近き日に、かならず、うばい返すことができます」

きっぱりと、安芸守はいった。

いまのところは、安芸守にしても、平井城をまもるのが精一杯のところであった。

「それにしても、北条氏康は、こたび、よほどに……」

よほどに以前から作戦をたてておき、準備をかさね、一気に上州へなだれこんで来

たらしい、と、北条安芸守もおどろいているようであった。

再　会

伊勢守は、平井城へ入るや否《いな》や、すぐさま、北条安芸守《あきのかみ》へ、

「もしや、山上氏秀《やまがみうじひで》殿が、こなたへ……」

と、尋ねた。

山上藤七郎氏秀は、大胡《おおご》城の東方二里のところにある山上城の城主であり、血気さかんな武将である。

伊勢守は、大胡を退去するにあたって、侍臣・疋田文五郎へ、

「すぐさま、山上城へ駆けつけ、藤七郎氏秀殿に、わしのことばをつたえよ」

と、命じた。

すなわち、

「すぐさま全軍をひきいて、城を出《い》で、われらと共に平井城へおもむかれたがよい」

と、つたえさせたのだ。

山上氏秀も、伊勢守と同様、長野業政《なりまさ》に属している。

だから、大胡をうばい取るのと同時に、北条軍は山上城へ押し寄せるにちがいない。

文五郎が伊勢守のことばをつたえるや、山上氏秀は、

「なれば伊勢守殿は、一戦もまじえずに城を逃げ出されたと申すのか？」

あきれ果てたように、問い返したものである。

「いえ、逃げたのではござりませぬ。見す見す犬死をすることを避けたのでござる」

「それは、取りも直さず、逃げたことになるではないか」

「いや、それは……」

「伊勢守殿とは、そうした大将でおわしたか……」

と、山上氏秀は露骨に軽蔑《けいべつ》の表情をうかべ、

「疋田文五郎とやら。帰って伊勢守殿にいうがよい。山上藤七郎氏秀の腰は、まだぬけてはおらぬ、とな」

これでは説得の仕様もない。

若い氏秀は、二度と、文五郎の声に耳をかたむけようとはしなかった。

その報告を、すでに受けていた上泉伊勢守であったが、

（もしや……？）

という期待もあって、北条安芸守へたずねたのである。

「いや、山上氏秀殿は、まいられませぬぞ」

「さようでござったか……」

伊勢守は、暗然となった。

果して……。

間もなく山上城が北条軍の手に落ちた、との知らせが平井城へもたらされた。

城に立てこもった五百余の山上勢は全滅してしまったという。

そして、山上氏秀は行方知れずとなったことが、後になってわかったのである。

行方不明になったということは、城内で戦死をしなかったということだ。

つまり、家来たちが全滅したにもかかわらず、大将の山上氏秀は城を脱出したことになる。

いざというときになって、大将が逃げ、家来たちが城と共に、

「死んだ……」

のである。

これでは、なんにもならぬ。

山上氏秀の、さかんな血気の本質とは、およそ、こうしたものであったのだ。

この後も、山上氏秀の消息を人びとは聞かなかった。

いずれにせよ、落城のときは、うまく脱出できたという。

ところで……。

上泉伊勢守が八百の将兵と共に、無事、平井城へ入ったときいて、箕輪《みのわ》城の長野業政は、

「何よりのことじゃ」

うれしくてたまらぬ様子で、こういったそうである。

「城ひとつを敵にうばい取られるよりも、伊勢守が生きてあるほうが、わしにとっては、どれほどにこころ強いことか……」

そして、すぐさま、平井城へ密使をさし向け、

「平井、国峰、箕輪と、この三城が残っておれば、上州の地を北条方へわたすものではない。かならず、そこもとの本城をうばい返して見せる」

と、いってよこした。

国峰城は、近くに平井城があって、ここには上杉軍が入っているのだから、北条氏康も、うかつには攻められない。

いまのところ、平井・国峰の線は、切断されていないのである。

ただし、平井・国峰と箕輪の間は、北条軍の侵寇《しんこう》によって連絡が断ち切られた。だから長野業政の密使も、平井へ来るまでには、山中を迂回《うかい》し、北条軍の目をかすめ、相当の苦労をしたらしい。

上泉伊勢守が、平井城へ入った翌日の夕暮れに、

「国峰より、御使者がまいられました」

と、本丸の館《やかた》にいた上泉伊勢守へ、北条安芸守の家来が知らせに来た。

「国峰よりの？」

「はい」

「わしにか？」

「さようでござります。こたびのことの、御見舞いにまいられたとのことでござります」

「それは、それは……」

伊勢守は、恐縮した。

国峰城主・小幡信貞の妻・正子は、上泉伊勢守の愛弟子《まなでし》である。

そして信貞も伊勢守同様、関東管領《かんれい》家の旗の下にある。

平常は、上泉・小幡両家が、それほど親しいまじわりをしていたわけではない。

それだけに、小幡信貞が、わざわざ見舞いの使者をさし向けてくれたことを、伊勢守はうれしくおもった。

やがて、小幡信貞の使者が、伊勢守のいる部屋へあらわれた。

「おお……」

さすがの上泉伊勢守も、瞠目《どうもく》した。

おもいもかけぬことであった。

小幡信貞の使者として、あの於富があらわれたのである。

「御師《おんし》。お久しゅうござりました」

於富が、なつかしげに両手をついた。

於富は、ゆたかな黒髪をたばねて鉢巻をしめ、表袴《おもてばかま》をうがち、直垂《ひたたれ》腹巻をつけた勇ましい半武装の姿で、二十余騎をしたがえ、平井城の城門へ馬を乗り入れたときには薙刀《なぎなた》を掻《か》いこんでいたそうな。

化粧もない於富の顔は、もはや十年前のそれではない。ひとまわり輪郭が大きくなったようにおもえ、二十八歳の女の成熟が、はっきりと見てとれた。

於富の躰《からだ》は乙女のころから、肩幅もひろく、女にしては、堂々としたものであったが、その躰も、さらにみっしりとした肉置《ししお》きとなり、これが武装をしていると、若い

武士などは、

「顔負けをする……」

ほどにおもえた。

「そなたが、信貞殿の御使者か……」

「はい。ねごうて出てまいりました」

「それは、それは……」

於富の夫・小幡図書之介は、

「私が御使者に……」

と、妻がいうや、

「それはよい」

すぐにゆるしてくれ、

「久しぶりに師弟の語らいができるな」

わがことのように、よろこんでくれた。

「このたびのこと、御師でのうては、かなわぬことでございます」

「於富。わしは城を逃げ出したのじゃ」

「なればこそ、そう申しあげるのでございます。危急にのぞみ、あのようなことは、とうてい、あたまへうかぶものではございませぬ。於富は御教えを受けました」

於富の声には、なにか、しみじみとしたものがこもっていた。

「図書之介殿は、すこやかにしておられるか？」

と、伊勢守は於富にたずねた。

「はい。おかげをもちまして」

にっこりと、於富がこたえる。

「さようか……」

うなずいて伊勢守が、何かいいかけて、やめた。

千丸のことを、

「丈夫にしておるか？」

たずねようとして、何か、それが、はばかられたのであった。

千丸は、九歳になっているはずだ。

小幡図書之介と於富の間に、はじめて生れた男の子として知られている千丸について、於富は、

「わたくしが、これより国峰へ嫁ぎ、はじめて生みます子は、殿のお子にございます」

と、伊勢守の耳もとへささやいたことがある。

それは、於富が最後に、上泉の居館をおとずれ、伊勢守へ別れを告げた日のことだ。

「千丸も、すこやかにしておりまする」

於富が、ひたと伊勢守の眼に見入りつつ、そういった。

「うむ……」

伊勢守としては、うなずくよりほかになかった。

「千丸は、わたくしの顔に、生き写しでございます」

「おお……」

ほっとするおもいであった。

これがもし、千丸の顔が伊勢守に生き写しだったとしたら、どうであろうか……。

いまさらながら伊勢守は、十年前の、まだ乙女だった於富のしたことに、瞠目せざるを得なかった。もっとも、

「於富がしたこと……」

と、いうのも、おかしなはなしではあったが……。

於富は、早くも千丸に、伊勢守からつたえられた剣法を、

「およばずながら……」

教えているそうな。

「一度千丸どのに会《お》うて見たい」

おもわず、伊勢守がいい出た。

あまりにも平然としている於富のさわやかな態度に、さそわれたのやも知れぬ。

於富は、千丸のことを口にのぼせても、かつての伊勢守とのことは、いっさい口にせず、態度にもあらわさぬ。

十年前の激しい情熱が秘められた眼《まな》ざしは消えていたけれども、それでいて、伊勢守への敬愛の念は以前よりも濃く深くなってきている。

それが、はっきりと、於富の双眸《そうぼう》の光りに凝っていた。

語り合ううちに、何ともいえぬ爽快《そうかい》なおもいが伊勢守の全身をつつんできて、たのしくなってきたのである。

於富は、この夜を平井城へ泊し、翌早朝に国峰へ帰って行った。

上泉伊勢守は、これを城門の外まで見送った。

家来たちにまもられた馬上の於富は、何度も振り返りつつ、伊勢守へ高く手をあげ、打ち振った。

だが、於富は別れぎわに、妙なことをいった。

「もはや二度と、御師には、お目にかかれぬような気がいたします」

なぜ、そのようなことをいったのか、伊勢守にもわからなかったし、於富自身にもわからなかった。

強いていうなら、明日のわが身の命運とて、

「はかり知れぬ戦国の世……」

であるから、おもわず、そうしたことばが出たのだともいえよう。

だが、それだけのことではなく、於富に或《あ》る直感がはたらいて、こうしたことばが出たのだ、ともいえる。

しかし……。

伊勢守と於富にとって、このときが最後の別れになったのではなかった。

数年後に二人は、また会う。

そして、そのときが伊勢守と於富の、

「最後の別れ……」

に、なるのである。

於富が急に、このような別れのあいさつをしたとき、上泉伊勢守も、どうしたわけか、

「何故、そのようなことを申すのだ？」

問い返しもしなかったし、また、

「つまらぬことを……」

一笑に付したりもしなかったそうな。

於富のことばに対し、伊勢守は、しずかな微笑をたたえて、はっきりとうなずいた、というのである。

そして伊勢守は、側《そば》につきそっていた疋田文五郎へ、

「富姫も、立派になられた……」

つぶやくように、いったのである。

さて……。

こうして、上泉伊勢守は平井城に滞留することになった。

これは、平井城の北条安芸守の兵力へ、新たに上泉勢が加わったことになる。

北条氏康は、

「あわよくば……」

平井城を攻め、これをうばい取ろうと考えていたらしいが、上泉伊勢守が全軍をひきいて大胡を脱出し、平井城へ入ったことによって、

「とうてい、平井は攻め切れぬ」

あきらめてしまった。

伊勢守は、こうして、自分の小さな城を、いったんは捨てることにより、上杉謙信の関東における〔基地〕をまもったことにもなったのである。

上州一本槍《やり》

春も、すぎようとしていた。

あれから北条軍は、上泉・大胡《おおご》・山上の諸城のほかに、膳・仁田山などの、長野業《なり》政魔下《まさきか》の諸城を攻め落した。

攻めるとか守るとか、戦うとかいうよりも、それはまったく、北条軍の、

「おもうままの侵略にまかせるよりほかに……」

仕様もなかったのであった。

箕輪《みのわ》城の長野業政をはじめ、関東管領《かんれい》方の諸将は、この間、すこしも手出しをせず、守りをかためて、うごこうともせぬ。

それもこれも、越後《えちご》から上杉謙信が、かならず、関東へ出陣してくれるであろうと、信じてうたがわなかったからだ。

果して……。

晩春の好機を待っていた上杉謙信は、突如、一万三千の大軍をひきいて関東へあらわれた。

こういうときの上杉軍団の進軍は、まさに、

「疾風のごとく……」

という形容があてはまるほどに、敏速をきわめている。

この点では北条軍も、とうてい、およばぬ。

軍団が精強であって、編成が一糸乱れない。

たとえば北条軍が一日に十里を進むとするなら、上杉軍は十五里を行く。

つまり、そのぶんだけ、将兵が休まず、眠りの時間を割いてまでも行軍をするということなのだ。

それだけ将兵の気力と体力が強く、軍団の組織が完全だということになる。

上杉謙信の大軍が、まっしぐらに平井城へ入るのを、厩橋《うまやばし》城にいた北条氏康は、だまって見ているよりほかはなかった。

厩橋城のすぐ近くを行進する堂々たる上杉軍団。
その行進には、凄《すさ》まじい闘志が、炎のように燃えあがっており、
「何者をも近づけぬ……」
威厳に、みちみちていた。
そして、平井城へ入った上杉謙信に、上泉伊勢守が、はじめて目通りをしたのである。
このとき、上杉謙信は二十六歳の若さであったが、
(なるほど、これは……)
と、伊勢守は、謙信のすばらしい威容に目をみはった。
厩橋城に在った北条氏康は、自分が留守にしている小田原の本城を、上杉謙信が、
(もしや、攻めるのではないか……?)
不安になってきたという。
上杉軍が、それほどの威圧感をもっていたということであろう。
上杉謙信は、上泉伊勢守におとらぬほどの立派な体軀《たいく》のもちぬしであった。
後年のことだが……。
吉川《きつかわ》元春の使者・佐々木定経が、越後・春日山《かすがやま》城で、上杉謙信に対面したときのあ

りさまを、つぎのように語り残している。

「……謙信公は、折しも読経《どきよう》をされていたが、すぐにやめ、山伏の姿にて太刀《たち》をしっかとつかみしめ、壇上から立ち出《い》でなされた。

　その謙信公を見たときは、それがし、音にきこえた大峰の五鬼か、葛城《かずらき》高天の大天《だいてん》狗《ぐ》を見るおもいがして、おもわず、身の毛がよだつかとおもうた」

　上杉謙信は若年の身で、いっさいの欲念を絶ち、我身のすべてを戦陣へ没入させ、

「どこまでも勝ちぬき、ついには天下に泰平をもたらそう」

という、必死の念願を立てた大名である。

　それだけに、謙信の風貌《ふうぼう》には鬼気せまるものが、たしかにあったのであろう。

「そこもとが、伊勢守殿か……」

と、謙信が伊勢守へ対する態度は、まことに、ねんごろなものであって、大胡退去のことにふれるや、

「自分には、とうてい、そこもとのような水際《みずぎわ》立ったふるまいは出来ぬ」

と、いった。

「それがしが、これよりは手引きをつかまつりまする」

伊勢守は、申し出た。

「たのみ申す。これよりは北条方に、うばい取られた城を、みな、うばい返したいとおもうている」

と、上杉謙信は、左右不ぞろいの両眼（右眼が大きかった）を活《かつ》と見ひらいた。

そのとき、伊勢守のうしろにいた大胡民部左衛門は、謙信の両眼が、どうしたものか、

「まるで、血の色を見るように、赤く染まっていた」

と、後に語っている。

ともあれ、三十にもならぬ若さで、この戦国大名からただよう異常な活力と威厳には、すばらしいものがあったにちがいない。

上杉謙信が平井城へ入ったことを確認した長野業政は、

「よし。待っていたぞ！」

勇躍し、みずから陣頭に立ち、箕輪城を出て厩橋の城にいる北条氏康を牽制《けんせい》した。

こうなると、北条軍もうかつなまねはできない。

出撃して来た長野業政を相手に戦えば、たちまちに上杉軍が厩橋へ押し寄せて来るからだ。

こうした長野業政のうごきを知るや、平井城に在った上杉謙信は、すぐさま出陣の

命を下した。

「先《ま》ず、上泉をうばい返せ」

である。

上杉の大軍は、威風堂々として平井城を発し、まっしぐらに上泉へ向った。

厩橋城にいる北条氏康は、目《ま》のあたりに、上杉軍が押し出して来て、上泉へ進軍するのを、見すごすよりほかに仕方もなかった。

いま、厩橋城にいる北条軍も、数の上では、それほど劣るものではないが、正面から上杉軍を迎え撃ち、勝てる自信は全くない。

北条軍が城を出て、そのようなことをしたら、たちまちに背後から、長野業政が精鋭をひきいて襲いかかって来る。

これでは、

「はさみ撃ち」

になるのを、われからのぞんでいるようなものだ。

北条氏康は、

「おのれ！」

厩橋城・本丸の櫓《やぐら》の上に立ち、くやしがったけれども、いまは城の守りをかため、上杉軍の攻撃をふせぐだけが精一杯のところであった。

はじめのうちは、北条軍も、

「上杉勢は、この厩橋へ押し寄せて来るにちがいない」

と、おもっていたので、相当に緊張をしたようである。

ところが、上杉謙信の目標は、先ず、上泉伊勢守の本城と支城をうばい返すにあった。

上泉は、

「あっという間に……」

上杉軍に攻め落された。

この上杉軍の先陣をつとめるものは、ほかならぬ上泉伊勢守であった。

伊勢守は、わが八百の軍勢をひきい、

「いまこそ、戦え！」

と、突き進んだ。

だが、上泉城をまもっていた北条方の部隊は、ほとんど一戦も交えず、大胡城へ逃げた。

上泉には、戦さのできる備えが、ほとんどない。

伊勢守が、自分の居館にしていたところなのだ。

上泉をうばい返したとき、伊勢守は、これを大胡民部左衛門に守らしめた。

それから一息入れる間もなく、上杉謙信は、

「つぎは、大胡じゃ！」

と、叫んだ。

謙信が何よりも早く、伊勢守の城と領土をうばい返そうとしていることが、伊勢守にはうれしく、たのもしかった。

このとき、大胡城は、北条方の宿将《しゆくしよう》・益田丹波之介がまもっていた。

上泉伊勢守が、戦わずして退去した大胡城であるから、城の備えはいささかもくずれていなかった。

上杉軍は、たちまちに大胡城を包囲した。

この前のときとは、反対に、上泉勢は、

「わが城をうばい返すために……」

攻めかかろうとしている。

城をまもる益田丹波之介は、伊勢守がしたように退去もしなければ、降伏もせぬ。

つまり、戦うつもりなのであった。

包囲が終ると、上泉伊勢守は、上杉謙信の本陣へおもむき、

「先陣は、それがしに、つとめさせていただきとうござる」

あいさつをした。

自分の城を取り返すための戦陣なのだから、上泉勢が先陣をつとめるのは当然のことなのだが、その折目正しい伊勢守の態度を、謙信はよろこび、

「伊勢守殿の、おもうままになされ。いかようにも助勢をいたそう」

と、いった。

「かたじけのうござる」

「そこもとが、城内へ押し入ったるとき、すかさず、こなたも押し詰めるゆえ、こころ置きなく戦われるがよい」

「は……」

伊勢守は、八百の家来を引きつれ、大胡城の大手門口へ向った。

上杉の大軍は、これを見まもっているのみだ。

と、見て……。

益田丹波之介は、

「伊勢守の手勢なれば、何ほどの事やあらん」

と、いった。

上杉軍に包囲されたからには、丹波之介も、もらろん決死の覚悟である。

あるが、しかし、ともかく戦いの火ぶたは、上泉伊勢守とによって切られることになった。

「上泉勢だけには、負けぬぞ!」

これが、益田丹波之介の意気地であった。

丹波之介は、精鋭の部隊を、大手門の東側にある稲荷曲輪《いなりくるわ》へ集結せしめた。

この城郭は、特別に城の大手口へもうけてあって、正面から押し寄せて来る敵軍を、東の側面から迎え撃ち、追い払うためのものであった。

上泉伊勢守は、それを、じゅうぶんに承知している。なぜなら、この城は、自分の城だったからだ。

伊勢守は、八百の手勢を、稲荷曲輪の虎口《こぐち》の左右に展開させた。

〔虎口〕というのは、城郭の最も大事の場所にある出入口のことである。

「よいか」

と、伊勢守は、我子の常陸介と五代又左衛門に向い、

「よく聞けい。先ず、わしが一人にて敵中へ入る。わしの姿が敵勢の中に見えなくな

ったときに、後から押しつめてまいれ」

「な、なんと、おおせられる……」

又左衛門は、おどろき、

「殿、御一人にて突き入るとおおせられまするか？」

「いかにも……」

敵は、すでに曲輪の〔虎口〕へ押しつめて来ている。

陣太鼓が打ち叩《たた》かれ、戦闘開始の法螺貝《ほらがい》が鳴りひびきはじめた。

益田丹波之介は、いずれ、最後は上杉の大軍に押し包まれて、

「この城で討死を……」

する覚悟だ。

しかし、その前に……上杉謙信が見ている前で、

「小癪《こしゃく》にも……」

上杉軍のちからを借りようともせず、城攻めの突破口を切り開こうとして大手口へあつまった上泉勢と戦い、これを、

「さんざんに、打ち破ってくれる！」

と、丹波之介は、おもいきわめていたのである。

しかし、稲荷曲輪の櫓の上から城外を見て、

「ふうむ……?」

益田丹波之介は、瞠目《どうもく》した。

上泉伊勢守が長槍をつかみ、只《ただ》ひとりで前面にいる。そして伊勢守の手勢は後方にひかえ、息をのんで、これを見まもっているではないか……。

(これは、いったい、どうしたことなのだ?)

さっぱり、わからぬ。

(まさかに、伊勢守が一人にて戦うつもりではあるまい……?)

であった。

この日。

上泉伊勢守は黒の甲冑《かっちゅう》に身を固め、剣成《けんなり》の兜《かぶと》をかぶり、残月《ざんげつ》と名づけた栗毛《くりげ》の愛馬に打ちまたがっていた。

丹波之介は、家来たちと顔を見合せた。

だが、よくよく見ても、外の上泉勢に、何かの計略があるとはおもえぬ。

伊勢守は、ゆったりと馬を進ませ、

「益田丹波之介殿に申す」

と、声をかけた。

大音声《だいおんじょう》ではないが、澄み切って、よく通る声であった。

「応！」

丹波之介が、櫓の上からこたえた。

「上杉勢をまじえず、われら、戦さ始めにまいった。尋常に戦われよ」

落ちつきはらった上泉伊勢守の声音に、

「心得た！」

益田丹波之介は、櫓から下りて馬へまたがり、

「それ。虎口を開いて押し出し、敵勢を突きくずせ」

と、叫んだ。

「えい！」

「おう！」

「えい、えい！」

「おう！」

鬨《とき》の声をあげ、虎口を開いた益田勢が、大手口の広場へいっせいに押し出して来た。

と、そのとき……。

馬腹を蹴《け》って、上泉伊勢守が只一騎、突風のごとく、群がる益田勢の正面へ突進して来たのである。

これを彼方《かなた》の丘上から望見していた上杉謙信が、おもわず腰を浮かせ、

「あれを見よ」

と、叫んだ。

さすがの謙信も、このような戦さの仕方を見たことがない。

自分の城をうばい返すための戦さなのだから、先陣をつとめるというのはわかる。

しかし、わずか八百の手勢で突破口を開けようという伊勢守の勇気に感心したことはさておき、事もあろうに、わが手勢を後方へひかえさせ、只一騎で大将が突撃しようとは、上杉謙信もおもい見なかったことであった。

只一騎で突き進んで来る上泉伊勢守へ向って、虎口から押し出した益田勢が槍《やり》ぶすまをつくり、

「うわあ！」

土けむりをあげて押し包んだ。

このとき、上杉謙信の軍監として上泉勢の中へ加わり、つぶさに様子を目撃していた謙信の侍臣・夏目定盛が、

「そのとき、伊勢守殿は……」

と、上杉謙信へ、つぎのように報告をしている。

「……馬首をつらね、槍ぶすまをつくって押しかける敵勢の真只中へ、伊勢守殿は、まるで、狩りにでもおもむくがごとき何気もなき様子にて槍をかいこみ、先ず只一騎にて、するすると、敵勢の中へ溶けこむように入りこみましたるが……かと思うたる刹那《せつな》、敵勢の槍数本が陽にきらめいて宙天へはね飛び、同時に、敵の備えが、どっと乱れたちましてござる」

とにかく、夏目定盛の眼には、伊勢守の戦いぶりが、そのように映ったのである。

そのときの伊勢守を、定盛は「この世の人《もの》ともおもわれなかった……」と、語り残している。

上泉伊勢守が敵中に突進したのを見て、八百の上泉勢が、

「うわあ！」

「殿につづけ！」

「われらが城を、うばい返せ！」

錐《きり》をもみこむように突き入った。

五代又左衛門《またざえもん》は、みずから手勢をひきい、

「それっ」

かねて伊勢守と打ち合せたように、稲荷曲輪の東側へまわった。

そこから、いっせいに火矢を射込んだのである。

鏃《やじり》のところへ油にひたした布を巻きつけ、これへ火を点じ、燃えあがったのを射込むのだ。

これが城の櫓その他に射込まれると、たちまちに燃えはじめる。

城内から外へ火矢を射たところで、どうにもならぬが、外から城内へ射込まれると、火事が起りかねない。

稲荷曲輪につめかけていた益田勢は、この火矢の攻撃をうけ、

「すわ、上杉勢が押し寄せて来たぞ」

と、おもいこんだらしい。

「早く、早く……」

何を早く……か、というと、城の外郭である稲荷曲輪を放棄し、

「早く、三の丸へ兵を引いて、備えをかためよ」

と、いうのだ。

伊勢守は、たくみに馬をあやつり、稲荷曲輪の南の虎口から北端の濠《ほり》のところまで、

一気に駆けぬけた。

この間に、伊勢守の槍先にかかって殪《たお》れるものが、

「数を知れず……」

と、むかしの書物に記してある。

数知れずというのは、どうかとおもうが、いずれにせよ、上泉伊勢守が一騎で、群がる敵勢の端から端まで、

「突きぬけた……」

ことに、間ちがいはない。

当然、益田勢は乱れ立った。

その間隙《かんげき》へ、つづいて虎口から入って来た上泉勢が、猛然と押しまくり突きまくる。

突き抜けた上泉伊勢守は、たちまちに馬首をめぐらし、今度は益田勢の側面を駆けまわりつつ、まるで、

「人間わざともおもわれぬ……」

速さで長槍を突き出し、手ぐりこみつつ、一人一人、的確に突き伏せてゆくのであった。

そこへ、尚《なお》も火矢が射込まれる。

益田勢は、乱れ立った。

「ひ、引けい」

たまりかねて、益田丹波之介が叫んだ。

このときまで、満を持していた上杉軍は、

「それ、攻めかけよ」

上杉謙信の命令が下るや、鬨の声をあげて攻撃を開始した。

こうなっては、もはや、どうにもならぬ。

益田丹波之介は、それでも夕刻まで、必死の防戦をしたが、とうてい、城をささえきれるものではなかった。

丹波之介は、城へ火を放ち、腹を切って死ぬつもりでいたらしいが、城の北面の攻撃が手うすなのを見てとり、家臣たちのすすめもあったので、

「いまに見よ、おぼえておれ！」

くやしげに叫び、手勢をひきいて大胡城を脱出した。

これは、上杉謙信が、わざと城の北面の攻撃をゆるめ、益田勢が脱出しやすいように仕向けたのだ、という説もある。

つまり、

「最後の最後まで丹波之介を戦わせては、かならず城に火を放ち、自害をするにちがいなし。さすれば、上泉伊勢守殿の大胡城も燃えてしまうし、せっかくに、これをうばい返しても、元のように城の備えを復旧するまでには相当の月日がかかるであろう。そうなれば伊勢守殿も、さぞ大変なことであろうし、また、この大胡の城がそのようなことになっては、箕輪の長野業政殿のためにもならぬ。また、ひいては関東管領《かんれい》家のためにもなるまい。益田丹波之介ごときと引きかえにしたところで、つまらぬことじゃ」

と、いうわけだ。

ともかく……。

益田丹波之介は大胡を脱出し、厩橋の城の北条氏康のもとへ、

「逃げ帰った……」

のである。

大胡城は、ふたたび、上泉伊勢守の手にもどった。

伊勢守が、一戦もまじえずに大胡を脱出したときに、

「城は、かならず、われらの手にもどる」

いいきったことが、現実のものとなったのを見て、五代又左衛門や大胡民部左衛門

をはじめ、家来たちは、あらためて、わが主人を尊敬の目でながめたのである。

上泉・大胡をうばい返した上杉軍は、さらに山上・膳・仁田山など、北条軍にうばい取られた城を、つぎつぎにうばい返した。

上泉伊勢守は、大胡城へ、息・常陸介《ひたちのすけ》と五代又左衛門を残して置き、みずから手勢をひきい、上杉軍の先導をつとめ、目ざましいはたらきをした。

戦国の武将としての伊勢守の名声が高まったのは、実に、このときからであるという。

上杉謙信は、北条方にうばい取られた諸方の城の大半を、うばい返すや、全軍をひきいて、堂々と厩橋城の前方を通過した。

「いよいよ、こちらへ攻めて来るぞ」

と、北条氏康は城門を閉ざし、籠城《ろうじょう》の覚悟で、備えをかためた。

だが……。

上杉軍は、厩橋へ攻めかけず、悠々と平井城へ兵をおさめたのである。

これを見て、長野業政も、兵を箕輪城へおさめた。

北条氏康は、ほっとしたろう。

ただ、心配なのは、上杉謙信が自分の本城である小田原へ攻め寄せるのではないか、ということであった。
やがて、上杉軍は上州の防備をかためておき、越後へ帰って行った。
上杉謙信も、いまのところは、いかに関東管領の依頼をうけたからといって、全力を、
〔関東の経営〕
に、かたむけるわけにはまいらない。
甲斐《かい》の武田晴信《はるのぶ》……いや、この偉大な戦国大名も、上杉謙信と同じように、すこし早いが、われわれにとってなじみのふかい名前で、これからはよぶことにしよう。
すなわち、
〔武田信玄〕
である。
その武田信玄が隙《すき》あらば、甲州から信州を侵略しようとしている。
信州は、越後の隣国である。
となれば、上杉謙信も、これを無視するわけにゆかぬ。
それに、越後の国の経営についても、まだ、いろいろと、
「ととのえねばならぬ……」

ことが多い。

とにかく、本城の春日山を留守にして、はるばる関東まで出て来るのだから、上杉謙信も大変なのだ。

しかし、信義に厚い謙信は、関東管領の代理としての責任感から、ほとんど毎年のように関東へ出兵した。

そして、そのたびに、関東における北条氏康の基地が一つ一つ、うばい取られて行った。

やがて、厩橋城も、上杉謙信の手に落ちた。

それから以後。謙信は、関東出陣の本拠を、平井城から厩橋城へ移すことになる。

上杉謙信は、長野業政に対し、

「そこもとに、上州の目代《もくだい》をつとめていただこう」

と、いった。

〔目代〕というのは、関東管領家に代って、

「上州を治めよ」

と、いうことなのである。

長野業政は、上杉謙信から、上州の目代に任ぜられて、

「これでよし。関東も間もなく、平定されよう」

大よろこびであった。

いまの上杉謙信は、まったく関東管領になったのも同じことであった。

こうして、また、三年、五年と、あわただしく歳月がながれ去って行ったのである。

この間に……。

上泉伊勢守が、長野業政や、国峰城の小幡信貞と共に、上杉謙信の念願である関東平定のために戦い、はたらいたことはいうまでもない。

この五年間は、戦陣に明け、戦陣に暮れる五年間であった。

上杉謙信の関東進出が目ざましくなるにつれて、小田原の北条氏康は、

「気が気ではなくなってきた……」

のである。

氏康は、甲斐の武田信玄へ使者を送り、こう、いってやった。

「……長尾景虎《かげとら》(謙信のこと)が、上杉憲政《のりまさ》にかわって関東へ乗り出すようになってからは、ことに上州一円が乱れはじめ、困っています」

つまり、上杉謙信があばれ出したので、上州の平和が乱れたというわけだ。

さらに、

「ことに、箕輪の長野業政が、大胡の上泉伊勢守と手をむすび、いずれも景虎のちからをたのみ、上州のみか武州へも手をのばしはじめてまいった。これは自分にとっても迷惑なことであるが、そちらにも困ることだと存ずる」

というのは、武州と武田信玄の甲州は、となり合せだからである。

「それで、いかがなものであろうか。いま、このとき、武田家と北条家が手をむすび、ちからを合わせ、上州の関東管領家の勢力を追いはらい、上州を平定することが、もっとも大事であると存ずる。

もしも武田家において、長野業政を討ちほろぼしていただけるなら、それがしは武州の太田資正《すけまさ》を討つ。

そうして、上州と武州を、われらで分け合おうではござらぬか」

と、もちかけたのである。

武田信玄にとって、この北条氏康の申し込みは、

「のぞむところ」

であった。

かねてから信玄は、上杉謙信の勢力が関東へのびることを、不安に感じていた。

いまこのとき、北条氏康の協力があるなら、おもいきって上州へ進出してもよいと、

考えたのである。

永禄《えいろく》元年の春。

ついに……。

武田信玄は、一万三千の大軍をみずからひきい、古府中（甲府）を発し、上州へ進軍したのであった。

上州方では……。

長野業政が、すぐさま、上泉伊勢守をはじめ、小幡信貞など、いずれも関東管領方の諸将を箕輪城へあつめ、

「ちからを合わせて、武田軍を追い退《の》けよう」

と、誓い合った。

この、上州方の兵力は、合わせて二万といわれている。

二万対一万三千。

兵力の大きさからいえば、上州方が有利である。

だが、これほどの差は、武田信玄にとって、

「問題にすることはない」

のだ。

作戦に長じ、精強な軍隊を、

「天下一」

だと自負している武田信玄なのである。

猛然と、武田軍は進軍して来た。

上州方は、これを、瓶尻《みかじり》の原で迎え撃った。

瓶尻の原は、妙義山の東のふもとにあたる。

このときの戦闘は、現在、あまりよく知られていないが、物凄《ものすご》い戦闘であったらしい。

両軍の猛戦は四刻《とき》（八時間）におよんだといわれている。

野戦に長じた武田軍は、大将・武田信玄の巧妙な指揮を得て、苦戦の後に、じりじりと上州方を圧迫して行った。

さすがに、天下無比の強兵をほこる武田軍である。

このとき、上州方の総大将・長野業政は五十をこえていたが、

「退《ひ》くな、退くな！」

みずから槍《やり》をつかんで、陣頭に立った。

しかし、なんといっても上州方は、寄せあつめの兵力である。

全部が、上泉伊勢守や小幡信貞のように、長野業政にとっては、

「わしの手足となってはたらいてくれる……」

武将ばかりではない。

そこで、しだいに押しつめられてしまい、業政の指揮も統一がとれなくなってきたので、

「もはや、これまで」

機を見るに敏な長野業政は、たちまちに兵をまとめ、

「箕輪城へ引き返せ」

と、命令を下した。

そして、長野・上泉両軍が箕輪城へ引き、小幡部隊は国峰城へ兵をおさめたのである。

箕輪城へ引き退いた長野業政は、

「この上は、いかに武田信玄といえども、攻めかけては来まい」

と、上泉伊勢守にいった。

瓶尻の原における戦いで、武田軍は、いちおう勝利をおさめたのであるから、さらに、追いつめては来まいとおもったのだ。

それには、

（この城へ攻めかかったところで、落せるものではない）

という自信が、業政にあったからだ。

箕輪城は、武州の鉢形《はちがた》城、常陸《ひたち》の太田城と共に、

〔関東の三名城〕

と、世にうたわれている。

西方に榛名《はるな》の山嶺《さんれい》を背負った丘陵に構えられた箕輪城は、白川のながれにのぞむ数十尺の断崖《だんがい》の上にある。

容易に、敵が攻めきれぬ堅城であった。

この城に在って長野業政は、父祖代々、

〔関東管領家の執事〕

として、上州から一歩も退かなかったのである。

そのことは武田信玄も、充分に、わきまえているはずであった。

信玄は、その若さにも似ず、無駄な出血を好まぬときいている。

おそらく信玄は、瓶尻の原の戦闘において、長野業政の、

「首を討つ！」

決意をしていたにちがいない。

しかし、長野業政は、そこまで押しつめられぬうちに、さっと兵を引き、箕輪城へ入ってしまった。

「逃げ足の早い古狸《ふるだぬき》め」

武田信玄は苦笑をもらした。

その苦笑は、すぐに、断固たる決意の表情に変り、

「すぐさま、箕輪へ押しつめよ！」

と、信玄は命令を下した。

長野業政の、巧妙な引き足の速さが、いかにも無念だったものと見える。

「来たのう」

武田軍が、ひしひしと押し寄せて来るのを、業政は箕輪城の法峯寺《ほうぼうじ》口の櫓《やぐら》にのぼり、ながめつつ、かたわらにいた上泉伊勢守へ、

「来たところで、むだなことじゃ」

と、いった。

すでに、瓶尻の原で、武田軍も、かなりの損傷をこうむっている。

それで尚《なお》も、

「この城を攻め落そうというのは、むりじゃ」

と、いうのである。

しかし、上州軍も、散り散りになっていて、箕輪城に立てこもっている軍勢のみでは、城外へ打って出るわけにもまいらぬ。

武田信玄は、箕輪城の法峯寺口へ押しつめて来た。

これより先、長野業政は、瓶尻の原の戦況と共に、武田軍の箕輪来攻のことを、越後・春日山の上杉謙信のもとへ知らせるべく、

「急げ！」

二名の急使を、さし向けていたのである。

武田信玄は、法峯寺口へ本陣をかまえると、

「よし！」

決然として、

「無二無三に攻め落せ」

と、下知《げち》をした。

武田軍の猛攻が開始された。

「落せるものなら、落して見よ」

と、長野業政は平然たるものがあった。

上泉伊勢守も、このときの武田信玄の兵力からおして見て、

（とうてい、この城を落せるものではない）

と、おもっている。

果して……。

武田軍は、約半月も法峯寺口に滞陣し、

（どこかに、つけこむ隙はないものか……？）

と、大分に研究をしたらしいが、むだであった。

だからといって、戦闘がなかったわけではない。

四月五日のことであったが……。

「武田信玄に、一泡《ひとあわ》ふかせてやりましょう」

と、上泉伊勢守が、椿山砦の虎口《こぐち》をひらき、わずかな手兵をひきいて、武田軍の中へ突撃したものである。

城を攻めあぐみ、あせりにあせっていた武田信玄だけに、

「上泉伊勢守じゃ。かならず、首を討て！」

と、叫んだ。

このとき、伊勢守がひきつれて出た手勢というのは、わずか三十騎にすぎなかったといわれている。

むろん、伊勢守が選《え》りすぐった武勇の士ばかりで、この中に、疋田文五郎が入っていたことはいうをまたぬ。

この三十騎は、伊勢守の、

「手足のごとく……」

はたらける家来たちばかりであった。

それにしても、だ。

何千という武田軍の前へ、わずか三十騎で躍り出たのである。

「それ、伊勢守の首を……」

「逃すな！」

喚声をあげ、武田軍が殺到して来た。

その先端を、

「まいるぞ！」

と、上泉伊勢守が手勢と共に、掠《かす》めるように過《よぎ》った。

先頭に立つ上泉伊勢守が、武田勢の先端を掠めつつ、長槍をくり出した。

「わあっ……」

「ぎゃっ……」

伊勢守の長槍がきらめくたびに、七、八名の武田の武士が突き伏せられて、馬からころげ落ちる。

目ざましいというよりも、

「まるで、魔神が通りすぎた……」

ようであったと、武田の人びとが後に語っている。

伊勢守の後につづく勇士たちのはたらきも、すばらしかった。

おもしろいように、武田勢が馬から突き落される。

武田勢の悲鳴と絶叫が起る中を、

「それっ」

上泉伊勢守は、早くも馬首をめぐらせ、

「いま一度」

と、家来たちをかえりみていた。

「応！」

家来たちが、こたえる。

「わあ！」

と、喚声をあげ、一時も早く上泉勢を押し包もうとする武田軍の側面を、伊勢守が、またしても三十騎をしたがえて過った。

「うわ……」

「ぎゃあっ……」

またしても、武田軍の悲鳴があがった。

彼方《かなた》から、これを見まもっていた武田信玄は、声もなかったそうな。

「これまで！」

と、伊勢守は、武田軍の側面を突きくずしておいて、一名の損傷もなかった三十騎をひきつれ、引きあげにかかる。

これ以上、戦っていたなら、おそらく上泉勢は武田軍に押し包まれてしまうことを、伊勢守は見きわめていたのである。

「追え！」

と、武田軍が追いかけて来るのを尻目《しりめ》に、伊勢守は、榛名沼とよばれる泥沼の中を一直線の縦隊となって逃げた。

この沼には、かねてから一面に〔わらくず〕を散らしてある。

わらくずを敷きつめてあるのだから、まさか、これが泥沼だとはおもえない。通路は一筋しか通っていないのだ。その一筋の通路を伊勢守の手勢が逃げたわけだが、武田軍は、泥沼と知らず、一面に展開して、伊勢守たちを押し包もうとしたのだから、たまったものではない。

馬も人も、ずるずると、泥沼に足をとられてもがくところを、頭上の〔水の手曲輪〕に待ち構えていた城兵が、いっせいに矢を射かけたものである。

たちまちに、武田勢の悲鳴が泥田の中で起った。

このときの上泉伊勢守の大胆きわまる出撃は、もちろん、長野業政と、しめし合せてのことだったのである。

〔水の手曲輪〕から泥田の中へ射込まれる矢数は、それこそ、

「息をつく間もないほど……」

であって、泥田へのめりこんだ武田勢の大半が、矢を受けて死んだ。

この隙《すき》に、伊勢守は一名の損傷もなかった三十騎をしたがえ、虎口から城内へ逃げこんでしまった。

伊勢守の一隊が縦に走りぬけた細い道だけが、この泥沼の通路であったのだ。

泥沼の上の〔わらくず〕は、何も、急に敷きつめたものではない。

この泥田をもうけるときから、こうした細工がほどこされていたのであって、

「あの泥田を、うまくつかったのは今日がはじめてじゃ。わは、は、は……」

長野業政は、愉快でたまらなかったらしい。

「それにしても、このように役立てようとは……わしも、伊勢守殿の、あの神わざのごときはたらきには、まったく、おどろいたわえ」

業政は、侍臣に向って驚嘆した。

この日。

上泉伊勢守の出撃によって、武田軍の死傷者は百八十余におよんだという。

こうして、武田信玄は、箕輪城の法峯寺口に空《むな》しく滞陣をつづけていたのだが、そのうちに、このことをきいた上杉謙信は、

「箕輪の城を、うばわれてはならぬ！」

すぐさま大軍を編成し、上州へ向って進軍を開始した。

これをきいて武田信玄は舌打ちをもらし、

「ぜひもない」

と、いった。

背後から上杉軍に襲われては、不利であることはいうまでもない。

「陣をはらえ」

信玄の命令が下ると、武田軍は、

「あっという間に……」

陣ばらいをし、引きあげて行った。

一説には、上杉・武田の両軍が、信州の川中島で、小戦闘をおこなった、などとつたえられている。

もし、それが本当なら、両軍の、川中島での宿命的な戦闘は、このときが第一回目ということになる。

こうしてまた、二年、三年と、歳月がながれすぎて行った。

この間……。

上泉伊勢守の武勇は、

「上州十六人の槍」

とか、

「上州の一本槍」

とか、天下の人びとによばれるほどの名誉《ほまれ》を得た。

大胡城主として、戦将としての上泉伊勢守の、

「名声」

は、それほどに高まったのだ。

「十六人の槍」というのは、上州でえらばれた十六人の内の、武勇の士《ひと》ということだ。

また〔一本槍〕は、上州で、もっとも武勇のきこえが高い第一人者ということなのである。

戦闘の余暇に、依然、伊勢守は剣の道にはげみ、みずからの修行をおこたらなかった。

諸国から伊勢守をたずねて来て、教えをこう剣士たちも後を断たぬ。

このごろ……。

伊勢守は大胡の城を、息・常陸介秀胤《ひたちのすけひでたね》にまかせきってしまい、自分は上泉と箕輪を行ったり来たりするようになった。

どちらかといえば、手勢をしたがえて、箕輪城で暮すことが多くなったといえよう。

つまり、それだけ、上州の国にも戦雲がにわかにひろがって来たことになる。

長野業政は、箕輪城内へ、伊勢守のために、立派な居館をもうけてくれた。

これが何よりも、業政には、

「こころ強い」

ことであったらしい。

上杉謙信と武田信玄の両雄が、関東進出をねらって戦さをくり返し、いまや、この二人は、

「宿敵」

と、よばれてもよいほどになってきている。

そうした或日《あるひ》。

長野業政が伊勢守をまねき、二人きりになってから、

「どうも、このごろの、小幡信貞の進退が、不安でならぬ」

おもいあまったかのように、いった。

国峰城主・小幡信貞の妻正子は、業政の長女であり、信貞の一族・小幡図書之介の妻於富は、次女である。

これだけ、かたい婚姻の関係をむすんでいながら、いまになって長野業政は、娘聟《むすめむこ》の小幡信貞のうごきが、不安になってきたらしいのだ。

どうしてなのだろう?

(信貞は、ちかごろ、武田信玄と気脈を通じているのでは、あるまいか……?)

その不安が、きざしはじめてきた。

だからといって、別に、はっきりとした証拠があるわけでもない。

なんとなく、そんな気がする。

(わしも老いたのか……?)

苦笑をうかべ、そうしたおもいが自分の疑心暗鬼なのではないか、と、反省をしてもみた。

みたが、不安は消えぬ。

業政にとって、長女の聟にあたる小幡信貞の居城・国峰は、業政の箕輪城をへだてること七里の近距離にある。

それだけに、二つの城は、たがいの呼吸を身近く感じていた。

上州きっての謀将といわれる長野業政は、武勇にすぐれているばかりではなく、政治のかけひきにも敏感であるし、このごろの小幡信貞の自分へ対する態度や、国峰城の気配などから、

(すこしく、妙な……?)

と、直感している。

そうした直感だけで、信貞が武田信玄とひそかに通じ、業政を裏切ろうとしているのではないか?……などと憶測をするのも、

「それにはそれだけの理由がないものでもない」

のであった。

（わが聟ではあるが、戦乱の世には、いささかの油断もならぬ）

のである。

武田信玄は、はじめての箕輪城攻撃以来、毎年のように軍団を編成し、箕輪城へ押しつめて来るようになった。

自分が指揮をとることができぬ場合は、板垣信方とか小宮山昌行などの部将に兵をあたえ、箕輪を攻めて来る。

そのたびに、

「ふ、ふん。落せるものなら落して見よ！」

長野業政は、これを迎え撃ち、一歩も退《ひ》かなかった。

そうして、城をもちこたえているうちには、

「箕輪を救え！」

と、上杉謙信が乗り出して来てくれる。

こうなると、毎回のごとく武田軍が引きあげて行く。

武田軍は、だから、冬が去らぬうちに箕輪を落してしまわなくてはならないのだ。

雪解けになって越後から上杉軍が駆けつけて来る前に、である。

いまや、
上杉謙信と武田信玄の対立は、

「ぬきさしならぬもの……」

と、なってきている。

上杉謙信は、永禄二年（西暦一五五九年）に、五千余人の騎士と兵を従え、越後・春日山の本城を発し、はるばる京都へおもむき、十三代将軍・足利義輝《よしてる》に謁見《えつけん》をした。

このとき、謙信は越後から日本海に沿った街道を越前《えちぜん》へ出て、近江《おうみ》をぬけ、京都へ入った。

「これは戦さにまいるのではない。京を見物し、将軍家に謁見をするためであるから、通行をゆるしていただきたい」

と、上杉謙信は、越前の領主・朝倉義景や、近江の六角義賢《ろっかくよしかた》に手紙を送り、

「承知いたした」

との了解を得ている。

こうして、

「上杉謙信上洛《じょうらく》」

の報をきいた将軍・足利義輝は、

「待ちかねたぞよ」

大よろこびであった。

いまや、衰微の一途をたどる足利将軍の座に、義輝がついたときは天文十五年で、
ときに義輝は十一歳の少年にすぎなかった。

もとより、

「名のみの将軍」

なのである。

いまの足利将軍と、その幕府は大名たちの傀儡《かいらい》にすぎぬ。

しかし、皇室や朝廷と将軍との関係は、むかしから密接にむすびついており、戦国大名が、

「天下の大権」

を、つかみ取るため、その名目《みようもく》を通すには、天皇と将軍は、

「欠くべからざるもの」

と、いわねばならぬ。

天下は乱れ立ち、諸国に戦乱は絶えない。

しかし、かたちだけではあるが、日本の秩序は、この天皇と将軍によって、たもたれているのであった。

なればこそ、天皇と将軍の信頼をうけて、

「自分が天下を統一するのだ！」

という名目があり、それにふさわしい実力をそなえた戦国大名が、いうまでもなく、

「天下人《てんがびと》」

と、なるのである。

そのときにこそ、日本の戦乱は終る。

これは、戦国大名の立場である。

そしてまた、足利将軍には、

「将軍としての……」

立場があるのだ。

足利義輝は、ちからのおとろえた足利将軍の子にしては、めずらしく剛毅《ごうき》で男らしい。

若き日の上泉伊勢守が兄事《けいじ》した塚原卜伝《ぼくでん》に剣をまなび、卜伝もまた、義輝を非常に愛したという。

少年のころに将軍となった足利義輝は、家臣であるべき大名たちの争いにもみぬかれ、しばしば、京都から逃れ出たものだ。

いまの京都は……。山城・摂津など八カ国を領している三好《みよし》長慶によって支配されているといってよい。

京畿《けいき》の兵権をつかみとっている三好長慶の威勢は、強大なものであった。

いちおう、長慶も将軍の顔を立ててはいるが、

「いざともなれば、将軍を、また追い出してしまえばよい」

というわけだから、若くて豪気な足利義輝には、

「がまんがならぬ……」

のである。

だが将軍には、自分自身の兵力がない。

以前、三好長慶によって堀川の居館を焼かれ、いのちからがら京都から逃げたこともある将軍・義輝は、それこそ、

「恥をしのんで……」

京都の北小路にある三好長慶の別邸に暮しているのだ。

これでは、長慶の監視をうけているのも同然であった。

それだけに、将軍・義輝は、上杉謙信の上洛に期待をかけていた。

謙信の人柄については、越後へ逃げた上杉憲政の手紙によって、義輝もよく承知している。

「なんともして……」

上杉謙信のちからを借り、足利将軍としての威信を取りもどしたい、と、足利義輝は考えていた。

さて……。

謙信は、五千余騎を引きつれ、威風堂々として京都へ入った。

皇室への贈物として、金・銀　青銅・駿馬《しゅんめ》・綿・織物などを披露すると、人びとは、その豪華さに目をみはった。

そして、将軍・義輝には、太刀《たち》・駿馬・黄金三百両などを贈り、将軍の生母には、蠟燭《ろうそく》五百・綿三百把《わ》・白銀千両を贈ったとつたえられる。

まことに、ゆきとどいたものだ。

将軍義輝としては、どれほど、こころ強かったろう。

さらに謙信は、将軍夫人の兄にあたる関白・近衛《このえ》前嗣《さきつぐ》の斡旋《あっせん》によって宮中へ参内し、正親町《おおぎまち》天皇にもお目にかかることができ、盃《さかずき》をたまわり、宝剣を下賜《かし》された。

このときの上洛で、上杉謙信は、近江の坂本で腫物《はれもの》ができてしまい、その治療のため、長い滞在を余儀なくされた。

もっとも、この間に謙信は、諸方の武将や京都の公家《くげ》たちとも友好をふかめたばかりではなく、おもいもよらなかった賜物《たまもの》を得たのである。

豊後《ぶんご》（大分県）の大名・大友宗麟《そうりん》が、先に将軍・義輝へ献上した鉄砲と火薬の製法を記した一巻を、

「これを景虎（謙信）につかわせ」

と、将軍が贈ってくれたのだ。

「これによって、上杉軍の鉄砲の装備は、にわかに強化されるようになったと思われる」

と、井上鋭夫氏は、その著〔上杉謙信〕に、のべておられる。

ともあれ、この上洛は、上杉謙信にとって、非常に益するところがあった。

謙信には、

「自分のちからで、天下を統一しよう」

という自信が、わいてきたやも知れぬ。

しかし律義《りちぎ》な謙信は、あくまでも、

「関東を平定したのちに、天下を……」

と、考えている。

おそらく、将軍・義輝にしてみれば、しきりに「関東平定」のことを口にのぼせる謙信に、いらだちをおぼえたのではあるまいか……。

関東もよいが、一時も早く、京都へ馳《は》せのぼって来てもらいたい。

そうして、自分に協力し、天皇と将軍の本拠であり、日本の首都である京都を治めてもらいたかったのであろう。

だが、なんとしても、上杉謙信の本拠である越後と京都は、

「あまりにも、はなれすぎていた……」

のである。

現に……。

近江・坂本と京都の間を行ったり来たりしていた上杉謙信のもとへ春日山の本城から急使が駆けつけて来た。

謙信の留守をさいわいに、甲斐の武田信玄が、信州から越後にまで侵略の手をのばして来たのだ。

これをきいて謙信は、すぐさま、帰国の途についた。

こちらが隙《すき》を見せると、武田信玄は、たちまちに、こちらの領国へせまって来るのだ。

「ゆだんも隙も、あったものではない」

のであった。

将軍・義輝は、何とかして上杉・武田の両家の間を和睦《わぼく》させようとはかったが、双方の事情は、ついにこれをゆるさなかったのである。

このように、上杉・武田の両軍が、もはや、ぬきさしのならぬ激突をくり返し、どちらかが、どちらかを倒すまでは、どうにも解決のつかぬ状態となった。

武田信玄は、稀代《きたい》の謀略家である。

戦闘にも強いが、謀略によって敵のちからを一つ一つ消して行くことも、合わせておこなう。

つまり、敵の旗の下にあつまっているちからの一つ一つを、

「もぎ離してしまう」

のだ。

たとえば……。

「関東を我手につかみ取るために、先《ま》ず、箕輪城の長野業政を打ち倒さなくてはなら

ぬ」

となれば、業政にしたがっている武将や豪族たちを、

「わしに味方をせぬか、悪いようにはせぬ」

と、好条件をもってさそいかける。

事実、このごろは、その例が一、二にとどまらないのだ。

地理的に見ても、こちらがあぶないたびに、上杉軍が駆けつけて来てくれるのはよいが、敵が引きあげるや、上杉軍も、また引きあげてしまう。

それが、こころ細い。

それにくらべると、いまや、小田原の北条軍と甲斐の武田軍は、同盟をむすび、らくらくと関東へ進出して来る。

「これはどうも、武田・北条方へ味方をしておいたほうが、よさそうだ」

と、いうことになる。

それで、長野業政を裏切り、武田・北条方へ去った武将も何人か出て来た。

業政が、

「どうも、このごろの小幡信貞のことが気にかかる」

というのも、原因は、このことなのである。

なんといっても、上州における箕輪・国峰・大胡ラインの結束は強い。

地形的に見ても、この三つの城が、しっかりと手をむすび合っていると、武田軍も、箕輪を攻めにくいのだ。

箕輪を攻めている間にも、うしろにある国峰の存在が、

「気にかかってならぬ」

のであって、それならば先ず国峰を攻めようとすれば、これまた箕輪から牽制される。

ゆえに、

（おそらく武田のさそいの手が、国峰にも、のびているにちがいない）

と、長野業政は不安でならないのである。

或日。たまりかねた業政は、上泉伊勢守へ、

「そこもと、国峰へまいって小幡信貞のこころをたしかめ、長野と上杉への忠誠の誓紙《しるし》を、取って来てもらいたい」

と、たのんだ。

国峰にて

そのとき、上泉伊勢守は手勢をひきつれ、箕輪《みのわ》城に滞留していたのである。

この年、永禄《えいろく》三年の正月。

武田信玄は、またしても、箕輪城へ攻めかけて来ている。

一昨年の春は、信玄自身が大軍をひきいてあらわれたが、ついに城を落すことができず、引きあげて行った。

今年は、信玄の出陣は見られず、板垣信方・小宮山昌行の二将が武田軍を指揮し、攻めかけて来たものだ。

「また来たか……」

と、長野業政《なりまさ》は、すこしもさわがぬ。

伊勢守も、大胡《おおご》の本城の備えを厳重にかためさせておき、すぐさま手兵をひきいて、箕輪城へ駆けつけたのであった。

伊勢守は業政と計り、わざと、小勢を城外へ出し、武田軍へ、

「攻めかけよ」

と、命じた。

折しも、連日の吹雪となった。

箕輪城にとっては、

「もっけのさいわい」

である。

しかし、武田軍にとっては、食糧の不足と寒さに、なやまされることになった。

そこへ、長野勢が突撃して来る。

「追いはらえ！」

武田軍が、いきり立ち、これを押し包もうとするや、戦わずして長野勢は逃げる。

「おのれ！」

つりこまれて追撃にかかる武田軍の横合いから、雪の幕を割って、突如、別手の突撃隊が、

「うわあ！」

喚声をあげて、突きこんで来た。

これをひきいるものは、ほかならぬ上泉伊勢守だ。

なにしろ、こちらは、勝手知った地形と吹雪を利用し、進むも退くも、

「自由自在」

であった。

たちまちに、武田軍は総くずれとなり、多くの死傷者を出してしまった。

それと知った武田軍の新手《あらて》が戦場へ到着したときには、早くも、伊勢守の突撃隊は箕輪城へ引きあげてしまっている。

こうしたことのくり返しであって、武田軍は今年も、箕輪を攻め落すことを、あきらめなくてはならなかった。

だが武田信玄は、

「全軍を引きあげさせるにはおよばぬ」

と、いってよこした。

このため、武田軍は、春の足音がきこえはじめた、いまも、箕輪周辺に蠢動《しゅんどう》し、諸方に点在する箕輪方の砦《とりで》をおびやかしていた。

長野業政から伊勢守が、

「国峰へ行ってくれぬか?」

と、たのまれたのは、こうしたときにおいてであった。

国峰へ行くことに、伊勢守は、こだわっているのではないが、なんといっても小幡家には、業政の二人のむすめが嫁いでいるのだ。

それなのに、何の証拠もなく、

(もしや、こちらを裏切るのではないか?)

という不安に駆られ、小幡信貞に対し、忠節の誓紙を出させることが、

(どうも、おもしろくない……)

のである。

誓紙などというものは、戦乱の世にあって、

「反古《ほご》紙も同然……」

だと、伊勢守は考えている。

紙の上で誓ったことなど、いざ、自分が不利になれば、平気で、にぎりつぶしてしまうのが、むしろ、戦国の世の常識だと、いってもよいほどであった。

そのことは、だれよりも、

(業政公が知っておわす)

はずではないか。

それなのに、わざわざ誓紙をとらなくては、気が落ちつかぬらしい。

伊勢守は、そこに、長野業政の老いを看《み》たような気がした。

けれども、それほどに、国峰城は、業政にとって、

「たいせつな城」

であることは、いうまでもない。

わがむすめが二人も嫁いでいるばかりではなく、戦略の上から見て、大胡城とはくらべものにならぬほど、国峰城は業政にとって重要な意味をもつ。

「どうあっても、それがしが国峰へまいったほうが、よろしゅうござるのか？」

と、伊勢守が長野業政に問うた。

「ぜひとも」

「ふうむ……」

このようなことをしては、かえって、小幡信貞の不快をさそうのではないか……。

それが、気になる。

だが、伊勢守は、いま一つ、気になることが、

（ないでもない）

のだ。

それは、おそらく、長野業政の不安を裏書することになるやも知れなかった。

つまり……。

去年までは、武田軍の来攻のたびに、こちらからいちいち催促をしなくとも、国峰の小幡信貞は機にのぞんで兵を出し、武田軍の背後を、おびやかしてくれたものだ。

それが……今年の正月の、武田軍来攻の折には、

(ほとんど、なかった……)

のである。

伊勢守にとっては、このことが気にかからぬものでもない。

恐らく、長野業政も伊勢守と同じおもいなのにちがいない。

今年の武田軍来攻の折の、小幡信貞の態度は、

(冷たかった……)

それは、信貞の変化を意味する。

(どうも、おかしい……?)

と、業政が感じたのは、むりもなかった。

だからといって、すぐさま、伊勢守を派し、小幡信貞のこころを、

「たしかめよう」

とするのも、どうかとおもわれる。

信貞が、万一、武田軍に通じているとすれば、いかに伊勢守が出向いて行ったところで、

「自分は今度、武田信玄公の味方をすることにした」

と、信貞がいうわけもない。

伊勢守としては、

(いますこし、時をかけて、国峰の動きを探ってからのことにしたら、どうか……?)

と、考える。

しかし、長野業政は、

「ぜひとも、そこもとが国峰へ行ってもらいたい」

いい張って、やまぬのである。

やむなく、

「承知いたした」

伊勢守は引きうけることにした。

その瞬間に、

(於富が、はじめて生んだ男の子に、会うことができる)

と、何やら、伊勢守の胸がときめいたようだ。

嘘《うそ》か、まことか、国峰へ嫁ぐ直前に、於富が、

「殿のお子」

と、ひそかに伊勢守の耳へささやいた千丸の顔を、上泉伊勢守は、まだ一度も見ていない。

(あれから、足かけ、十六年の歳月がながれ去っていたのか……)

そのことをおもうと、いまさらながら、伊勢守は茫然《ぼうぜん》とせざるを得ない。

乙女だった於富の肌身を、はじめて掻《か》き抱いたとき、伊勢守は三十八歳。於富は十八歳であった。

いま、上泉伊勢守は、なんと五十三歳に達している。

於富は、三十三歳になっているはずだし、千丸は十五歳の若者に成長しているのだ。

十代から二十代にかけて、戦陣の合間に、ひたすら剣法の修行へ打ちこんでいたころの歳月のながれは、いまからおもうと、一年が三年にも五年にも感じられる。

それだけ、伊勢守の生活が充実しきっていたからであろう。

それにくらべて、於富が国峰へ去ってから間もなく、四十から五十を越えるまでの歳月は、実に、

「あっという間に……」

すぎ去ってしまった。

国峰城は、箕輪城の南、さしわたしにして、約七里のところにある。

筆者は、数年前の早春のころに、この城址《じょうし》を見に出かけたことがあった。

群馬県高崎市の駅前で車をひろい、鏑川《かぶらがわ》に沿って細長くひらけた平地を西へすすむと、富岡の市街がのぞまれる。

富岡市へ入る手前の福島の町から左へ曲り、半里ほども行くと、小幡の町へ入る。

この町は、江戸時代の宿場町の名残りを風景にとどめていて、まことに、おもむきのあるところだ。

このあたりまで来ると、前方に山々がせまってくる。

小幡をすぎ、山間の曲りくねった道を南へすすめば、およそ一里余りで、右手に国峰城の本丸が構えられていたピラミッド型の山頂を見ることができる。

国峰城は山城であるが、平地に孤立している山城ではない。

高峰ではないが、いくつかの山なみがつづき、いくつかの谷間と川と、そうした起伏を利用し、濠《ほり》がめぐらされ、曲輪《くるわ》が設けられていたのである。

榛名《はるな》山麓《さんろく》へ、四方の展望をほしいままにして築かれた箕輪城のスケールにくらべる

「小ぢんまりとした……」

と、いかにも、
国峰城ではあるが、しかし、四方を山々にかこまれ、複雑な地形を、たくみに利用して築かれた、この城もまた、

「堅城」

と、いわなければなるまい。

たとえ、大軍をもって攻めかけても、このように山々が、いくつもの壁となっていたのでは、大軍の総力をおもうままに発揮することができない。

武田信玄も、前に、何度か、

「先《ま》ず、国峰を落すがよい」

と、いい、その準備にかかったが、やはり、

「あれしきの小城を落すために、こなたは多くの血をながすことになる」

あきらめてしまい、それからは箕輪城攻撃一つに作戦をしぼることになったのだということ。

ところで……。

国峰城の南西半里のところに、峰城がある。

峰城は、むかし、小幡氏の本城であったそうな。

小幡氏は、

〔上州の八家〕

のうちに入る名家である。

峰から国峰へ本城を移したのは、小幡信貞の代になってからだ。

信貞は後年になって〔小幡憲重入道〕などと名乗り〔泉竜斎〕などと号したそうであるが、この小説では、どこまでも〔小幡信貞〕の名をもって、彼をよびたい。

上泉伊勢守が、長野業政のたのみによって、箕輪城から国峰へ出発したのは、永禄三年早春の或朝《あるあさ》であった。

長野業政は、百五十の兵を伊勢守につけてやるつもりで、そのように命じておいた。

ところが、出発の朝。伊勢守を見送るため、法峯寺《ほうぼうじ》曲輪へあらわれた業政が、

「伊勢守殿。供まわりは、これだけか？」

おどろいて尋ねた。

「さよう」

伊勢守は、しずかにうなずく。

伊勢守は、なんと、疋田文五郎ほか、わずかに五名の供をしたがえたのみで、国峰

へおもむこうというのだ。

国峰までは、一日がかりの行程である。

その道々には、いま尚《なお》、武田軍が出没している。

「伊勢守殿よ。そのようなことをしてはなるまい」

長野業政は、むしろ青ざめて、

「不用意きわまることじゃ。もしも、そこもとに万一のことあれば、このわしはどうなる」

顔をしかめて、いつもの業政に似ず、くどくどといい、なんとか、伊勢守の意を変えさせようとする。

つまり、それほどに、長野業政は伊勢守を、

「たのみにしている……」

のであった。

それに、このごろの業政は、伊勢守の目から見て、

(どうも、躰《からだ》の様子がおかしい……)

らしい。

時折、急に、胸がしめつけられるように痛むことがある、と、耳にしてもいる。

上州の〔猛虎《もうこ》〕といわれた長野業政の豪気さが、去年の秋ごろから、何やらかげりをおびてきている。

それだけに尚更、業政は、伊勢守をたよりにしているのであろう。

「いや、大丈夫でござる」

伊勢守は、平服で愛馬にまたがった。

業政は、せめて半武装に身を固めてもらいたい、とおもった。

供の六人は、いずれも騎乗で、これはさすがに武装をしている。

「伊勢守殿。せめて五十ほどの人数をつれてまいられよ」

すがりつくような眼《まな》ざしで、業政はいった。

「いや……」

おだやかに、かぶりを振り、

「供まわりを大形《おおぎょう》にしては、かえって、目につきましょう」

微笑《ほほえ》んで、うなずきつつ、

「御案じめさるな。明日は、かならず帰ってまいる」

といった。

百五十余の供をしたがえて行くとなれば、これは一つの、と、いうことになる。

それでは、かえって武田軍の目につくと、伊勢守にいわれて見ると、業政も、

（なるほど……）

おもわざるを得ぬ。

武田信玄は、箕輪へ攻めかけて来るたびに、周辺の小さな城や砦《とりで》を攻め落し、それへ武田勢を分散させ、残してある。

おそらく、また来年も武田軍の箕輪攻めがおこなわれよう。

そのときに、この残留部隊が、諸方の基地をかため、兵站《へいたん》をととのえておけば、しだいに攻撃力も増してくる。

このまま、この状態が三年、四年とつづくなら、さすがの長野業政も不利になることは必定であった。

それまでに、何とか、上杉謙信が本格的な関東経営に乗り出してくれるのを、業政も伊勢守も期待しているのだ。

城門を出た伊勢守の一行は箕輪城の南を下り、烏川《からすがわ》をこえ、上州と信州の国境・碓《うす》氷《い》峠から東へながれる碓氷川をわたった。

風が強い。

上州名物の春の強風が、中天にうなりをたてていた。

碓氷川をわたると、いよいよ甘楽《かんら》の山地へ入る。

(夕暮れまでには、於富と千丸の顔を見ることができる……)

馬上にゆられながら、さすがに、上泉伊勢守の胸はときめいてきた。

於富への慕情というのではない。

それは於富よりも、むしろ、千丸へ対しての感情であった。

(千丸が、わしの子……)

だと、たしかに於富はいった。

(まことなのだろうか……?)

於富が、うそをいうわけはないとおもいながらも、いまだに、伊勢守は信じきれないものがある。

「殿……」

よびかけて、疋田文五郎が馬を寄せて来た。

「ひどい埃《ほこり》でござりますな。輿《こし》の用意をいたさせるべきでござりました」

「なんの……」

塗笠《ぬりがさ》をかたむけて、伊勢守が、
「まだ、わしも、さほどに老いてはおらぬ」
「これは、おそれいりまいた」
伊勢守の前に二人。うしろに文五郎をまじえた四人という順序で馬を進めていた。
うしろの四人のうち二人は、長野業政から小幡信貞への贈物を馬にむすびつけている。
他の四人は、いずれも槍《やり》を立てていた。
昼をすぎて、上泉伊勢守の一行は山間の道を、須山《すやま》の部落へさしかかろうとしていた。
前方に山々がせまってはきているが、まだ、ところどころに平地や田地も見える。
しかし、人影はまったくない。
このあたりの百姓たちは、戦さを恐れ、何処《どこ》かへ逃げてしまった。
須山の村なども、住んでいる人びとは、あまり居ないということだ。
昼になっても、一行は、別に弁当をつかわぬ。
当時は、一日二食がきまりであった。
依然、風が強い。

山道が曲りくねって、上りになった。

と……そのときである。

突如、前方の山肌の陰から、馬蹄《ばてい》の響《とよ》みがきこえた。

「殿……」

それをきいた疋田文五郎が、馬を寄せて来た。

だが、間に合わなかった。

とにかく、

「あっ……」

と、いう間もなかった。

山陰からあらわれたのは、武田方の一隊である。

騎士五名、兵二十名ほどの一隊が、これも、烈風の唸《うな》り声に消された伊勢守一行の馬蹄の音に気づかず、吹きつける土埃に兜《かぶと》を伏せ、ゆっくりとした速度で山陰を回って来たのだ。

双方は、約十五メートルをへだてて、たがいに、たがいを見た。

「わあっ……」

「敵だ！」

なにしろ幅二間に足らぬ山道だけに、退《の》くも引くもならぬ。

武田方にしても、伊勢守一行が七名の小人数だとは、おもわなかったろう。

「蹴散《けち》らせ！」

せまい山道に武田勢が隊伍《たいご》をととのえようとするとき、上泉伊勢守が、疋田文五郎の手から長槍をつかみ取った。

「つづけ！」

ともいわず、伊勢守は只《ただ》一騎で、馬を煽《あお》って武田勢の中へ突進した。

「うわ……」

「あぁっ……」

電光のごとき伊勢守の槍先に、たちまち先頭の二人が急所を突かれ、馬からころげ落ちた。

馬がいななき、竿立《さおだ》ちとなる。

吹きつけ、舞いあがる土埃が、まるで灰色の幕で、この山道を包みこんだようになった。

伊勢守は馬腹を太股《ふともも》でしめつけつつ、愛馬をあやつり、尚も敵中へ突きすすんだ。

こうなると、むしろ多勢の武田方のほうが、せまい山道に押し合い、へし合いして

乱れ立ち、

「早く……」

「馬を……」

などと、叫びかわすうちに、

「鋭！」

またしても伊勢守がくり出した槍先に、太股を突かれた二人が馬から落ちた。

「わあっ……」

兵が五、六名、馬の間から押し出して来て、馬上の伊勢守へ槍をつけたが、

「退くがよい」

いいざま、伊勢守が長槍を一振りすると、どこをどうされたものか、敵の槍三本が宙にはね飛んでしまった。

「わあ……」

兵たちが、恐怖の叫びをあげて後退する。

「退けい」

尚も一騎で突きすすむ伊勢守へ、武田方の騎士が一人、敢然と馬を乗り出して来た。

「名乗れ！」

と、いう。

「大胡の上泉伊勢守である」

「な、なんと……」

「そこもとは?」

「うぬ!」

名乗りもせずに突進して来た騎士の槍を、伊勢守の槍が下からすくいあげた。

騎士の槍は後方に飛び、あわてて太刀《たち》を引きぬこうとする騎士の脇《わき》の下から肩口へかけて、伊勢守の槍が突きつらぬいた。

伊勢守に突き落された騎士たちは、疋田文五郎たちが討ち取っている。

神わざのような、伊勢守の攻撃であった。

「それ!」

伊勢守が片手に手綱をさばき、馬を道端へ寄せた。

文五郎は、のちに、

「残月が、殿の両足にも見えた」

と語っている。

残月とは、伊勢守の愛馬の名だ。

道をひらいた伊勢守の横合いを、文五郎ほか三名が槍と太刀をふるって突進した。

わずかに四名とはいえ、文五郎をはじめとして、いずれも伊勢守にきびしく兵法《ひょうほう》を仕込まれた勇士であったから、武田勢にとっては十名にも二十名にも見えたろう。

主《おも》だった騎士たちが、すべて、討ち取られているだけに、武田の兵たちは、

「退け……」

「早く、早く……」

もう、逃げることで精一杯になった。そして、十五名の武田勢が、このとき、伊勢守一行に討ち取られ、残る武田兵は逃げ去った。

約四倍の敵を蹴散らした伊勢守一行は、

「急げ」

速度を早め、夕空が、まだ明るいうちに、国峰城の大手門へ到着した。

城主・小幡信貞の居館は、山頂の〔本丸〕から尾根を北東の方へ下った台地にある。

この曲輪は、

〔御殿平〕

と、よばれていた。

そして、小幡信貞の従弟《いとこ》で、於富を妻に迎えた小幡図書之介は〔三の丸〕の居館に

暮している。

戦さがはじまると、図書之介は、国峰の北方三里のところにある丹生《にゅう》の砦を守備することになるのだが、戦さのないときは、丹生の砦を重臣・吉崎角兵衛にまかせ、於富や子たちがいる国峰城の居館へもどって来るのであった。

於富が図書之介のもとへ嫁入ってから、上泉伊勢守は、一度も国峰をおとずれていないが、その前に二度ほど立ち寄ったおぼえがある。

しかし、城主・小幡信貞とは、かずかずの戦陣で何度も顔を合わせているし、また、うちとけた間柄でもあった。

「よう、おこしなされた」

信貞は、このとき四十三歳。

年齢よりは若く見えた。

色白の、小肥《こぶと》りの童顔のもちぬしだからであろう。

伊勢守を居館へ案内した信貞は、にこやかに、こころをこめてもてなしの仕度にかかった。

信貞夫人で、於富の姉でもある正子は、かつて妹同様に伊勢守の愛弟子《まなでし》であった。

「恩師さま。おなつかしゅうございます」

四人の男の子をつれ、あいさつにあらわれた正子を見るや、

「おお……」

物に動ぜぬ上泉伊勢守が、目をみはった。

「これは、これは……」

と、いったきり、つぎの言葉が出ぬほどなのである。

正子とは二十年ぶりの対面だ。

小幡信貞へ嫁入ったときの正子は、初夜が明けた朝、信貞をして、

「あのような醜女《しこめ》を見たこともないわ。その上、どこもかしこも小さく細く、なんとのう玩具《てあそび》をあつこうているようで、味気もないわ」

と、いわしめたものだ。

それが、まったく、変ってしまっている。

四十歳になった正子は、見ちがえるばかりに豊満な肉体のもちぬしとなり、顔貌《がんぼう》もふくよかで、あごが二重《ふたえ》にくくれていた。

いまさらに、正子を、

「美女」

だと、いうわけにもまいらぬが、成熟しきった女のゆたかさが顔にも姿にもあふれ

ている。

こうした正子を見て、伊勢守は、正子と小幡信貞の夫婦生活が、まったく順調にすごされてきたことを知った。

「おお、めでたい」

おもわず、伊勢守が正子にいった。

「は……?」

ちょっと、正子は戸惑ったようである。

急に、伊勢守から「めでたい」といわれた意味が、わかりかねたのであろう。

伊勢守は、慈愛のこもった眼ざしを正子にあたえつつ、さらに、

「先《ま》ず、めでたい」

と、いった。

それで、正子は恩師のことばの意味を了解した。

「はい」

うるみかけた眼を、ひたと伊勢守に向け、

「かたじけのうござります」

と、こたえたのである。

於富が、夫の小幡図書之介と共に、二人の子をつれ、主殿へあらわれたのは、このときであった。

「恩師さま」

よびかけて、於富は大廊下に両手をつかえた。

「おお……」

うなずいた伊勢守は、

「先年は、わざわざ平井の城まで、見舞いをいただき、かたじけなかった」

いいさして、

「これは、先ず、信貞殿と図書之介殿に、御礼を申しあぐるべきでござったな」

あらためて伊勢守は、あの折の礼を二人にのべた。

「これなるは、千丸にございます」

主殿へ入って来た於富が、長男・千丸を伊勢守に引き合せた。

千丸は、両手をつかえて、礼儀正しく伊勢守にあいさつをする。

ひと目で、

（わしの子じゃ）

と、伊勢守は直感した。

このときまで、千丸が我子だということに、伊勢守は一抹《いちまつ》のうたがいを抱いていた。

それが、一度に消えた。

はっきりと、確信をもつことができた。

だからといって、千丸が伊勢守の顔に似ていたのではない。

しかし、千丸は、伊勢守が十八歳のころに亡《な》くなった生母に、

(生き写し……)

だったからである。

「おお。みごとに成人をなされた」

伊勢守は、あたたかい微笑をうかべ、千丸を見まもった。

伊勢守の態度や、声には、いささかの動揺もない。

於富も、にこやかにしていて、平然たるものだ。

いま、ここで、千丸出生の秘密について、その真実を知るものは、伊勢守と於富のほかに、一人もおらぬ。

だが、二人は、十五年前の過去に、すこしもこだわっていないのである。

いや、過去になど、こだわってはいられない時代なのだ。

戦乱の世に生きぬいた、そのころの男女にとって、

「過去は、無用のもの」

なのである。

いつの日にか、

「やがては……」

到来するであろう平和の世に、ひたと眼《まなこ》をすえ、

「その日が、やって来るまでは、何としても生き残らねばならぬ。必死に闘いぬかねば……」

ならなかったからである。

その苛烈《かれつ》な明け暮れの中に、

「領国を、家を……」

まもりぬくためには、いちいち、過去にこだわってはいられないのだ。

もとより、平和な時代にあっても、人間の生活は割り切れるものではない。

それを、しゃにむに、

「割り切って……」

突きすすむのが、戦国の世に生きる人びとなのであった。

その夜の宴《うたげ》は、なごやかにすすみ、終った。

すると……。

正子と、その子たち。

於富と千丸。それに、これは、まぎれもなく於富が小幡図書之介との間にもうけた十二歳のむすめ・清乃が、主殿から去って行った。

於富にうながされた千丸が、

「お先に、ごめん下さりませ」

と、伊勢守へあいさつをし、いかにも親しげな微笑をうかべたとき、さすがに伊勢守も、胸の底から、熱火のようなものがつきあがってくるのを、どうしようもなかった。

女や子たちが去ると、小姓が入って来て、高燈台《たかとうだい》の灯《あか》りをととのえた。

そして、人ばらいがなされた。

このとき……。

主殿の奥まった、この一室には、ただならぬ緊張がただよいはじめた。

上泉伊勢守に、小幡信貞と図書之介の三人のみが、向い合ったのである。

「さて……今日の御使者のおもむきを、うけたまわりましょう」

と、信貞から伊勢守へ切り出した。

「さよう……」

と、伊勢守が、にっこりと信貞へ笑いかけた。

伊勢守は、小幡信貞という人物を、よく見きわめている。

非常な勇気のもちぬしであるし、剛直な、一時しのぎのいい逃れなどを、

「決してせぬ男」

と、おもっている。

だから、伊勢守も率直に、はなしをすすめようとおもっていたのだ。

「実は、箕輪の殿が、ちかごろの、そこもとの胸の内をおしはかりかねておわす」

そういった伊勢守に、信貞が無言で、うなずいて見せた。

それがまた、微妙であった。

うなずくということは、肯定を意味する。

ならば、小幡信貞が、長野業政のうたがいを、

「もっともでござる」

と、こたえたのも同然ではないのか……。

（………？）

ちょっと、伊勢守には信貞の胸のうちが、はかりかねた。

そこで、

「今年、武田勢が箕輪へ攻めかけた折に、そこもとが、いつものように、この国峰の城を出て、武田勢の背後をおびやかしてはくれなんだことを、箕輪の殿が、たいそう気にしておられるのでござる」

と、いってみた。

すると……。

またしても小幡信貞が、うなずいたではないか。

伊勢守は、さらに、言葉をつづけた。

「……わが、むすめごを二人まで、この国峰へ嫁がせたる箕輪の殿としては、気にかかるのも、もっともと考えられる。しかも、いまや、われら上州の武士《もののふ》が、上杉か武田か、または北条か……その、いずれかに味方せざるを得ぬこととなったからには、ぜひとも、尾張守《おわりのかみ》殿の誓いのしるしを、箕輪の殿は、のぞんでおられます」

小幡尾張守信貞の面上に、見る見る血がのぼってきた。

信貞を、凝《じっ》と見つめている上泉伊勢守の眼光は、もはや、ぬきさしならぬものであった。

赤城《あかぎ》山の湖のように深く、底知れぬ光りをたたえた伊勢守の双眸《そうぼう》は、信貞のこころを、たちまちにひきこみ、とうてい、その場かぎりの嘘《うそ》などをついてすむものではない。

小幡図書之介の顔からも、微笑が消えた。

図書之介は無表情に、空間の一点を見つめている。

伊勢守は、このとき、

(図書之介殿も遠ざけ、尾張守殿と二人のみで、ひざをまじえて語り合ったほうが、よいのではあるまいか……)

と、おもった。

しかし、そのとき、小幡尾張守信貞が、

「うけたまわった」

大きく、うなずき、

「伊勢守殿のおこころ入れ、かたじけのうござる」

「いや……」

「それがしも、わだかまりなく、申しあげたい」

「そうして下されい」

信貞は、

「越後《えちご》の長尾景虎《かげとら》公が、関東管領《かんれい》と、上杉の称号をうけつぐことは、いまや、だれの目にもあきらかでござる。それがしも、まことにもって稀代《きたい》の名将とおもうています」

と、いった。

上杉謙信は、この年の翌年に、小幡信貞のことばどおりになる。

それはさておき……。

信貞の声は、いくらか沈痛のひびきをたたえてきて、

「なれど……越後に本国のあるかぎり、景虎公には、天下をおさめることができませぬ。越後にては地の利がござらぬ。これは、伊勢守殿も、よく御承知のはず」

「む……」

「いまは、諸国の小さな大名、武人たちが、いくつかの大きな勢力《ちから》にふくみこまれ、戦国の世の最後の戦いがおこなわれつつあります。この戦いに打ち勝つものこそが、天下をおさめ、天下に平穏をもたらします。天子おわす京の都へのぼり、京をおさめるためには、景虎公の武勇のみをもってしても、これは、およびも申さぬ」

信貞が、あまりにも、はっきりというものだから、伊勢守よりも、むしろ図書之介のほうが、びっくりして従兄《いとこ》の顔を見つめている。

信貞は、上杉謙信や長野業政に味方をしていても、戦国乱世の決勝戦には、とうてい、生き残れるものではないと、見きわめをつけていることが、これで、はっきりとした。

では、小幡信貞は、これより先、だれに味方をしようというのか……。

それを、わざと問わずに、上泉伊勢守は、

「なれど、この関東を、われらの手によって戦いとるならば、おのずから、道はひらけるのではあるまいか……」

と、切り出してみた。

上杉謙信が関東を制圧したあかつきには、その本城を関東へ移してもよいのである。

上泉伊勢守にしても、上杉謙信が、いつまでも越後にいたのでは、

(とうてい、天下を治めることはおろか、関東平定のことも、むずかしい)

と、おもっている。

関東の、たとえば、小田原の北条氏康を討滅したとき、上杉謙信は、おもいきって、本城を小田原へ移してしまわなくてはならぬ。

それでないと、これまでのように、冬がすぎてから関東へ出て来て、冬が来る前に越後へ帰る……その、くり返しになってしまう。

謙信も、もちろん、その決意をかためているにちがいない。

だからといって越後を捨てるわけではないし、兵力を二つに分け、越後を守らせておけばよい。また、それが危険だというなら、あえて危険を冒しても、関東経営に打ちこんでもらわなくてはならぬ。

そのことを前提にして、長野業政も、上泉伊勢守も、

「戦いつづけている……」

のであった。

「いや、いや……」

伊勢守の説得に対し、小幡信貞は、強くかぶりをふって、

「武田信玄公あるかぎり、それは、のぞめますまい」

きっぱりと、いいはなった。

伊勢守ほどの人物を中に立てて、これだけ、おもいきったことをいうのは、

(もはや、むだじゃ。小幡信貞は、武田方へ意を通じているに相違ない)

おもわざるを得ない。

いまの段階においては、武田信玄と小幡信貞との間に、

「武田方の味方もせぬが、上杉・長野方の味方もせぬ」

その程度の、取りきめがおこなわれた、と、見てよいだろう。
昨日までの同志に、いきなり寝返ることも、かえってまずいことになる。
先ず、こうして、
「どちらともつかぬ……」
ようなかたちをとり、月日をおいてのちに、
(信貞は武田の旗の下に加わるのであろう)
と、伊勢守は看《み》てとった。
これ以上、
「では、そこもとは武田方に味方なさるのじゃな」
きめつけるのも、むだなことであった。
かえって、そこまで、はなしを決裂状態にもってゆかぬほうが賢明な仕方なのだ。
はなしを決裂させてしまうと、小幡信貞は、
(明日にも武田信玄の陣営へ参加することに……)
なりかねない。
「そこもとの胸の内、よく、わかり申した」
と、伊勢守が、おだやかにいった。

「いや。それがしも今日、伊勢守殿に、わが胸中を知っていただき、はればれといたした」

小幡信貞は、にっこりと笑った。

まことに、いさぎよい態度といわなくてはなるまい。

信貞が、もし、その気になれば、多勢で伊勢守を取り囲み、いっせいに矢を射かけて殪《たお》し、その首をあげることも不可能ではなかった。

伊勢守の首を、武田信玄のもとへ差し出したら、信玄は大よろこびをするであろう。

「伊勢守殿。まだ、早《はよ》うござる。一献《いっこん》くみかわしたく存ずる」

「いただきましょう」

それからまた、酒宴となった。

今度は、女や子たちがあらわれず、信貞・図書之介と、伊勢守の三人の酒もりであった。

給仕は、信貞の侍臣三名がつとめた。

「いやはや、正子どのを見ちがえ申した」

と、伊勢守は、こだわりもなく話題を変えた。

小幡図書之介も笑顔を取りもどし、妻の恩師に対する態度をくずさず、伊勢守をもてなした。
伊勢守は、
(千丸が、わしの子であることを、図書之介殿は、いささかも気づいていない)
はっきりと、そのことが確認できたのはうれしかった。
そのことの責任《せめ》は、於富にある、といってよい。
それだけに伊勢守が、気にかかっていたのもうなずけることだ。
翌朝。
上泉伊勢守の一行は、国峰を発し、帰途についた。
小幡信貞は、昨日の、武田勢との遭遇を疋田文五郎から聞いたらしく、
「箕輪の近くまで……」
護衛の部隊をつけよう、と、いってくれたが、
「おかまい下さるな」
伊勢守は、ていねいにことわった。
いまの信貞の立場をおもうと、とても、そのようなことをしてはもらえない。
追手門の外まで、正子・於富の姉妹が、子たちをつれて、伊勢守を見送った。
「いずれも……」

いいさした伊勢守が、温情あふれる眼ざしで、正子、於富、千丸などの顔を見まわし、

「達者でおられよ」

と、いった。

もしやすると、この姉妹の夫たちと伊勢守は、これから敵対して戦い合わねばならぬ。

正子と於富の笑顔には、すこしの曇りもなかった。

謀　略

この日の夕暮れ前に、上泉伊勢守一行は、無事に箕輪《みのわ》城へもどった。

長野業政《なりまさ》は、待ちかねていて、

「伊勢守殿。無事でよかった、よかった……」

心底からの安堵《あんど》と、よろこびを、青ぐろく浮腫《むく》んだ老顔いっぱいにあふれさせ、

「お疲れであろう。さ、先《ま》ず、湯浴《ゆあ》みを……」

しきりに、気をつかってくれる。

国峰での、小幡信貞の会談よりも、先ず自分の身を気づかっている業政を見ると、伊勢守もうれしかった。

やがて……。

主殿の奥まった一室に、二人きりとなって、

「実は……」

伊勢守が、小幡尾張守信貞との会談の模様を語るや、

「ふうむ……」

うなずいた長野業政は、意外にも、落ちついている。

「さようか……」

また、うなずき、

「尾張守が、伊勢守殿に対し、そこまで、はっきりと申したか……」

「国峰が、武田方に与《くみ》するのは、もはや、間もないこととおもわれます」

「いかさま」

うたがう余地はない。

小幡信貞は、

「去就に迷っている……」

と、いうよりも、いまのところは義父・長野業政に遠慮をして、どちらともつかぬ態度をとっていたものか……。

いや、信貞は、義父が、

「どうも怪しい?」

と、感じることを待っていたのやも知れぬ。

そのように、仕向けてきたのやも知れぬ。

そして、今度の上泉伊勢守の来訪を、

「待っていた……」

とばかり迎え、はじめて、自分の態度をあきらかにしたのであろう。

これは、よくよく考えてのことで、信貞としては、もっとも自然に、業政へ自分の態度を表明することができたわけだ。

いきなり武田方へ寝返り、味方をよそおって箕輪へあらわれ、謀略をつかい、武田軍を箕輪城へ引き入れることもできた小幡信貞なのである。

伊勢守は、

(おそらく、武田信玄は、そうしたことを尾張守《おわりのかみ》にもとめたろう)

と、考えている。

しかし、信貞は、卑劣な裏切りによって義父と別れ、闘いたくはない、と、主張したにちがいない。

それを信玄も了承したのであろう。

伊勢守は、信貞を立派な大将だとおもった。

長い間、長野業政は両眼を閉ざしたまま、身じろぎもしなかった。

業政は、いったい何を考えているのであろう。

伊勢守は、小幡信貞の変心をきいて、

(業政公は、動揺するにちがいない)

と、おもっていた。

当然であろう。

わが長女の聟《むこ》である男が、自分の最大の敵に寝返ってしまったのだ。

それにしては、業政が落ちついている。

異様なほどに、しずかである。

(…………?)

伊勢守には、わからなかった。

いま、業政のこころが、どのようにうごいているのか、わからなかった。

また、知ろうともおもわぬ。

五年前のあのとき……。

北条軍に包囲されかけた大胡《おおご》の城を、みずから捨てて、一兵も損ぜずに退去したときから、上泉伊勢守は、

（われ知らずに……）

何か、会得《えとく》するものがあった。

このような戦乱の時代には、いつ、どこで、どのようなことが起るか、知れたものではないのだ。

まして、戦陣に生きなくてはならぬ武士にとっては、尚更《なおさら》のことである。

わがちからをたのみ、関東を平定し、さらには、

「天下を、わが手に……」

おさめようとして、たとえば一人の英雄が目的に向い、猛進したとしよう。

しかし、戦場に出た彼が、一発の弾丸、一すじの矢によって命を絶たれてしまえば、すべては終る。他の者が、その志をついで天下を取ったとしても、この世から消えた彼にとっては、もはや天下も何も関係がないことになる。

いま、伊勢守は、

「季節が、うつろうがごとく……」

また、

「川床《かわどこ》に、水がながれるごとく……」

すべての事象に対し、あくまでも自然に寄りそって行くつもりなのである。

しかも、上泉伊勢守という自分を、その中に生かしきろうと考えている。

どのような事態が起ろうとも、その場、その場で、

（わしは、自由自在に生きたい。でき得ることかどうか、それはわからぬが……）

であった。

ややあって、長野業政は侍臣をよび、酒の仕度を命じた。

それから、業政と伊勢守は酒をくみかわした。

この間、業政は二度と、国峰の小幡信貞についてふれなかった。

酒盃《しゆはい》を取りあげてからの長野業政の様子には、むしろ、膿汁《のうじゆう》にふくらみきった腫物《できもの》が吹き切れたあとの、爽快《そうかい》さのようなものが感じられた。

小幡信貞は、単なる味方ではない。

業政の長女・正子の夫なのだ。

信貞が武田信玄の麾下《きか》へ入るということは、正子もまた、父の敵の妻になることだ。

そればかりではない。

信貞と共に、小幡図書之介も武田方となれば、その妻である次女の於富もまた、父にそむくことになる。

小幡家との〔きずな〕を堅めるために、二人のむすめを国峰へ嫁がせた長野業政の苦心も、いまは、

「水泡《すいほう》に帰した……」

のであった。

おそらく業政は、これからの自分とむすめたちとのことについて、

(おもい悩まれたに相違ない)

と、伊勢守はおもった。

間もなく……。

「では、これにて……」

城内に、業政がもうけてくれた居館へ、伊勢守は引きとった。

業政は、ていねいに礼をのべ、

「伊勢守殿でなくば、尾張守も、かほどまで正直に胸の内を明かさなかったやも知れ

ぬ。おかげをもって、国峰のことがさっぱりといたした」

と、いった。

伊勢守が出て行ったあと、長野業政は尚も、そこに残り、ひとり盃《さかずき》をかたむけている。

と……。

いつの間にか、部屋の片隅の闇《やみ》の底から、にじみ出るようにあらわれた人影が、業政の前へ来て、両手をつかえた。

この武士は、名塚弥五郎義冬といい、業政がもっとも信頼している侍臣のひとりである。

小柄で痩《や》せている名塚弥五郎は五十歳だが、白髪の多くて薄い毛髪や、おだやかで無口な性格や、すべての言動が、まるで十は老《ふ》けて見えた。

「聞いたか……」

と、業政がささやいた。

「はい」

「弥五郎。かくなる上は仕方もないことよ」

「はい」

「伊勢守殿には、もらさなんだが……かねて打ち合せたるごとく、急いで事をすすめてくれい」

「心得てござる」

長野業政は、名塚弥五郎に何を命じたのであろう。

業政は、

「かねて打ち合せたるごとく……」

事を急げ、と、弥五郎にいったのだ。

それはつまり、国峰の小幡信貞に関しての指令にちがいない。

では、業政は、信貞が自分に叛《そむ》くことも、

「あり得ること……」

と、覚悟し、かねてから弥五郎へ、ひそかに指令をあたえていたものか……。

上泉伊勢守にいわせると、名塚弥五郎は、

「すぐれたる謀臣《ぼうしん》」

なのだそうな。

謀臣とは、はかりごとに長《た》けた家来ということだ。

長野業政は、名塚弥五郎とはかって、何事かを為《な》そうとしている。

それを、あれほど信頼している上泉伊勢守にも、内密にしているのであった。

もっとも〔はかりごと〕というものは、そうしたものなのであろう。

いかに信頼をしていたところで、おのれが生きぬくためには、親や兄弟にも叛くのが、

「戦国のならい」

なのである。

現に、二人のむすめを嫁がせた小幡家ですら、

「この上、長野家に味方することは不利」

だと、見きわめをつければ、断然、これを裏切ったのではないか。

名塚弥五郎が引き下った後も、長野業政は其処《そこ》をうごかなかった。

そして、さらに、小姓をよび、

「酒をもて」

と、命じた。

小姓は引き下ったが、すぐに、侍臣の大場昌弘が入って来て、

「殿。もはや、夜もふけましてござる」

と、いった。

「かまわぬ」

「なれど、お躰《からだ》にさわりまする」

「よいわ」

「では、それがしが御相手をつかまつる」

「うるさい！」

業政が、いきなり、盃を大場へ叩《たた》きつけた。

「これは……」

と、大場が気色《けしき》ばみ、

「もってのほかのことでござる」

主人の業政を詰《なじ》った。

戦国のころの武士は、後年の、平和になってからの武士とはまったくちがう。

いかに主人といえども、間ちがったことをするならば、決して負けてはいなかった。

戦国の時代にあっては、主人も、

「いのちがけ」

なら、家来も同様なのだ。

いのちがけで国を城を家をまもり、いのちがけで家来たちと共に戦う。

こういうわけだから、家来も鼻息が強《きつ》い。

条理にはずれたようなことをする主人には、とても、いのちがけで奉公をするわけにはまいらぬ。

これは、自分の腕に自信がある男ほど、そうなのである。

いまの主人が気にいらなければ、さっさと別れてしまえばよい。

他に、主人はいくらでもいる。

戦争には、戦士を必要とするからだ。

こうしたわけだから、当時の大名も武将も、家来たちへは非常に神経をつかっている。

なんといっても、よい家来、強い家来がいなくては、

「戦さにならぬ……」

のである。

これは、もっと後年になってからのことだが、長野業政の箕輪城へ入って、徳川家康から十二万石をあたえられた井伊直政《いいなおまさ》は、戦場で、偵察から帰って来た家来が、雨でずぶ濡《ぬ》れになっているのを見て、

「さ、すぐに、これを着るがよい」

と、みずから身につけていた陣羽織をぬいであたえたりしている。

主人だから大将だからといって、威張り返ってはいられなかったのだ。

血相を変えて怒り出した大場昌弘を見るや、

「あ……これは、わしが悪かった」

すぐさま、長野業政があやまった。

すると大場も、

「いや……よろしゅうござる」

さっぱりと、なっとくをしてしまうのだ。

「ともあれ、この上、酒をめしあがることはなりませぬ」

「いかぬか……」

「なりませぬ」

家来は、きびしい。

主人の健康を考えてのことであるから、

「一歩も引かぬ」

のである。

それが、主人への〔忠義〕だと確信をしている。

それなのに、むりを通そうというのなら、

(自分の志が、この主人にはわからぬ)

と、いうので、主人を見限ってしまうことになりかねない。

「わかった。寝よう」

こういって立ちあがった長野業政の面《おもて》には、苦渋と寂寥《せきりよう》が、ありありとあらわれていた。

上泉伊勢守は、春がすぎるまで、箕輪城にとどまっていた。

春たけなわになると……。

上杉謙信みずからの出馬はなかったが、相当の軍団が越後《えちご》・春日山《かすがやま》を発し、上州へあらわれた。

上杉軍春季の攻撃がはじまったのである。

しかし、この年は、これまで確保した城や砦《とりで》の防備をかためることに意をそそぎ、たとえば、去年の十一月、上杉謙信が、ついに攻め落した厩橋《うまやばし》の城については、

「厩橋は二度と、敵の手にゆだねたくはない」

という上杉謙信の意向もあって、城代には、謙信の従弟《いとこ》にあたる長尾謙忠《かねただ》が入り、兵力も増強された。

箕輪・厩橋両城の周辺に出没していた武田軍は、上杉軍の掃討作戦をささえ切れず、いっせいに引きあげて行った。

彼らが占拠していた砦も、ほとんど、

「取り返した」

のである。

この間。

上泉伊勢守も、ちかごろとみに健康がすぐれぬ長野業政の代りに、箕輪の兵をひきいて、しばしば小戦闘に参加し、上杉軍に協力をした。

こうして上州の地に、ふたたび平穏がもどったとき、早くも春は去り、初夏のころになっていた。

そうした或日《あるひ》。

伊勢守は、病床についている長野業政のもとへ出て、

「ようやくに落ちつきましたようでござる。ついては私、しばらく大胡へも帰ってまいりませぬゆえ、様子を見てまいりたいと存ずる」

「おお、おお……」

業政は、痩せおとろえた躰を起し、

「伊勢守殿を、いつもいつも、長らく引きとめて申しわけない。わしが以前のごとく丈夫であれば、このように迷惑をかけずにすむものを……」

そういった業政の両眼がうるんでいた。

このごろは何かにつけて涙もろくなった業政に、かつて上州の〔猛虎《もうこ》〕とうたわれたおもかげが、まったく消えてしまっている。

伊勢守が辞去しようとするとき、業政は、

「もそっと側《そば》へ、まいられたい」

と、いい、近寄った伊勢守の手をつかみ、

「早《はよ》う……相なるべくは、早う、もどっていただきたし」

押しいただくようにした。

その日の午後。伊勢守は久しぶりに大胡の城へ帰った。途中の厩橋城が味方のものとなったので、いささかの危険もない。

久しぶりに、大胡の本城へ帰った上泉伊勢守を迎え、その夜は、なごやかな酒宴がひらかれた。

伊勢守の息・常陸介秀胤《ひたちのすけひでたね》は、いま、三十一歳の堂々たる武将となっていた。

常陸介は、すでに結婚をしている。

妻は、伊勢守の重臣・松井重政のむすめで、於徳《おとく》という。

二人の間には、三歳になるむすめが生れていた。伊勢守にとっては孫女《まごむすめ》にあたる。

名をおるいとよぶ。

酒宴が終ったとき、伊勢守は嫁の於徳に、

「今夜は、常陸介を借りるぞよ。かまわぬかな」

めずらしく冗談めいた口調でいった。

「はい」

顔をあからめて、於徳がこたえた。

伊勢守は、この夜。

大胡城内の居館の寝間で、常陸介と二人きりでねむることにしたのである。

「こうして、おぬしと枕《まくら》をならべてねむるのは、久しぶりのことじゃな」

「はい」

と、常陸介は、うれしげであった。

「父上。箕輪の殿のおかげんが、ちかごろは、おもわしくないときいておりますが……」

「そのことよ」

「と、申されますのは?」

「他言してはならぬ、よいか」

「心得ております」

「わしの目には、箕輪の殿の余命が、いくばくもないように見える」

「まことで？」

「うむ。そのときのことを、われらもよくよく、考えておかねばなるまい」

「父上……」

常陸介が、おもわず半身を起した。

長野業政なきあとの箕輪城に、味方をしてもはじまらぬ、と、

（父上は、考えておわすのか？）

そうおもったらしい。

常陸介は、まだ国峰の小幡信貞が志を変えたことを知らぬはずであった。

長野業政は、

「国峰が変節のことは、だれにも洩《も》らしてはならぬ」

と、命じている。

しかし、いずれにせよ、うわさはひろまるにちがいなかった。

「いや、いや……」

伊勢守は、かぶりを振って、

「そのようなことを申しているのではない」

「では……？」

「おぬしの、こころ構えをきいておきたい」

「は？」

「おぬしも、もはや三十一歳。一城の主《あるじ》として、この父がおらなくとも、立派にやって行けるはずじゃ。わしは、そうおもうが……」

この夜……。

大胡城内での、上泉父子の語らいは、空が白みはじめるまでつづいたという。

同じ夜。

国峰城内の、小幡図書之介の居館では……。

寝所にこもった図書之介と於富が、語り合っている。

三十をこえた於富の肢体は、肉置《ししお》きもゆたかに、十五年前から見ると、ひとまわりもふたまわりも大きくなったようだ。

しかし、鍛えぬかれた躰だけに均整がとれていて、潑剌《はつらつ》たるうごきを秘めている。

寝所には、なまあたたかい闇《やみ》が重くたれこめていた。

ねむり燈台《とうだい》の微《かす》かな灯影の中で、図書之介夫妻は、かたく抱き合っている。

夜着は押しのけられ、みなぎるような於富の、量感をたたえた上半身が図書之介のたくましい腕に巻きしめられ、あえいでいた。

於富も図書之介も、躰が汗に光っている。

「於富……」

「あい……」

「こうして、わしとそなたは、これまでに何度、睦《むつ》び合ったことであろうか……」

「ま……そのようなこと……」

「なれど、そうではないか……早いものだ。もう、十五年か……」

「あい……」

「むかしと、すこしも変らぬぞ、そなたは……」

「殿も……」

「これが、二人の子を生んだ女の躰か……とても、そうはおもえぬ」

図書之介は、於富の乳房へ顔を埋め、ふとやかな腰のあたりをまさぐりつつ、

「そなたは、わしの妻じゃ」

と、いった。

烈しい愛撫の最中に、夫が事あらたまって、このようなことを口走ったので、於富は夢からさめたようになった。

これまでに、かつてなかったことである。

「妻じゃ。はなさぬ。はなれないでくれ、於富……」

まるで赤子のように甘えて、図書之介がいいつづける。

「殿……」

「はなれないでくれ、はなさぬぞ」

「いかがなされました」

こたえはなかった。

図書之介は、尚《なお》も夜着を引き退《の》け、むしろ、狂暴ともいえる愛撫を於富にあたえはじめた。

この愛撫の段階にも、これまでにないものが、於富には感じられたのである。

於富は、いつものように、夫の愛撫へとけこめなかった。

夫の腕に我身をゆだねながらも、

(今夜の殿は、どうかなされたような……?)

於富は、不安を、おぼえはじめていた。

小幡図書之介は、或る緊張に心身をとらわれていて、それを忘れたいがために、荒々しい愛撫の中へ没入しようとしているのではないか……。

緊張というよりも、

(殿は、胸の内に、だれにも語ることができぬ苦しみをもっておられるのではないのか……?)

であった。

愛撫がやみ、図書之介は、ぐったりと、於富に添い臥《ふ》し、死んだようにうごかぬ。

「殿……もし、殿……」

やがて、於富は半身を起し、すらりと伸びた右腕を図書之介のくびすじの下へさし入れた。

「う……」

闇の中で、図書之介の眼がひらいた。

於富は右腕で夫のくびすじを抱き、右の乳房を夫の厚い胸肌へぴたりと合わせ、左手で、夫の肩をしずかに撫《な》でさすりつつ、

「いかがなされました?」

やさしく、問いかけて見た。

「う……」

わずかにうめいて、図書之介が眼を閉じた。

その瞼《まぶた》を、於富のくちびるがまさぐった。

「殿。わたくしは、殿の妻でございます」

「む……」

「決して、お側《そば》をはなれるようなことはありませぬ。それは、もう、殿が、ようわかっておいでのはずではございませぬか……」

「そ、そうであった」

「殿。何やら、余人には打ちあけられぬことが、おありなのでございますか？」

「う……」

「私にも？」

「う……いや……」

「おはなしくださいませ」

図書之介は沈黙したが、突然、はね起きるようにして、於富を抱きしめてきた。

「殿……」

「もし……もしも、わしが……」

「はい？」

「たとえて申せばのことだが……」

「はい。おはなし下さいませ」

「たとえば……たとえば、箕輪の長野業政殿……そなたの父を裏切るようなことがあっても、そなたは、わしについてくれるか？」

今度は、於富が沈黙した。

（そうだったのか、やはり……）

於富は、粛然となった。

それは於富が、かねてから、

（もしや……？）

不安におもっていたことに、ちがいない。

おそらく、小幡信貞の妻であり、於富の姉である正子も、

（私と同じような……）

不安に駆られているにちがいない、と、於富は考えている。

三日に一度は、城内で顔を合わせる正子と於富だが、そのことについては期せずして、たがいに口に出さぬようにしている。

だが、於富は、姉の眼の色にただよっている不安を、見のがしていなかった。

この春に、姉妹の恩師であり、父・業政が、

「股肱《ここう》ともたのむ……」

上泉伊勢守が国峰へ来て、小幡信貞と図書之介の三人きりで、長い間、密談をかわしていたことは、於富も正子も知っている。

これは、

「ただならぬこと……」

であった。

あのようなことは、かつてなかったことだし、しかも、今年の正月に武田軍が箕輪城を攻撃したとき、小幡信貞は、ほとんど、これを無視していた。

いつもならば、かならず出撃し、武田軍の背後をおびやかし、箕輪の長野業政を助けていたのに、である。

これが、そもそもおかしい。

正子にも於富にも、小幡信貞が武田信玄と意を通じている様子は見えぬ。

見えぬが、しかし、

（そうではないか……）

という予感は、日ごとに強くなってきていた。

国峰城へ、武田信玄の使者があらわれることは、まったくなかった。

けれども、信貞と図書之介が半武装で、騎士隊をひきつれ、城外へ出て行く姿が、今年になってからしばしば見られる。

(どこへ、お出かけなさるのだろうか?)

於富は、図書之介に、それとなく問いかけてみたことがあった。

すると、図書之介は、事もなげに、こういった。

「このようなときに、われらが領内を見まわるのは当然のことではないか」

それ以上のことを、問いつめるわけにも行かぬ。

いずれにせよ、於富は、国峰城の小幡一族が、上杉・長野の〔関東管領《かんれい》ライン〕に見切りをつけ、武田・北条ラインに味方しようとしていることを感じないわけにはゆかなかったのである。

いま、夫の言葉をきいて、於富は(いよいよ、そのときが来たのだ)と、おもわざるを得なかった。

「これ、於富……」

図書之介が、於富の眼をのぞきこむようにして、

「何を、考えておる？」

「いいえ……」

かぶりを振って、於富が、

「私は、たとえ、箕輪の父にそむくことになりましても、それは、覚悟をしております」

「おお……」

「私は、いま、小幡家の女になっているのでございますもの」

「そ、そうか……」

「私は、小幡図書之介の妻でございます」

これは、戦国に生きる男女が、当然のものとして、いかなる場合にも応じて行けるための支柱なのである。

ことに、女は、

「夫と子」

のみを支柱として生きて行かねばならぬ。

敵と味方に別れれば、たとえ親でも子でも、

「戦い合わねばならぬ」

のが、戦国の男であった。

女は、その男につきしたがって行く。

というと、女の人格を、まるで無視してしまっているようだが、当時は、男でも同様なのだ。

生き残るためには、すべてを、

「割り切って……」

しまわねばならない。

そうでないと、

「生きられない……」

のである。

「いま一度、きこう。於富は、わしの妻。わしの歩む道へは、どこへなりと、ついて来てくれるのだな？」

「はい」

「そうか……」

図書之介は、ふかいためいきを吐《つ》いた。

於富の断固とした、確然たる言葉をきいて、いま、図書之介は安堵《あんど》のおもいを嚙《か》みしめているらしかった。

於富の、おもい乳房の傍に、図書之介は眼を閉じた顔を横たえ、しばらくは身じろぎもせぬ。

於富は、その夫の顔を、髪を、肩を、たくましい腕を、しずかに、おだやかに撫でさすってやった。

於富も、いつしか眼を閉じていた。

暗い瞼の中に、父・長野業政の老顔が浮んできた。

長い間、於富も正子も、父に会ってはいない。

うわさにきけば、このごろの父の健康が、

（すぐれぬそうな……）

であった。

この春、上泉伊勢守が、父の使者として国峰へあらわれたとき、於富は、そっと、父の健康について伊勢守へ尋ねた。

すると、伊勢守は、

「案じられるな」

と、こたえたのである。

そのときの、伊勢守の言葉と声を、於富は、いま何度も脳裡《のうり》におもい浮べ、反芻《はんすう》して見た。

「案じられるな」

と、いってはくれたが、その言葉と声には、あきらかに、父・長野業政の体力がおとろえていることを、於富は感じないわけにはゆかなかった。

(ああ……父は、夫にも、また尾張守さまにも、見捨てられてしもうた……)

このことであった。

おそらく、姉の正子も、おぼろげながら、そのことを感じているにちがいない。

感じてはいても、於富と会ったとき、口に出さぬのは、

(口に出すのが、こわいから……)

なのであろう。

ひるがえって考えて見ると、小幡尾張守信貞にしても、図書之介にしても、それぞれの妻の父であり、自分たちの〔岳父〕でもある長野業政を、

「憎い」

と、おもっているわけでは、もちろん無いのである。

しかし、長野業政に味方していたのでは、いずれ、かならず、武田信玄によって、

（自分たちが、ほろぼされる……）

と、見きわめをつけた以上、業政に味方することはできない。

なぜなら、自分の領地と城と、家と、家族とを、

「まもりぬかねばならぬ」

からであった。

もしやすると、信貞や図書之介のほうが、女の正子・於富よりも、苦しみは深いのかも知れぬのである。

雨の音が、屋根を叩《たた》いてきた。

それも強い音ではない。

あたりが、あまりに静まりかえっているので、ささやくような雨音が、はっきりときこえるのである。

初夏の雨であった。

「於富……」

よびかけて、図書之介が双腕《もろうで》に妻の腰を巻きしめてきた。

「殿……」

「そなたの、いまの言葉をきいて、うれしかったぞ」

「はい……」

「どこまでも、わしについて来てくれ」

「申すまでもございませぬ」

「よいか、わしにじゃ。わしについて来てくれればよい」

「……？」

於富は、くどく念を押す夫の言葉に、不審をおぼえた。

「よいな。わしに……わし一人に、ついて来てくれ、わしが、そなたの夫なのだ」

きまっているではないか。

（なぜ、いまさら、そのようなことを……？）

おもいめぐらす間もなく、図書之介は、ふたたび、ちから強い愛撫《あいぶ》を於富の躰《からだ》にあたえはじめた。

それから、十日後の夜のことであったが……。

厩橋城の城門が、ひそかに開いた。

篝火《かがりび》も平常の夜、城兵が警戒をするために必要なだけ、燃えている。

つまり、いつもの夜と少しも変らぬ厩橋城なのであった。

ところが……。

開いた城門から、長尾謙忠がひきいる二千の兵があらわれた。

声も立てず、しずかに、あらわれたのである。

上杉謙信の従弟《いとこ》にあたる長尾謙忠は、みずから兵をひきいて、何処《いずこ》へ行くつもりなのだろう。

闇の中に、武具のふれ合う音と、馬のひづめの音がきこえるのみで、松明《たいまつ》の数も極度にすくない。

謙忠をはじめ、二千の兵は武装に身をかためている。

ということは、何処かを攻撃するつもりで城を出たのだ。

残る千五百が、厩橋城をまもった。

いまのところ、これで、じゅうぶんなのである。

北条軍も武田軍も、鳴りをしずめていて、上州はいま、つかの間の平穏をたもっていた。

黒ぐろとした軍列が利根川《とね》をわたって行く。

これに先立ち、十名編成の一隊が五隊。軍列を中心にして一里から半里の間隔をたもちつつ、警戒に出ていた。

利根川をわたった長尾軍は、さらに南西へすすむ。

しだいに、榛名《はるな》山の山裾《やますそ》へかかる。

長尾謙忠は、どうやら、箕輪城へ向っているように見える。

兵士たちは、まだ、行先を知らされていなかった。

「妙なことだな」

「箕輪へ向っている……」

「箕輪の城を攻めようという、おつもりなのか？」

「まさか……」

「なれど見よ、箕輪へ向っているぞ」

「ふうむ……」

兵たちが、ささやき合っていると、すぐに騎馬の武士が駆け寄って来て、

「だまれ」

叱《しか》りつけた。

やがて、長尾謙忠は、箕輪城の大手口へつづく道のあたりへ来て、兵をとどめた。

先導していた一隊が、まっしぐらに、箕輪の方へ駆け向って行く。

謙忠は、五人の忠臣をえらび、二千のうち千五百を五隊に分け、

「先へすすめ」

と、命じたものである。

残る五百をとどめて、長尾謙忠が、道外れの草原に待機した。

いったい、何を待っているのであろうか……。

千五百の兵は、五つに分れ、闇《やみ》の中へ消えて行った。

すると……。

先刻、箕輪へ向った十人の一隊が駆けもどって来た。

「いかがじゃ？」

と、長尾謙忠。

「はっ。間もなく、これへ……」

「さようか。よし」

果して間もなく……。

箕輪城の方から、いくつもの松明があらわれ、近寄って来るのが見えた。

同時に、闇がふくれあがって、こちらへ押し出して来るような感じがした。

軍勢が近寄って来るのだ。

これは、箕輪の長野業政の兵である。

しかも、病後の業政みずからがひきいる、千五百の兵なのである。

業政が、長尾謙忠の前へ馬をすすめ、

「早や早やと御到着。かたじけのうござる」

あいさつをした。

「いや、なに……」

「では、かねて打ち合せたるごとく……」

「承知いたした。ときに、御病気のほうは……このように、出陣なされて、大丈夫なのでござるか？」

「なんの……」

かぶりを振って、長野業政がこういった。

「こたびは、たとえ陣中に息を引きとろうとも、戦さの始終を、この眼で見とどけなくてはなりませぬ」

押し殺したような声であった。

業政の両眼が爛々《らんらん》と光っている。

謙忠は顔をそむけるようにして、

「業政殿の御胸の内、お察し申す」

わずかに、いった。

業政は、これに対し、素直な口調で、

「かたじけのうござる」

と、こたえた。

「では……」

と、長尾謙忠が馬首をめぐらした。

長野業政も、自分の軍勢をひきい、両軍は、粛々として烏川《からすがわ》をわたった。

川をわたると、両軍の速度が、俄然《がぜん》変った。

松明の数も増えた。

先発した長尾軍の千五百は、ずっと先を進んでいるらしい。

ところで、長野業政と長尾謙忠の合同軍三千五百が、夜陰に行動を開始した同じ日のことだが……。

上州からは、はるかに遠い国で、日本の歴史が大きく変ろうとしていた。

ところは、現在の愛知県知多郡有松町の近くである。地名を〔桶狭間《おけはざま》〕とも〔田楽狭間〕ともよぶ。

そこに陣をかまえていた駿河《するが》・遠江《とおとうみ》・三河三国の太守・今川義元《よしもと》を、尾張の国の小さな大名にすぎぬ織田信長《おだのぶなが》が襲撃したのである。

当時、今川義元は、

「東海の英雄」

と、いってもよかった。

もともと今川氏は、足利将軍とも室町幕府とも関係がふかく、代々、駿河の国の〔守護〕に任じていたのである。

そして、今川氏親《うじちか》・義元父子のころになると、駿河のみか、遠江・三河の二国も領有するほどに勢力を伸張させた。

三河の松平元康《もとやす》（のちの徳川家康）も、今川家に屈伏してしまっている。

今川義元は、自信にみちみちていた。

「いよいよ、わしが京へのぼり、天皇と将軍のゆるしを得て、天下をおさめるときが来た！」

と、決意した。

そこで義元は、四万（二万五千ともいわれている）の大軍をひきい、駿府《すんぷ》（静岡市）の本城を発し、堂々と、京都へ向って進軍を開始したのである。

その上洛《じょうらく》の第一歩として、義元は先《ま》ず、隣国の織田信長を屈伏せしめなくてはならなかった。

これまでにも、今川軍に圧倒されつづけて来た織田信長であった。

父・信秀《のぶひで》亡きのち、清洲《きよす》の城主として、どうにか〔ひとり立ち〕ができるようになった織田信長は、まだ二十七歳の青年武将にすぎない。

今川義元の大軍が押し寄せて来るのを見て、信長の家臣たちの大半が、

「もはや、いかぬ」

「むだに戦って、もみつぶされるよりも、いさぎよく今川に降参してしまったほうがよい」

と、主張した。

織田家の兵力は、今川軍の十分の一ほどである。

清洲の城へ立てこもって見たところで、城が攻め落されるのは、

「わかりきったこと……」

なのである。

しかし、織田信長は今川に屈伏することを、断固として拒んだ。

「小さな城に立てこもり、押しつぶされるのを待つよりは、こちらから打って出てくれよう！」

と、信長は決意した。

もとより、十倍の敵を相手に、

「勝てる」

つもりはない。

ないが、しかし、

「負ける」

つもりでもなかった。

つまり、勝ち負けなどを度外視し、信長は、戦国大名としての自分自身に、

「賭《か》けた……」

と、いってもよい。

前日の夜。

清洲城にいた織田信長は、突如、出陣の仕度を命じ、

「……人間五十年。下天のうちをくらぶれば、夢まぼろしのごとくなり。ひとたび生《しょ》をうけ、滅《めつ》せぬもののあるべきや」

と、好きな〔敦盛《あつもり》〕の曲をうたいつつ、舞い、それが終ると湯漬けを食べ、

「ほらを鳴らせ。馬をひけい！」

と叫んだ。

そして、家来たちが、まだ出陣の仕度を終えぬうちに、

「つづけ」

只《ただ》一騎で、城門から飛び出して行ったのである。

このとき、信長に従った家来は、わずかに五名であったそうな。

すべてを天運にまかせ、大将の自分が真先に、敵の大軍へ切りこもうというのだ。

「それが、戦国の世に生きる武士として、只ひとつ残された道である」

と、おもいきわめてしまったのであろう。

凄《すさ》まじい決意だと、いわなくてはなるまい。

のちになって、このことを耳にしたとき、上泉伊勢守は、

「恐るべき大将である。敵の大軍が来るを知り、戦わずして逃げ出した自分とは、大ちがいのことよ」

と、笑ったそうである。

そこのところが、織田信長と上泉伊勢守の、決定的に異なる点であった。

なぜか……？

それは、これから先、伊勢守自身が歩む道を追うことによって、読者も、おのずか

らなっとくされることであろう。

ともあれ、そのときの織田信長の行動を見たとき、家来たちは、

「御大将と共に死のう！」

と、覚悟をきわめるにいたった。

信長が、名古屋をすぎ、熱田神宮まで来て、馬をとどめたとき、千余の兵が後を追って、あつまって来たのである。

夜が明けると、織田信長は、ひそかに物見を放ち、今川義元の本隊の在処《ありか》を探らせつつ、兵をすすめた。

昼ごろになって、今川の本隊が桶狭間にあることを知った信長は、ひそかに、今川の本隊を見おろす丘の上まで進み寄った。

奇蹟《きせき》、というよりほかはない。

今川軍の物見は出ていなかったのだろうか……。

のちに、この戦闘の様子をきいた武田信玄は、舌打ち鳴らし、

「ばかばかしい。義元が負けたは、当然のことだ」

苦にがしげに、いい捨てたそうである。

今川義元は、駿府を発して以来の連戦連勝に酔っていた。

もはや、織田信長などは、

「問題にしていなかった……」

のである。

義元は、このとき四十二歳の分別ざかりで、教養もあり、ちからもあった人物なのだが、本陣で勝利の酒宴をひらいていたという。

折から、雷鳴が起り、大雨となった。

これもまた、織田信長に幸運をもたらしたといえよう。

もっとも、凄まじい決心を実行にうつしたからこそ、信長は、この幸運をつかむことを得たのである。

そのとき、信長の軍勢は二千をこえていた。あとからあとから、家来たちが追って来たのだ。

「かかれ！」

信長は、鉄砲隊の射撃が終るや、みずから槍《やり》をふるって先頭に立ち、丘を駆け下り、今川本陣へ突入した。

二千の織田軍の奇襲に、今川軍は、

「なすところを知らず……」

に、周章狼狽《ろうばい》した。

そして、呆気《あっけ》なく……。

今川義元は、信長の家来に首を討たれてしまったのである。

二千五百余の戦死者を残し、今川軍は敗走した。おもいもかけぬ勝利であり、敗北であった。

この一戦で勝利を得た織田信長の名は、一躍、天下にひろまったし、この一戦こそ、信長が天下制覇《せいは》の第一歩をふみ出す転機となった。

さて……。

長野・長尾の両軍が、暗夜の中を進軍しつつあったとき、織田信長は、大勝利の感激にひたりつつ、清洲の居城へもどり、疲れ果てた躰《からだ》を横たえ、ぐっすりと、ねむりこんでいたやも知れぬ。

そして、夜が明けようとするとき、小幡図書之介に代って丹生《にゅう》の砦《とりで》をまもっていた吉崎角兵衛が約五十の手兵を引きつれ、国峰城へ駆けつけて来た。

「一大事でござる」

と、吉崎角兵衛が告げた。

突如、長野業政の軍勢が丹生の砦を攻撃して来た、というのである。

丹生の砦は、平常、小幡図書之介の手兵二百ほどで守備されているにすぎない。

「とても、ふせぎ切れぬ」

と、角兵衛はおもいきわめ、砦が完全に包囲される直前に、砦を脱出し、

「先ず、このことを国峰へ知らせなくてはと存じ……」

駆けつけて来たのだそうな。

それをきいて、小幡信貞は不快な顔つきになった。

(それならば、何故、角兵衛が砦に残らぬのだ。角兵衛は図書之介の代りに砦を守っている。その責任《せめ》を、おのが家来に押しつけ、のめのめと脱《ぬ》け出して来るとは、けしからぬ)

信貞は、そうおもったらしい。

しかし、いま、吉崎角兵衛を叱《しか》りつけたところで、どうにもならぬ。

一時を争う場合なのだ。

長野業政が兵をひきいてあらわれたというなら、おそらく、なまなかの決心ではあるまい。

この春、国峰へよこした上泉伊勢守の報告をきき、業政は、わがむすめ二人との血縁を断ち切って、小幡信貞を攻めほろぼそうとしているのである。

信貞も、こうなることは、かねて覚悟をしていた。

事実、上泉伊勢守に自分の胸中を打ち明けて以来、

(業政殿が、このまま、わしを打ちすてておくわけはない)

と、おもい、甲斐《かい》の武田信玄にも、そのむねを知らせておいたし、国峰城の防備もかため、いざというときには、全軍を国峰へ収容し、武田の援軍が駆けつけて来るまで、国峰を、

「まもりぬく」

決意をしていた。

また、その自信もあった。

国峰城は、その地形からいっても、

「守るによく、攻めるに難《かた》い」

要害の城であった。

武田信玄も、そのことは、よく承知していて、

「城が落ちる前に、かならず、援軍を送り申そう。また、国峰は、われらが駆けつけるまで、いかな大軍が攻めかけようとも、落ちるものではない」

と、いってよこした。

まして、上州きっての勇将の一人、小幡信貞が守る国峰城なのである。食糧も三カ月ほどは、城内に、たくわえてあった。

「急げ!」

小幡信貞は、すぐさま、籠城《ろうじょう》の仕度にかかった。

同時に、古府中（甲府）の武田信玄に、長野業政の来攻を告げ、

「援軍をたのみ申す」

との、ことばをつたえさせるため、侍臣・山口三弥ほか五名を、国峰から出発せしめた。

間一髪のところで、山口らは城を脱出できた。

夜が明けかかると共に、国峰城を囲む道や草原へ、見る見る長野・長尾の連合軍があふれ出して来たのである。

一足遅かったなら、武田信玄へ急使を出発させることもできなかったろう。

なんといっても、小幡信貞には、

〔心の用意〕

が、できていて、かねてから、武田方への急使は、山口三弥と決めてあり、山口もまた、その任務を果すためには、

(どのようにしたらよいか。身仕度は……そして、甲斐への道すじは何処を通ったらよいか?)

と、研究をおこたらなかったし、いつでも即座に出発できるような準備をととのえ、自分が連れて行く五名の騎士もえらんでおいたし、乗って行く馬も、

「これがよい」

と、目をつけていたそうな。

さて……。

小幡信貞は、ここにおいて、はじめて武田信玄麾下《きか》に加わったことを、将兵全員に告げた。

重臣たちや、一部の家来は、このことを知っていたけれども、たとえば信貞の妻・正子にしても図書之介の妻・於富にしても、はっきりと城主の尾張守信貞から、このことを耳にしたのは、今朝がはじめてであった。

「やはり……」

「はい」

と、正子・於富の姉妹は眼と眼を見合せた。

その、たがいの眼の色の中に、すべてがこめられていた。

父・長野業政を、

「敵」

として、姉妹は、それぞれの夫をたすけ、戦わねばならぬことになったのである。

戦さがはじまれば、たとえ武器を手にせずとも、女も子供も、男たちと共に、戦わなければならぬ。

まして籠城ともなれば、最悪の場合、敵が城内へなだれこんで来たとき、正子も於富も武器をつかんで立ち向うことになるのだ。

大手口の城門は閉ざされた。

小幡信貞は、てきぱきと、つぎからつぎへ、よどみもなく命令を下した。

信貞は、城の外まわりの守備を放棄した。

国峰城に立てこもる小幡勢は、千二百である。

これだけで、城を守れるように、守備の範囲をせばめたのであった。

城の大手口にある城郭で下曲輪《しもくるわ》とよばれていた広い一郭からも兵を引きあげ、水門を切って落し、深い濠《ほり》に水をそそぎこんだ。

城の南の搦手《からめて》にある防備施設も、

「おもいきって……」

敵軍にあたえ、ここを守っていた兵を城の〔本丸〕へおさめた。

それにしても、

「さすがに、舅《しゅうと》どのじゃ。わしも油断なく箕輪の様子を探らせていたが、舅どのは気ぶりにも見せなんだわ」

と、信貞は、長野業政の権謀の速さに苦笑をもらし、正子に、

「ゆるせ、と、申すよりほかはないな。なれど、わしとしては、こうするよりほかに、小幡家の生くる道はないと、おもいきわめたのだ」

「はい」

「わかってくれるか」

「おおせまでもござりませぬ」

正子は、落ちついている。

「お前にも、於富にも、相すまぬことよ」

「いいえ、妹も、覚悟は、きわめておりますゆえ……」

「さようか。ならば、よい」

うなずいた小幡信貞が、つぶやくように、こういった。

「わしとても、舅どのが好きなのだ。好きなれども……舅どのに味方していては、こ

の関東において、生き残れまい。どのように考えて見ても、管領《かんれい》方の旗色は悪くなるばかりであろう。たとえ、一時はよくとも、だ」

　正子は、これに対してこたえなかった。

　だが、正子や於富にしてみれば、信貞ほどに、わが父を見くびってはいなかったろう。

　いまの姉妹は、長野家の女ではない。

　小幡家の女なのである。

　いっぽう、小幡図書之介は、於富に手つだわせ、武具を身につけながら、

「やはり、こうなったな」

「はい」

「わしを、うらむか？」

「なんの……」

　にっこりと笑い、於富は、強くかぶりを振って見せた。

　早くも於富は腹巻をつけ、黒髪を束ねて鉢巻をし、薙刀《なぎなた》を傍《そば》に置いていた。

「於富。わしのことはかまわずともよい。子たちをたのむぞ」

「心得まいた」

　長野業政は、国峰城のすべてを、よく知っている。

それだけに、あまり兵を分散させず、主力を大手口にあつめ、包囲を終った。

城兵千二百に対し、包囲軍は三千五百であるから、約三倍の兵力だ。

それを見て、城兵たちは、

「これなら大丈夫じゃ」

たちまちに、勇気百倍した。

この程度の兵力なら、

「いくらでも、もちこたえて見せる」

「おれはな。越後の大軍が、押し寄せて来たのかとおもった」

「いや、それほどの大軍ならば、もっと早く、こちらの耳へ、敵のうごきがつたわるはずではないか」

「なるほど」

たしかにそうだ。

三千五百ほどの軍勢なればこそ、夜陰に乗じ、ひそかに、しかも迅速に、国峰へせまることができたのである。

その点は、まさに、長野業政らしい作戦であったが、

（なれど、舅どのは、あれほどの軍勢で、この、わしの城を落せるつもりなのか……？）

朝の光りが、山々や川をおおいつくしたとき、大手門の櫓《やぐら》へのぼった小幡信貞は、敵の軍容をたしかめ、ふしぎにおもった。

(なれど、油断はならぬ)

のである。

こうして、業政が城を囲んでいるうち、越後を発した上杉軍があらわれるやも知れぬ。

(しかし……?)

である。

いま、武田信玄は、信州と越後の国境へ出兵し、しきりに上杉謙信をおびやかしているはずだ。

となれば、上杉軍が大挙して上州へあらわれるはずもない。

信貞も、

(どうも、わからぬ?)

おもい迷った。

そこへ、長野業政からの使者が大手門まで来て、信貞に面会を申し入れた。

使者は、業政の謀臣・名塚弥五郎である。

て来た。

信貞が命じ、弥五郎が小さな躰を屈《かが》めるようにし、大手門傍の虎口《こぐち》から城内へ入っ

「入れよ」

弥五郎は三名の家来を従えたのみだ。

小幡信貞は、弥五郎を迎え、

「久しいの」

と、声をかけた。

「はい」

名塚弥五郎が、申しわけなさそうに、

「国峰の殿。このようなことになり、なんとも、申すことばとてござりませぬ」

と、いった。

妙に、しおらしげな名塚弥五郎の態度であった。

信貞は、

「よいわ。戦国のならいじゃ。それに、こたびは、わしが舅どのにそむいたことゆえ、

舅どののお怒りはもっともだ」

明快に、いった。

「はい。はい……」

「それで？」

「はい、実は……」

「何やら、舅どのの、おことばを持ってまいったのであろう？」

「いかにも」

「何なりと申せ」

長野業政は、名塚弥五郎を通じて、つぎのようにいってよこした。

「手向いは無益《むやく》である。すぐさま、城を明けわたしたがよい。さすれば、そこもとは、わしの聟《むこ》どの。決して悪《あ》しゅうは計らわぬ」

さらに、

「もしも、どこまでも、わしに刃向うつもりなれば、正子と於富を、わが陣へ送ってもらいたい」

小幡信貞は、

「たしかに、うけたまわった」

「で、御返答の儀は？」

「弥五郎……」

「はあ?」

「おもうても見よ。わしとても今日の事を覚悟して、武田方へ与《くみ》したのじゃ」

「はあ……」

弥五郎は、ぼんやりした顔つきで信貞をながめている。

彼の細い両眼からは、まったく、光りが消えていた。

なんとも、

「とりとめがない……」

顔つきをしている名塚弥五郎であったが、もとより小幡信貞は、この老人の胸の底に、どのような謀略がひそんでいるかを、よくわきまえている。

おそらく、今度の国峰攻めが、このような巧妙さをもって隠密裡《おんみつり》におこなわれたのは、

(弥五郎の才覚であろう)

と、看《み》ていた。

「では、どうあっても?」

「むだなことじゃ」

「国峰の殿に、申しあげまする」

「なんじゃ？」

「後悔を、なされますまいな？」

「せぬ」

「越後より、間もなく、此処《ここ》へ軍勢が押し出してまいりまするが……それにても、よろしゅうござるので？」

そういわれて、あわてるような小幡信貞ではなかった。

上杉の大軍が出て来るならば、武田の大軍も、

（自分を助けに出て来てくれよう）

信じてうたがわなかった。

「いたしかたもござりませぬ」

と、名塚弥五郎は引きあげて行った。

小幡信貞は、ふたたび櫓へのぼって見た。

大手口の、前方左手は、信貞が放棄した〔下曲輪〕という外部の城郭である。

下曲輪はひろい。

ここをまもっていたのでは、肝心の城の内部が、

「まもりきれぬ……」

と、考え、信貞は城兵を引いたのであった。

その下曲輪の台地へ、いま、敵軍が乗りこんで来ていた。

「兄上……」

いつの間にか、櫓へのぼって来た小幡図書之介が、信貞に声をかけた。

図書之介にとっては従兄《いとこ》の小幡信貞であるが、これまでは、

「まことの兄……」

ともおもい、信貞のためにはたらいてきている。

信貞のほうも、図書之介を、

「まことの弟……」

として、あつかい、深く厚い信頼をかけているのだ。

「下曲輪へつめかけて来ているのは、厩橋の長尾謙忠が兵と見うけられますな」

「そうじゃ」

「兄上。大胡の上泉伊勢守は……」

「伊勢守殿は、出てまいらぬらしい」

信貞は苦笑をもらし、

「その辺りは、さすがに舅殿じゃな」

と、いった。

信貞・図書之介の妻は、ともに、上泉伊勢守の愛弟子《まなでし》である。

長野業政は、そのことを考え、伊勢守の出陣を要請しなかったのであろうか……。

小幡図書之介は、そうおもって、信貞にいうと、

「いや、いや……」

信貞は、かぶりを振り、

「戦さする身に、そのような慮《おもんぱか》りは要らぬ。ことに、あの舅殿にとっては、な」

「では……?」

「伊勢守殿に、事をはからなかったのは、どこまでも、この国峰攻めを内密にしておきたかったからであろう。ほんらいならば、他の諸将にも兵を出させ、大軍をもよおして攻めかけたかったのであろうが……それでは、他にもれてしまう。それを業政殿はおそれたにちがいない。われらも、あれほど箕輪のうごきに、目をつけていたにもかかわらず、このように、突如、われらが何をすることもできぬうちにあらわれ、あっという間に、この城を取り囲んでしまったではないか。それは舅殿が、あくまでも隠密に事をはこんだからじゃ、ふ、ふふ……なかなかに巧妙なものよ」

小幡信貞は、自信にみちていた。

敵に包囲される寸前に、甲斐の武田信玄へ密使を送り出すことを得たからである。

「まことに、危ういところであった。丹生の砦から吉崎角兵衛が駆けつけて来るのが、いますこし遅かったなら、甲斐への使者を出すことができなかったろう」

「兄上……」

「なんじゃ？」

「はたして、武田信玄公は、この城に手をさしのべてくれましょうか？」

図書之介の、その問いかけに、信貞は、

「…………？」

不審そうな顔つきになった。

図書之介は、顔をそむけるように、大手口の右側の、なだらかな斜面へ押し出して来る長野業政の本隊の動きを見つめた。

どんよりと、空は曇っていた。

風が絶え、蒸し暑い。

敵軍の戦旗の列が移動しつつあった。

小幡信貞の返事をきいた長野業政は、いよいよ城攻めの仕度に取りかかったのであろう。

彼方《かなた》に群れうごく敵勢の、軍馬の蹄《ひづめ》の音が一つの響《とよ》みとなって聞えてくる。

城兵は緊張した。

「図書之介。他の曲輪の備えと、そちらの敵勢の様子をたしかめて来てくれぬか」

と、信貞がいった。

図書之介は、こたえぬ。

前のままの姿勢をくずさず、城外の敵勢があわただしくうごくさまを、凝視しているのだ。

(図書之介は、気おくれしたのか……)

信貞は、叫ぶように、

「これ、どうしたのだ、しっかりせぬか!」

叱《しか》りつけるように声をかけると、

「兄上」

ほとんど同時に、図書之介が屹《きっ》と顔を向け、

「はたして、武田勢が国峰へ駆けつけてまいりましょうか?」

と、いった。

「駆けつけてくれるとおもえばこそ、籠城《ろうじょう》をしたのだ」

「ふうむ……」

　と、煮え切らぬ。

「これ、図書之介。おぬしには、こたびのことは前もって計りもし、おぬしも、わしに同意してくれたではないか。それがいまになって、武田方をたのみにせぬような口ぶりを……」

「なれど……」

「何が、なれどじゃ？」

「もしも……」

「何……」

　小幡信貞は、図書之介の肩へ手をかけ、

「おぬしが、ここにいたって懸念《けねん》を抱く気もちも、わからぬではない。たとえて申せば、われら小幡兄弟にしても……」

　といった、そのとき、図書之介の面に、たとえようもない表情が浮いて出た。

兄とおもい、弟とおもう二人の胸の内は通じ合っていたはずだが、その表情が何をあらわしているか、とっさに、小幡信貞はわかりかねた。

　強いていうならば、一種の悲哀が感じられた。敵に対する恐怖とか不安とは、別のものなのである。

その悲哀の中に、感動の色もまざっている。

これは、信貞が、はじめて「われら兄弟」という言葉を図書之介の前で口にのぼせたからであろう。

（もしやすると図書之介は、於富の父である長野業政と戦うことが、哀《かな》しいのか……？）

いや、そのような男ではない、と、おもった。

信貞は、さらに、ことばをつづけた。

「われら兄弟にしても、二人の女を妻にもらいうけた長野業政に、こうして叛《そむ》いた。戦国の世なればこそじゃ。そのことをおもえば、まだ一度も見参したことのない武田信玄をたのみ、われらの命運のすべてを信玄公に托《たく》したわけゆえ、おぬしが、いま、ここにいたって、にわかに懸念を抱くのも、わからぬことではない」

「兄上……」

「ま、きけい。きいてくれい」

「は……」

「なれど、こうした戦国の世なればこそ、人を信じ、たのむこころを失ってはならぬ、と、わしはおもう。あれもうたがい、これも懸念したのでは、いざというときに、こなたのこころが決らぬ。なるほど、わしは一度も信玄公に目通りはせぬ。せぬが、信玄公の言葉を、わしにつたえてくれた武田の重臣・板垣信方殿に会《お》うて、わしは、信玄公の人となりが、のみこめたようにおもうた。あれほどに立派な家臣をもつ主人なれば、と、おもうた。板垣殿は、おぬしも見ていよう。おぬしと共に、丹生の砦《とりで》で、二度も会うたゆえ……」

「はい」

「かくなって、あれこれと、おもいわずらうな、図書之介。決心をかためて足を踏み出したからには、いずれにせよ、死ぬる覚悟よ」

「では、どうあっても？」

「くどいわ！」

さすがに、たまりかねて、小幡信貞が怒気を発し、

「いつもに似合わぬことを申す。おぬし、籠城をするのが恐ろしいのか。恐ろしければ城を出て行け。そして舅《しゆうと》殿の軍門に降《くだ》れ」

「なにを申されます」

はじめて、小幡図書之介が微笑を見せた。

「そのようなつもりで、申したのではありませぬ。私は、ただ……」

「よい。わかった」

「よくわかりました。これよりは、どこまでも兄上と……いや、殿と共に……」

低い声で、図書之介が、

「では、見まわってまいります」

「たのむ」

「ごめん」

櫓《やぐら》から下りて行く従弟《いとこ》を見送ったのちも、小幡信貞の胸の底には、何か割りきれぬ澱《おり》のようなものが残った。

それが何であるか、信貞にもわからぬ。

不快というにはいいきれぬ重苦しいものが、胸の底によどんでいたのである。

ところで……。

長野業政は、すぐに攻めかけようとしなかった。

昼ごろまで、全軍の配置を終えた業政は、午後になると、またしても、名塚弥五郎を使者にさし向けて来た。

業政は、二人の聟と戦うことを、なんとしても、

「避けたい」

らしい。

というよりも、いざ、国峰へ攻めかけて見ると、やはり、この城を落すことが三日や五日では、

（とうてい、かなわぬことじゃ）

と、おもいいたったものか……。

ともかく、どうしても、あきらめきれぬ様子が看てとれた。

しかし、小幡信貞は、

「この上、会うても、語り合うても、むだなことじゃ」

と、いい、名塚弥五郎を城門の内へ入れなかった。

弥五郎は、

「後悔をなされますぞ」

の一言を残し、業政の本陣へもどって行った。

「いよいよ、はじまるぞ」

このありさまを見ていた城兵たちは、緊張した。

だが……。

長野・長尾の連合軍は、しずまり返っている。

そして、夕暮れが近づいたころ、なんと、長野業政は、またしても名塚弥五郎をさし向け、聟《むこ》の翻意をうながしたのであった。

信貞は、舅の執拗《しつよう》さにあきれた。

いや、異常を感じた。

(いったい、どういうつもりなのか……?)

信貞には、わからない。

長野業政も、国峰へ攻めかけて来たからには、ぬきさしならぬ決断をもってのことだ。

それにしては、あまりにも、

(みれんがましい……)

業政の態度ではある。

夕闇《ゆうやみ》が、国峰城を囲む山々に、山峡にたちこめてきた。

長野業政の本陣は、鳴りをしずめている。

時折、騎馬の武者が、業政の本陣と、下曲輪《しもくるわ》を占拠した長尾謙忠の陣の間を往来するだけだ。

「はて……？」

小幡信貞も、家臣たちも、あまりに落ちつきはらい、しずまり返っている敵軍を、不気味に感じはじめた。

すぐに、夜が来る。

夜になっての敵襲は、

(先《ま》ず、考えられぬ……)

ことであった。

夜戦は、長野・長尾両軍にとって、不利である。

しかし、地形をわきまえ、この城を本拠としている小幡軍にとっては、有利となる。

いかに松明《たいまつ》の火をつらねて攻めかけたとしても、夜の闇の中で押しつめて行けば、かならず、城兵の反撃をうけて混乱を生ずる。

そのとき、もしも、小幡方の精鋭が城門をひらいて打って出たら、少数の小幡勢に引っ掻《か》きまわされ、長野・長尾軍は、闇夜のために、

「敵も味方もわからなくなって……」

しまうにちがいない。

それほどのことは、長野業政も心得ていよう。

となれば、

「敵が攻めかけて来るのは、明日の朝からだ」

と、いうことになる。

「なれど、油断すな！」

小幡信貞は、

「城兵たちは替り合ってねむれ。よく、ねむっておくがよい。なれど、片時も油断せぬようにつたえておけ」

と、命じた。

信貞は、さらに御殿平の曲輪をまもっている小幡図書之介へ、

「わしは、大手にいる。おぬしも油断なく」

と、つたえさせた。

このとき、正子・於富と、その子たちは、侍女たちと共に、山頂の〔本丸〕へ移っている。

夕闇が濃くなると、城内では、さかんに篝火《かがりび》が燃えはじめた。

信貞は、

「かまわぬ。勢いよく燃やせ」

と、いった。

城内の威勢を、敵に知らしめるためでもあり、おもいがけぬところからの敵の奇襲をふせぐためでもあった。

そのころ、小幡図書之介が、吉崎角兵衛をまねき、

「本丸から、わが妻を、よんでまいれ」

ひそかに、命じたものである。

吉崎角兵衛は、さも、

(何も彼《か》も心得ております)

とでも、いいたげな様子で、だまってうなずいた。

「角兵衛……」

「は?」

「気どられるな。よいか」

図書之介が角兵衛にあたえた、このささやきは何を意味しているのか……。

つまり、本丸にいる於富を呼びよせることについて、何やら秘密の事があるらしい。

ついで、図書之介は、

「よいか。わしは、いざとなるまで、此処《ここ》をうごけぬ、そのつもりで、ぬかりのない

ようにたのむぞ」

吉崎角兵衛に、ささやいたのである。

角兵衛は〔本丸〕へ去った。

いま、小幡図書之介がいるところは、御殿平の西側にある自分の居館であった。

御殿平の西側の崖下《がけした》は、水の手曲輪という城郭があって、ここを、図書之介が指揮する二百の兵がまもっていた。

御殿平の東側に、城主・小幡尾張守《おわりのかみ》信貞・正子夫妻の居館がある。

女たちは、すべて本丸へ移したあと、二つの居館内の調度類は、すべて片づけられ、大台所は、城兵たちの烹炊《ほうすい》所と化した。

小幡信貞は、どうしても大手口がささえきれなくなったときは、この〔御殿平〕と〔水の手曲輪〕と、それに〔本丸〕の、三つの城郭に全城兵をあつめ、城をまもりぬくつもりだ。

それだけに、かねてから、この三つの城郭を中心にした備えが、じゅうぶんにほどこしてある。

図書之介は、わが居館の奥深い寝所へ入り、於富があらわれるのを待った。

「もし……」

廊下で、於富の声がした。

寝所に灯《とも》っている燭台《しょくだい》の火を見たのだ。

「ここじゃ」

「まあ……」

まるで男のような半武装の姿で、於富があらわれた。薙刀《なぎなた》を小脇《こわき》にかいこんでいる。

「いかがなされまいた?」

「ま、ここへ来てくれ」

「はい……」

図書之介は、前にすわった妻へ、盃《さかずき》をすすめ、酌をしてやった。

「まあ、うれしゅうござります」

「のめ。そのあとで、おれが、その盃をもらおう」

「はい」

於富は、夫が決死の覚悟でいて、これからの戦闘の中で、ゆっくり別れの盃をかわす機会が得られぬ場合を考え、いま急に、

(私を、よびよせたのじゃ)

と、おもった。

於富がのみほした盃を図書之介が受けて、

「これより、わしが申すことをきいて、おどろくなよ」

と、いった。

「………?」

とっさに、於富は何のことかわからなかった。

箕輪の父にそむき、このような事態になったときの衝撃は、すでに過去のものとなっているはずではないか……。

「ま、酌をしてくれい」

「はい」

ゆっくりと盃をほしてから、図書之介は、

「もそっと、傍へ……」

「はい」

夫妻の顔と顔が、ふれ合わぬばかりになった。

「於富。おどろくではないぞ」

またしても図書之介が、そういうのだ。

「おどろきませぬ」

「そなたは、わしの妻じゃ。どこまでも、わしについて来てくれるな?」

「申すまでもありませぬ」

「実は……」

大きく息を吸いこんだ図書之介が、一気に、

「わしは箕輪の舅殿にそむくつもりはない。いや、それは、そなたの実の父だからと申すのではない。わしは、そもそも、ここにいたって関東管領《かんれい》方にそむき、武田信玄の旗の下へ参ずることなどおもっても見なかった。なれど、兄上の決心は堅く、どうしても武田方に加わると申された。ぜひもないこととおもうては見たが、なれど、なんとしてもあきらめきれぬ。そこへ、箕輪の父上から、ひそかに使者がまいってな。うむ、丹生の砦へまいったのだ。吉崎角兵衛が会うて、そのことを、わしに告げた。そこで、わしは、これまでに、箕輪の舅殿と何度も連絡《つなぎ》をつけてきている」

と、いった。

於富は、声も出なかった。

「どうじゃ、わかったか」

「は……」

「おどろいたか」

「はい……」

まさに、於富は、おどろいた。

おどろいたが、しかし、うれしかった。

(夫は、箕輪の父上をお見捨てなさらなかった……)

このことである。

「なれど……」

「わしに、ついて来てくれるな?」

「はい。それは、もう……」

「それでよし」

「では、子たちも共につれ、この国峰の城から脱《ぬ》け出そうというのでございますか?」

「何をいう。それならば、もっと早く脱け出しておるわ」

小幡図書之介は、不敵に笑った。

「そのようなことではない。わしが、城外におられる舅殿の軍勢を、城の中へ引き入れるのじゃ」

「まあ……」

於富も、夫と父の謀略が、そこまですすめられていようとは、おもわなかった。

「それも、今夜じゃ」

「今夜……」

「まだ、その時が来るまでには、大分、間もある。それまでに、そなたと、じゅうぶんに打ち合せをとげておきたい」

「は、はい……」

「なれど……そのかわり、そなたは、そなたの姉・正子どのにそむかねばならぬ。その覚悟はしていような？」

「大丈夫でございます」

言下に、於富はこたえた。

どちらにしても、同じことである。

姉と共に戦うなら、父にそむかねばならぬのだ。

父も姉も、於富にとっては、かけがえのない肉親である。

しかし、それよりも尚《なお》、戦国の女として自分の夫との絆《きずな》のほうが強いのだ。

それに、於富としては、姉を捨てても、これまでのように関東管領方に与《くみ》し、父や夫や、それに上泉伊勢守と共に生き、戦って行きたい。

「わしも、ここに至って、まだ、あきらめきれず、先刻、兄上に申しあげてみた。武田の軍勢をたのみにしてはならぬことを、な……」

「それで、尾張守さまは？」

「きき入れては下さらぬ。もはや、仕方もないことじゃ」

それにしても、図書之介は、どのようにして、城外の長野・長尾軍を引き入れようというのか……。

丹生の砦《とりで》へ残して来た図書之介の手勢は、すべて、長野業政の手もとへ収容され、いま、城外にいるらしい。

わずかな直属の家来だけで、図書之介は城外の敵をみちびき入れようというのだ。

「それは、わしに、まかせておけい。そなたは、子たちをまもっておればよい。子たちと共に隠れていてくれればよいのだ」

「わかりました」

「隠れる場所は、どこがよいかな？」

「おまかせ下さいますよう」

「大丈夫か？」

「御案じなされますな」


（下巻に続く）

池波正太郎記念文庫のご案内

上野・浅草を故郷とし、江戸の下町を舞台にした多くの作品を執筆した池波正太郎。その世界を広く紹介するため、池波正太郎記念文庫は、東京都台東区の下町にある区立中央図書館に併設した文学館として2001年9月に開館しました。池波家から寄贈された全著作、蔵書、原稿、絵画、資料などおよそ25000点を所蔵。その一部を常時展示し、書斎を復元したコーナーもあります。また、池波作品以外の時代・歴史小説、歴代の名作10000冊を収集した時代小説コーナーも設け、閲覧も可能です。原稿展、絵画展などの企画展、講演・講座なども定期的に開催され、池波正太郎のエッセンスが詰まったスペースです。

https://library.city.taito.lg.jp/ikenami/

池波正太郎記念文庫〒111-8621 東京都台東区西浅草 3-25-16
台東区生涯学習センター・台東区立中央図書館内 TEL03-5246-5915

開館時間＝月曜～土曜（午前9時～午後8時）、日曜・祝日（午前9時～午後5時）**休館日**＝毎月第3木曜日（館内整理日・祝日に当たる場合は翌日）、年末年始、特別整理期間　**●入館無料**

交通＝つくばエクスプレス〔浅草駅〕A2番出口から徒歩5分、東京メトロ日比谷線〔入谷駅〕から徒歩8分、銀座線〔田原町駅〕から徒歩12分、都バス・足立梅田町－浅草寿町 亀戸駅前－上野公園2ルートの〔入谷2丁目〕下車徒歩1分、台東区循環バス南・北めぐりん〔生涯学習センター北〕下車徒歩2分

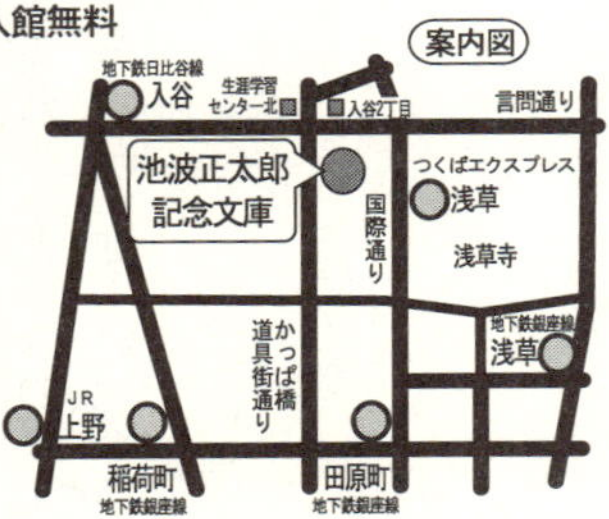

池波正太郎著
忍者丹波大介
関ケ原の合戦で徳川方が勝利し時代の波の中で失われていく忍者の世界の信義……一匹狼となり暗躍する丹波大介の凄絶な死闘を描く。

池波正太郎著
男（おとこぶり）振
主君の嗣子に奇病を侮蔑された源太郎は乱暴を働くが、別人の小太郎として生きることを許される。数奇な運命をユーモラスに描く。

池波正太郎著
食卓の情景
鮨をにぎるあるじの眼の輝き、どんどん焼屋に弟子入りしようとした少年時代の想い出など、食べ物に託して人生観を語るエッセイ。

池波正太郎著
闇の狩人（上・下）
記憶喪失の若侍が、仕掛人となって江戸の闇夜に暗躍する。魑魅魍魎とび交う江戸暗黒街に名もない人々の生きざまを描く時代長編。

池波正太郎著
上意討ち
殿様の尻拭いのため敵討ちを命じられ、何度も相手に出会いながら斬ることができない武士の姿を描いた表題作など、十一人の人生。

池波正太郎著
散歩のとき何か食べたくなって
映画の試写を観終えて銀座の〔資生堂〕に寄り、はじめて洋食を口にした四十年前を憶い出す。今、失われつつある店の味を克明に書留める。

池波正太郎著
闇は知っている
金で殺しを請け負う男が情にほだされて失敗した時、その頭に残忍な悪魔が棲みつく。江戸の暗黒街にうごめく男たちの凄絶な世界。

池波正太郎著
雲霧仁左衛門（前・後）
神出鬼没、変幻自在の怪盗・雲霧。政争渦巻く八代将軍・吉宗の時代、狙いをつけた金蔵をめざして、西へ東へ盗賊一味の影が走る。

池波正太郎著
さむらい劇場
八代将軍吉宗の頃、旗本の三男に生れながら、妾腹の子ゆえに父親にも疎まれて育った榎平八郎。意地と度胸で一人前に成長していく姿。

池波正太郎著
おとこの秘図（上・中・下）
江戸中期、変転する時代を若き血をたぎらせて生きぬいた旗本・徳山五兵衛――逆境をはねのけ、したたかに歩んだ男の波瀾の絵巻。

池波正太郎著
忍びの旗
亡父の敵とは知らず、その娘を愛した甲賀忍者・上田源五郎。人間の熱い血と忍びの苛酷な使命とを溶け合わせた男の流転の生涯。

池波正太郎著
日曜日の万年筆
時代小説の名作を生み続けた著者が、さりげない話題の中に自己を語り、人の世を語る。″とっておきの51話″。

池波正太郎著　真田騒動　―恩田木工―

信州松代藩の財政改革に尽力した恩田木工の生き方を描く表題作など、大河小説『真田太平記』の先駆を成す〝真田もの〟5編。

池波正太郎著　男の作法

これだけ知っていれば、どこに出ても恥ずかしくない！　てんぷらの食べ方からネクタイの選び方まで、〝男をみがく〟ための常識百科。

池波正太郎著　剣客商売①　剣客商売

白髪頭の粋な小男・秋山小兵衛と巌のように逞しい息子・大治郎の名コンビが、剣に命を賭けて江戸の悪事を斬る。シリーズ第一作。

池波正太郎著　剣客商売②　辻斬り

闇の幕が裂け、鋭い太刀風が秋山小兵衛に襲いかかる。正体は何者か？　辻斬りを追跡する表題作など全7編収録のシリーズ第二作。

池波正太郎著　剣客商売③　陽炎の男

隠された三百両をめぐる事件のさなか、男装の武芸者・佐々木三冬に芽ばえた秋山大治郎へのほのかな思い。大好評のシリーズ第三作。

池波正太郎著　剣客商売④　天魔

「秋山先生に勝つために」江戸に帰ってきたとうそぶく魔性の天才剣士と秋山父子との死闘を描く表題作など全8編。シリーズ第四作。

池波正太郎著　剣客商売⑤　白い鬼

若き日の愛弟子を斬り殺された秋山小兵衛が、復讐の念に燃えて異常な殺人鬼の正体を追及する表題作など、大好評シリーズの第五作。

池波正太郎著　剣客商売⑥　新妻

密貿易の一味に監禁された佐々木三冬を秋山大治郎が救い出すと、三冬の父・田沼意次は嫁にもらってくれと頼む。シリーズ第六作。

池波正太郎著　剣客商売⑦　隠れ簑

盲目の武士と托鉢僧。いたわりながら旅を続ける年老いた二人の、人知をこえた不思議な絆を描く「隠れ簑」など、シリーズ第七弾。

池波正太郎著　剣客商売⑧　狂乱

足軽という身分に比して強すぎる腕前を持ったがゆえに、うとまれ、踏みにじられる侍の悲劇を描いた表題作など、シリーズ第八弾。

池波正太郎著　剣客商売⑨　待ち伏せ

親の敵と間違えられた大治郎がその人物を探るうち、秋山父子と因縁浅からぬ男の醜い過去が浮かび上る表題作など、シリーズ第九弾。

池波正太郎著　剣客商売⑩　春の嵐

わざわざ「名は秋山大治郎」と名乗って辻斬りを繰り返す頭巾の侍。窮地に陥った息子を救う小兵衛の冴え。シリーズ初の特別長編。

池波正太郎著　剣客商売⑪　勝負

相手の仕官がかかった試合に負けてやることを小兵衛に促され苦悩する大治郎。初孫・小太郎を迎えいよいよ冴えるシリーズ第十一弾。

池波正太郎著　剣客商売⑫　十番斬り

無頼者一掃を最後の仕事と決めた不治の病の孤独な中年剣客。その助太刀に小兵衛の白刃が冴える表題作など全7編。シリーズ第12弾。

池波正太郎著　剣客商売⑬　波紋

大治郎の頭上を一条の矢が疾った。これも剣客商売の宿命か——表題作他、格別の余韻を残す「夕紅大川橋」など、シリーズ第十三弾。

池波正太郎著　剣客商売⑭　暗殺者

波川周蔵の手並みに小兵衛は戦いた。大治郎襲撃の計画を知るや、波川との見えざる糸を感じ小兵衛の血はたぎる。第十四弾、特別長編。

池波正太郎著　剣客商売⑮　二十番斬り

恩師ゆかりの侍・井関助太郎を匿った小兵衛に忍びよる刺客の群れ。老境を悟る小兵衛の剣は、いま極みに達した。シリーズ第15弾。

池波正太郎著　剣客商売⑯　浮沈

身を持ち崩したかつての愛弟子と、死闘の末倒した侍の清廉な遺児。二者の生き様を見守り、人生の浮沈に思いを馳せる小兵衛。最終巻。

司馬遼太郎著

梟の城
直木賞受賞

信長、秀吉……権力者たちの陰で、凄絶な死闘を展開する二人の忍者の生きざまを通して、かげろうの如き彼らの実像を活写した長編。

司馬遼太郎著

国盗り物語（一〜四）

貧しい油売りから美濃国主になった斎藤道三、天才的な知略で天下統一を計った織田信長。新時代を拓く先鋒となった英雄たちの生涯。

司馬遼太郎著

燃えよ剣（上・下）

組織作りの異才によって、新選組を最強の集団へ作りあげてゆく〝バラガキのトシ〟――剣に生き剣に死んだ新選組副長土方歳三の生涯。

司馬遼太郎著

新史太閤記（上・下）

日本史上、最もたくみに人の心を捉えた〝人蕩し〟の天才、豊臣秀吉の生涯を、冷徹な史眼と新鮮な感覚で描く最も現代的な太閤記。

司馬遼太郎著

関ケ原（上・中・下）

古今最大の戦闘となった天下分け目の決戦の過程を描いて、家康・三成の権謀の渦中で命運を賭した戦国諸雄の人間像を浮彫りにする。

司馬遼太郎著

項羽と劉邦（上・中・下）

秦の始皇帝没後の動乱中国で覇を争う項羽と劉邦。天下を制する〝人望〟とは何かを、史上最高の典型によってきわめつくした歴史大作。

藤沢周平著
用心棒日月抄
故あって人を斬り脱藩、刺客に追われながらの用心棒稼業。が、巷間を騒がす赤穂浪人の動きが又八郎の請負う仕事にも深い影を……。

藤沢周平著
竹光始末
糊口をしのぐために刀を売り、竹光を腰に仕官の条件である上意討へと向う豪気な男。表題作の他、武士の宿命を描いた傑作小説5編。

藤沢周平著
義民が駆ける
突如命じられた三方国替え。荘内藩主・酒井家墨世の恩に報いるため、百姓は命を賭けて江戸を目指す。天保義民事件を描く歴史長編。

宮城谷昌光著
楽毅（一～四）
策謀渦巻く古代中国の戦国時代。名将・楽毅の生涯を通して「人がみごとに生きるとはどういうことか」を描いた傑作巨編！

山本周五郎著
泣き言はいわない
ひたすら〝人間の真実〟を追い求めた孤高の作家、周五郎ならではの、重みと暗示をたたえた言葉455。生きる勇気を与えてくれる名言集。

山本周五郎著
正雪記（上・下）
染屋職人の伜から、〝侍になる〟野望を抱いて出奔した正雪の胸に去来する権力への怒り。超大な江戸幕府に挑戦した巨人の壮絶な生涯。

山本周五郎著
赤ひげ診療譚
貧しい者への深き愛情から"赤ひげ"と慕われる、小石川養生所の新出去定。見習医師との魂のふれあいを描く医療小説の最高傑作。

山本周五郎著
日本婦道記
厳しい武家の定めの中で、愛する人のために生き抜いた女性たちの清々しいまでの強靭さと、凜然たる美しさや哀しさが溢れる31編。

山本周五郎著
さぶ
職人仲間のさぶと栄二。濡れ衣を着せられ捨鉢になる栄二を、さぶは忍耐強く支える。友情を通じて人間のあるべき姿を描く時代長編。

山本周五郎著
町奉行日記
一度も奉行所に出仕せずに、奇抜な方法で難事件を解決してゆく町奉行の活躍を描く表題作ほか、「寒橋」など傑作短編10編を収録する。

山本周五郎著
楽天旅日記
お家騒動の渦中に投げ込まれた世間知らずの若殿の眼を通し、現実政治に振りまわされる人間たちの愚かさとはかなさを諷刺した長編。

酒見賢一著
後宮小説
日本ファンタジーノベル大賞受賞
後宮入りした田舎娘の銀河。奇妙な後宮教育の後、みごと正妃となったが……。中国の架空王朝を舞台に描く奇想天外な物語。

新潮文庫最新刊

小池真理子著
神よ憐れみたまえ
戦後事件史に残る「魔の土曜日」と同日、少女の両親は惨殺された――。一人の女性の数奇な生涯を描ききった、著者畢生の大河小説。

長江俊和著
掲載禁止 撮影現場
善い人は読まないでください。書下ろし「カガヤワタルの恋人」をはじめ、怖いけど止められない全8編。待望の〈禁止シリーズ〉！

小山田浩子著
小島
絶対に無理はしないでください――。豪雨の被災地にボランティアで赴いた私が目にしたものは。世界各国で翻訳される作家の全14篇。

紺野天龍著
幽世《かくりよ》の薬剤師5
「不老不死」一家の「死」。薬師・空洞淵は「人魚」伝承を調べるが……。現役薬剤師が描く異世界×医療×ファンタジー、第5弾！

賀十つばさ著
雑草姫のレストラン
タンポポのピッツァ、山ウドの天ぷら、よもぎのアイス……八ヶ岳の麓に暮らす姉妹の草花ごはんを召し上がれ。癒しのグルメ小説。

泉鏡花著
東雅夫編
外科室・天守物語
伯爵夫人の手術時に起きた事件を描く「外科室」。姫路城の妖姫と若き武士――「天守物語」。名アンソロジストが選んだ傑作八篇。

剣《けん》の天《てん》地《ち》 上巻

新潮文庫 い - 16 - 85

平成十四年一月二十五日 発行
令和五年十一月二十日 二十四刷

著者 池《いけ》波《なみ》正《しょう》太《た》郎《ろう》

発行者 佐藤隆信

発行所 株式会社 新潮社

郵便番号 一六二—八七一一
東京都新宿区矢来町七一
電話 編集部(〇三)三二六六—五四四〇
読者係(〇三)三二六六—五一一一
https://www.shinchosha.co.jp

価格はカバーに表示してあります。

乱丁・落丁本は、ご面倒ですが小社読者係宛ご送付ください。送料小社負担にてお取替えいたします。

印刷・株式会社光邦　製本・株式会社大進堂

ISBN978-4-10-115685-9 C0193